徳間文庫

斗星、北天にあり

出羽の武将　安東愛季

鳴神響一

徳間書店

目次

――蝦夷に近きゲスエン地方に秋田という大市あり。彼等は多数此市に来りて貿易し、秋田人も亦《また》時々蝦夷に赴く

ルイス・フロイス書簡　一五六五年

（『函館市史』より）

白髪ヶ岳
(白神山地)
野代湊
八龍湖
(八郎潟)
入道崎
館越館
戸賀湊
双六館
(女川館)
船越の船入場
土崎湊
檜山城
米内沢城
大館城
扇田長岡城
独鈷城
中野城
長牛城
浦城
脇本城
湊城
秋田城跡
(古代)
豊島城
唐松城
荒川城
角館城
横手城
現岩手県
現山形県
尾浦城

出羽国北部

第一章　載舟覆舟《さいしゅうふくしゅう》の旗、檜山《ひやま》城に翻る

一

北国の短い秋が始まっていた。

空は紺碧《こんぺき》に澄んで、刷毛雲《はけぐも》の白い筋が高い。

目の前には白髪ヶ岳《しらがだけ》（白神山地）が、深緑《しんりょく》の最後の輝きを見せている。

水面を隔てて突き出た艫作崎《へなしざき》が青く霞んでいる。

葉月半ばの北海《ほっかい》（日本海）は穏やかに澄んで、銀鱗のごとき輝きを見せていた。

岬の向こうから網代帆《あじろほ》を上げた北国船《ほっこくぶね》が現れた。千石近くの大きさを持つ商い船は艪《ろ》拍子《びょうし》も調子よく水面を滑ってゆく。

出羽国《でわのくに》檜山郡《ひやまぐん》の七代目檜山城主安東舜季《あんどうきよすえ》の嫡男である愛季《ちかすえ》は、米代川《よねしろがわ》河口近くの砂嘴《さし》に立って北海を眺めていた。

当年とってまだ十五歳であり、元服して間もない。だが、その彫りの深い顔立ちは、親族からも家来たちからも二、三歳は上に見違えられるほど大人びていた。

「いまは、こうして見送るしかできぬのか」

愛季は独り言のようにつぶやいていた。

「土崎湊《つちざきみなと》へ向かう商い船の話でございますな」

傍《かたわ》らには五十年輩の僧侶が寄り添うように立っていた。檜山安東家の菩提寺《ぼだいじ》で、城下にある華厳宗国清寺《けごんしゅうこくせいじ》の住持をつとめる安祥和尚《あんしょう》だった。

安祥は、国清寺の開山である在天文龍《ざいてんもんりゅう》の高弟である名僧だった。愛季は子どもの頃より安祥に、文字や詩歌、四書五経をはじめ、地誌、国史などあらゆるものごとを学んできた。

「そうです。この野代《のしろ》（能代）もかつては、北海にいくつと数えられる大湊であったのです。それが、もう長らく、多くの商い船は野代湊を素通りするほかはない」

「いまは大船はすべて土崎（秋田）湊に入ってしまいますからな」

「野代湊は、米代川の砂の堆積や川欠《かわかけ》により、長い間、百石ばかりの船しか入港できなくなっています。あの岬の向こうには……」

愛季は艫作崎を指さした。

「かつて安東家が北海一の湊を築いていた十三湊《とさみなと》がある。さらに、海を隔てて蝦夷《エゾカ》の地がひろがっています。我が臣、蠣崎若狭《かきざきわかさ》が我が家の西蝦夷奉行となってはおりますが、遠隔の地のことゆえ、安東家が直《じか》に治めているとは言い難い。北の海がすべて安東の海であった昔は遠い……」

「残念ながら、拙僧も異論を持ちませぬな」

「往古は、この野代は、海の彼方《かなた》の異国に向かって開いていた湊でさえあったのです。それが、いまや蝦夷からの商い船すら寄港せず、土崎湊にすべてを奪われている」

「国の栄枯も湊の盛衰も、これまた、時の流れでございますよ」

「だが、わたしは、それが口惜しい」

愛季はふたたび北海を見つめた。

安東氏は、鎌倉時代後期から室町時代中期にわたって、日本海北部の海運を完全に掌握していた一族であった。天然の良港である津軽《つがる》半島の十三湊を根拠地に、蝦夷地のアイヌはもとより中国、朝鮮とも交易を続けていた。かつて安東家の当主は東海《とうかい》将軍、あるいは日之本《ひのもと》将軍との称号を用いていたことさえあった。

「しかも、湊家さえも我が檜山家の手中にあるとは言えぬ」

土崎湊は同族である湊安東家が治めていた。宗家の檜山安東家から愛季の弟の春季《はるすえ》（湊二郎）が養子に入ったが夭折した。現在は当主不在となっており、累代の重臣たちが実権を握っていた。

「やはり湊家のことを案じていらっしゃるのですな」

安祥はかすかな笑みを浮かべた。

「老師よ。拙者は檜山安東家、いや、湊家を含めた安東一門にかつての力を取り戻したいのです」

愛季は言葉に力を込めて言い放った。

「なんのために……」

安祥はほほえみを湛《たた》えたまま言葉を継いだ。

「なんのために若さまは、力をお持ちになりたい」

「申すまでもないこと、我が安東の地を富まし、人々の暮らしを豊かにするためです」

安祥はかすかにあごを引いた。

「太郎《たろう》さまは、諸侯が力を持つためには、どんなお心構えを持つべきとお考えか」

「心構え……」

すぐに答えが見つからない愛季は、自分に向けられた問いを繰り返した。安祥はゆっくりと口を開いた。

「以前にもお話し致しましたが、我が華厳には『一即一切《いちそくいっさい》』という教えがございます」

「一はそのまま多であり、多はそのまま一であるとする教えですね」

「はい、盧舎那仏《るしゃなぶつ》の智慧《ちえ》の光があまねく照らすこの世は、すべてが縁でつながっているの

です。安東太郎さまという一人《いちにん》は森羅万象のすべてのものごととご縁でつながっておりま
す。森羅万象のものごとはまた太郎さまとご縁でつながっております」

　安祥は静かな声音《こわね》で語った。

「だからこそ、人はすべての人を大切に思わねばならぬのですね」

　愛季なりの解釈であったが、安祥は少しだけ厳しい顔つきになった。

「大変に難しいことでございます。たとえば、太郎さまには敵とお考えの方々もございま
しょう」

「我が安東から十三湊を奪った南部《なんぶ》家は、敵と呼ぶほかないでしょう」

　十三湊は、三戸《さんのへ》に根拠を置く甲斐《かい》源氏の南部家によって百年ほど前に奪われていた。

「しかしながら、その南部家ともご縁はつながっております」

「老師、縁とは何であろうか」

　安祥に突きつけられた課題に、愛季は答えを見つけられなかった。

「その答えは、ご自分で見いだすほかはないとお心得なさいませ」

「行く末、常々、考えて参りましょう」

　安祥は深くうなずいた。

　そのとき河口から、風に乗って大勢の人々のわめき合う声が聞こえてきた。叫び声は悲
壮感を帯びており、なにやら尋常ではない騒ぎが起こっているように聞こえた。

「行ってみましょう」

愛季は、声の聞こえるところを目指し、砂を蹴って走った。

潮の満ち始めた川の真ん中に、十人ほどの百姓が輪を作って叫び合っている。

愛季は肩衣《かたぎぬ》と袴《はかま》を脱ぎ捨てると、胸の深さまで満ちた米代川の水の中に入っていった。

流れはゆったりとしているが、川底は苔で滑る。愛季は足を踏ん張りながら、川の中ほどまで進んだ。

「城の者だ。これはいったい何の騒ぎなのだ」

百姓たちはいっせいに振り返ってばらばらと頭を下げた。

「こりゃあ、お武家さま、とんだお見苦しいところをお見せして申し訳ねぇ」

年かさらしい一人が詫びた。

「そんなことは、どうでもいい。何が起きているか見せろっ」

「へ、へぇっ、ただいま」

百姓たちはあわててその場を動き、人垣を割った。

岩に足を滑らせたか、一人がもんどりうって川の中に倒れ、水しぶきが上がった。

「こ、これは……」

川のちょうど真ん中あたりで、十歳ばかりの童女が水に浸《つ》かって両手をバタバタさせてもがいている。

「うちの娘《め》の奴、貝っこ採りに川へ入ぇってたら、右の足が岩にはさまっちまって……」

童女の父親なのか、三十年輩の百姓が青い顔で訴えた。

「村の者、総出で引っ張ってるんですが、へぇ、どうにもこうにも抜けねぇんで」

「もう一度、引っ張ってみるべ」

男たちは四方から女童の身体に手を掛けた。

「そーれ、そーれ」

水しぶきを上げながら、腕に力を込める。

「痛《あ》ぇーよっ、痛ぇーよっ」

童女が激しく泣きわめく声が川面に響いた。

米代河口は干満の水位差が四尺（約一・二メートル）は優に超える。貝採りに水に入ったときに、どの程度の水位だったのかはわからない。だが、そもそも四尺程度しかないであろう童女の首から下は、すでに完全に水中に隠れている。潮はどんどん上がってきている。まもなく昼の満潮の刻限が訪れる。

このままでは童女は溺れ死ぬよりほかに途《みち》はない。

「娘、しばらく足を動かすでないぞ。よいな」

愛季は言いつけて川に潜った。

まき上げられている川泥が沈むのを待って、川底を凝視する。

焦げ茶色の岩と岩の隙間に童女のくるぶしから先が食い込んでいる。

少し引っ張ってみたが、びくともせず、流血が水に溶け出した。

痛みのため、童女の右足ががくんと震えた。

「父親はそこもとだな。この娘を助けるには一つしか途《みち》がない」

川から顔を出した愛季は、父親と思《おぼ》しき百姓に呼びかけた。

「へぇ……どう致しますんで」

「娘の右足をふくらはぎあたりで切り落とす」

自分で口に出しながら、愛季はその無残な提案に戸惑っていた。

鎧《よろい》を着用した状態での水剣術はあるが、あくまで泳ぎながら剣を使う術である。

水中で剣を使う剣術を愛季は知らないが、据えもの同然の童女の足は水中でもじゅうぶんに切り落とせると確信していた。

だが、童女のか細き足を切り落とすのはあまりにむごい……。

「足を切るんで……」

父親の顔から血が引いた。

この言葉を耳にした童女は声を張り上げて叫び散らした。

「やんだぁー、おれやんだー」

童女の叫び声は、愛季の気持ちを迷わせた。

だが、水かさはさらに増していた。童女はふたたび水を飲んで激しくむせた。

「どうだ、娘を助けたいか。その代わり、右足の先がなくなるぞ」

とるべき途はひとつしかない。

父親に決断を押しつけている自分の弱さを愛季は感じた。

げほっげほっと童女はむせ続けている。

ついにあごをめいっぱい上に向けても、鼻の穴がようやく水面に出ている状態となった。

必死にもがき続けているが、川の水は容赦なく童女の息を止めようと増え続ける。

もはや寸刻の猶予もならない。

「切るぞ、よいな」

愛季は自分の憐憫《れんびん》の情を振り切った。

「お、お願ぇします」

父親は肩を落として頭を下げた。

「こらえよ」

かるくうなずくと、愛季は両足を川底に踏ん張って刀を大上段に構えた。

捻《ひね》りながら、刀を水中でなぎ払う。

両手に肉を切り骨を断つ手応えが伝わった。

水しぶきが上がる。

「きゃあああああっ」

甲高《かんだか》い叫び声が上がり、川面に勢いよく血潮がひろがった。

「引き揚げろっ」

愛季は叫んだ。

小さな身体《からだ》は男たちの力であっという間に岸辺の砂に引き揚げられた。

気を失った童女は、真っ青な顔の中でかたく目を閉じ、全身を小刻みに震わせている。

右のふくらはぎ下の傷口から大量の鮮血が噴き出している。

愛季は手早く刀の下げ緒を切って、きつく傷口を縛り上げた。

童女は身体をびくっと痙攣《けいれん》させ、流血は一時的に止まった。

「よいか、この紐は血止めだ。決して解いてはならぬ」

「へ、へいっ」

「娘を城まで運べ。医師《くすし》に診《み》せよう」

愛季は懐紙で刃《やいば》をぬぐいながら命じた。

男たちが力を貸して、父親の背に気を失ったままの童女を負ぶわせた。

「こなたさまは」

父親は両眼をしょぼつかせて訊《き》いた。

「檜山城の若殿さまじゃよ」

いつの間にか追いついて、岸辺に立っていた安祥が告げた。

「ひぇえっ」

父親は童女を負ぶったまま、後ろへひっくり返りそうになった。

ほかの男たちは、わらわらと砂の上に土下座した。

「よいから、早く城へ運べっ」

愛季は男たちを追い払う手振りを作った。

「お、おぎに（ありがとう）」

女童を背負った父親を取り囲むようにして、男たちは逃げるようにして岸辺を去って行った。

「老師よ。いたいけな女童《めのわらわ》の身体に不具を残してよかったのでしょうか」

とっさの自分の判断に、愛季は自信がなくなっていた。

「されど、放っておけばあの女童は必ず生命《いのち》を落としておりました」

安祥は表情を変えずに静かに答えた。

遠くから蹄《ひづめ》の音が近づいて来た。

「若殿ーっ」

近習の石郷岡主馬《いしごおかしゅめ》が砂を散らしながら馬を走らせている姿が視界を覆った。

「なんだ、主馬、騒々しいぞ」

主馬は馬から飛び降り、あたりに安祥しかいないことを確かめてから口を開いた。

「殿が……お倒れになりました」

一つ年下の主馬は、元服したての若々しい両頬を赤く染めて、泣き声混じりに訴えた。

「な……に……それはまことかっ」

愛季は我が耳を疑った。つい一刻ほど前、城を出るときには、常に変わらぬ様子だった父なのである。

「お気を失われて……そのまま……昏々と眠り続けていらっしゃいます」

主馬は荒い息で続けた。

「老師、失礼つかまつる」

愛季は答えを待たずに、松の木につないであった愛馬の青鹿毛《あおかげ》へ走った。

焦る気持ちを懸命に抑えて、愛馬に鞭を入れながら檜山城へと急ぐ。主馬の蹄の音が後から追いかけてくる。

実り始めた稲田の道の向こうにそそり立つ土塁上にひろがった檜山城がぐんぐん近づいて来た。

大手門へ駆け込んで馬を小者《こもの》に預け、息せき切って本曲輪《くるわ》に建つ主郭御殿への石段を駆け上がる。

檜皮葺《ひわだぶ》き土壁造りの主郭御殿入口に宿老筆頭の大高筑前安時《おおたかちくぜんやすとき》が、血の気をなくして立っていた。

「主馬、おぬしはここに控えておれ」

大高筑前は主馬を下がらせて、愛季に低い声で告げた。

「半刻ほど前に、縁側で庭の竜胆《りんどう》の花を愛《め》でておられたのですが、突然にお倒れになって……とりあえず、瀬河弦斎《せがわげんさい》にお脈を取らせて、余の者は遠ざけました」

いつも沈着なこの男らしくなく、大高筑前は四角い顔の中で両眼を泳がせ続けている。

胸の鼓動をおさえて、愛季は御殿奥の書院と呼んでいる部屋に駆け込んだ。

「父上っ」

板の間に父、舜季が寝かされていた。

愛季にも受け継がれている彫りが深く鼻筋の通った顔に、苦悶《くもん》の面持《おもも》ちを浮かべている。一見、それほど重篤とは感じられなかったが、顔色は土気色で唇を震わせながら舜季は大いびきをかいている。

「弦斎、どうなのだっ」

かたわらで脈を取っている医師の弦斎に、愛季は怒鳴りつけるような声で訊いた。

「ま、まことに申し上げ難きことながら……いびきにも似たお息遣いは、きわめてよろしくなく……お倒れになったときのことからお察しして、重い風疾《ふうしつ》かとお見立て申します」

振り返った弦斎は、切れ切れに見立てを伝えた。

「中風《ちゅうぶ》だと申すか」

「はい、お目覚めになっても、元のようにお動きなることは難しいかと……あっ」

いびきが止まった。

「む、むっ……」

弦斎の顔色が変わった。

すーっと舜季の息が消えていった。

「お脈が止まりました……」

手首で脈をとった弦斎は暗い顔で首を振った。

「殿さま……お最期《さいご》をお迎えです」

城の壁が音を立てて崩れ落ち、はじけ飛ぶかのような衝撃が愛季を襲った。

わき上がってくる激しい思いにかられて、愛季は父の肩を抱えて上体を起こした。

「ち、父上」

父の温《ぬく》もりが胸に伝わった。

だが、鼓動は間違いなく止まっている。

愛季の両眼から涙があふれ出た。

「父上、父上ーっ」

呼びかけても揺すっても、離れゆく父の魂を呼び戻すことはできなかった。

「若殿さま……ご愁傷を申し上げます」

父の身体を横たえて合掌する愛季に、大高筑前が声を震わせた。

——蝦夷交易を我らが檜山安東家の手から、断じて逃してはならぬ。

父が口癖のように言っていた言葉が脳裏に蘇《よみがえ》った。

「ここ数年の父上は、蝦夷の争いを鎮めることに、心をお痛めであった。蝦夷でのご苦労がお身体を損ねられる元だったのであろう……」

松前大館《まつまえおおだて》を根城とする安東家西蝦夷奉行、蠣崎家は長らくアイヌと戦いを続けていた。これがため、安東家の蝦夷交易は不安定なものとなっていた。舜季は危機感を強めて、蠣崎家とアイヌ首長らの間に講和協定を結ばせようとした。

三年前の天文《てんぶん》十九年（一五五〇）には、自ら蝦夷地へ渡り南部を巡検した。さらに、宗主として、蠣崎若狭守季広《すえひろ》と、知内《しりうち》首長のチコモタインおよび瀬田《せた》内首長のハシタインとの間に和睦の約束を結ばせた。

このおりの舜季の蝦夷渡りは、後に「東公の島渡」と呼ばれる。

だが、和睦が成ると、蠣崎氏の力は強くなっていった。季広自身は宗家に対して恭敬な態度をとり続けていたが、蝦夷地支配は実質的には檜山安東家の力を離れつつあった。

蝦夷からの荷は野代湊を通り越して湊安東家の支配する土崎湊へと向かう。檜山安東家は、ただ宗主として蠣崎家より津料を受け取るだけの消極的な立場となっていた。

蝦夷地支配喪失への不安が高まる中で舜季を襲った突然の死であった。享年、四十。

(母上を亡くして久しく、いまここに父上を喪《うしな》った。もはや、ふた親への孝行もできぬ身となってしまった……)

頬に流れ落ちる涙を、愛季は止めようもなかった。

「突然のことに、家臣には動揺がひろがるものと存じます。この上は、一日も早く御跡目をお継ぎあそばされ、家臣一同にお伝えになりますことこそ、何よりも枢要かと拝察いたします」

大高筑前が沈痛な面持ちで進言した。

温厚で聡明な舜季は誰にも敬愛され、家中はよく治まっていた。

だが、三好《みよし》氏や細川《ほそかわ》氏に京を追われた十二代将軍の足利義晴《あしかがよしはる》が三年前に近江《おうみ》で客死するなど、力のない主君が見限られる世の中が始まっていた。

力を持つ者が国を制する世の風は、徐々に東奥《とうおう》の地にもひろがりつつあった。十五歳に過ぎぬ当主を戴《いただ》かねばならぬ家中の動揺は、愛季にも痛いほどに感じられた。

「そうだ。いまは悲しみにうちひしがれているときではない」

愛季は唇を嚙みしめた。

安東家を一人背負って立つ責務は、あまりにも唐突に愛季に担わされた。

*

父の野辺送りをすませた愛季は、吉日を選んで大手門前広場に家臣一同を集めた。眼下に点在する草葺き屋根の農家から炊煙が上がっている。のどかな檜山の里の秋が深まりつつあった。

愛季は用意させた高い踏み台に乗って一同を見渡した。

「家臣一同、揃いましてございます」

大高筑前が家臣を代表して辞儀を口にした。

主馬の父である宿老の石郷岡主殿介《とのものすけ》以下、大高筑前の子の伝右衛門《でんえもん》（胡斎《こさい》）、侍大将の鎌田惣兵衛《かまたそうべえ》、同じく分内平右衛門《ぶんないへいえもん》、船川二兵衛《ふなかわにへえ》、瀬河甚左衛門《せかわじんざえもん》ら、素朴な出羽《でわ》侍たちが肩衣姿でずらりと居並んでいる。

大高筑前と伝右衛門の父子、主殿介と主馬の父子は文字にも明るい。だが、家中の侍たちは、武勇に秀でるものの無骨一辺倒の男たちが多い。

背後には小者たちばかりか、厨《くりや》や奥で働く女たちも控えていた。さらに、国清寺の安祥和尚も呼んであった。

家臣たちは、固唾《かたず》を呑んで、愛季の言葉を待っていた。

「一同、参集、大儀である」

愛季は無理に貫禄をつけずに、しかし、腹からを声を響かせるように努めた。

「この太郎、父を突然に失い、檜山安東家を継ぐことになった」

広場に響くのは、朝の木々でさざめく小鳥たちの声だけである。

「わたしはまだ十五に過ぎぬ。されど、父と負けぬ、いや、それを上廻《うわまわ》る気概を以《もっ》て家中を率いて行く所存である。そこで、これをそこもとたちに見せたい」

愛季が目顔で合図すると、壁に立て掛けてあった覆いの紐を主馬が引いた。

二畳にもおよぶ貼り合わせの大きな紙が姿を現した。

夜明けとともに斎戒沐浴《さいかいもくよく》をすませた後、愛季自身が揮毫《きごう》した。

自分でも雄渾《ゆうこん》と思える筆致の巨大な四文字が記してある。

「載舟覆舟《さいしゅうふくしゅう》と読む」

愛季は力を込めて一語一語を明確に発声して四文字を伝えた。

「舟を載せ、舟を覆す。かように読み下すのですな」

大高筑前はしわがれ声を励まして訓じた。

「そうだ。『荀子《じゅんし》』王制にある言葉だ」

「いかなる意でございましょうや」

主殿介が塩から声で訊いた。

「舟は安東の家を表す」

声にならないざわめきがひろがった。居並ぶ者たちが言葉の意味を考え始めたのだろう。

「我ら安東家は、往古より海と共に生きて参った。安東の家を一艘の舟にたとえるならば、そこもとたちはこの舟に乗って大海を渡る船人と心得よ」

一同は静まりかえって、愛季の次の言葉を待った。

「さて、海の水は安らかなるときは舟を浮かべ載せる。されど、海の水が荒れれば、直《ただ》ちに舟を覆す」

意味を半分まで理解できた家臣たちが、次々にうなずく姿が視界に入ってきた。大切なのはここからである。愛季はさらに声に力を入れた。

「民を海の水と考える」

ふたたび家臣たちにざわめきがひろがった。

「舟である安東家中を安らかに載せる民を養うことこそ、船頭たるわたしに課せられた唯一のつとめである。よいか。我が安東家が栄えるためには、いつ、いかなるときも民草《たみぐさ》とともにあらねばならぬ」

その場はしんと静まりかえった。

「海の波を荒らすも鎮めるも綿津見《わたつみ》の神だ。これ、すなわち天道である。天道を知り、天道に叛《そむ》かずして、この檜山の地を治めて参る所存である。向後、そこもとたち家中の者たちは、船頭たるわたしの下知で舟を漕ぐ者と心して欲しい」

愛季は宣告するように言い切った。

「たとえ、胸が破れようとも、家臣一同、安東丸を力一杯漕いで参ります」

大高筑前がふたたび家臣を代表して答えた。

「殿ーっ、漕ぎに漕ぎまする」

「どんな波が来たって恐れるものではありませぬ」

「潮の流れに逆らったとて、漕ぎ続けまする」

広場は感極まった家臣たちの声で、うず潮が押し寄せたようなさざめきに満ちていた。

「我が殿の弥栄《いやさか》を祝おうぞ。誰ぞめでたい歌を知らぬか」

主殿介が口火を切った。

〽ふして思ひ　おきて数ふる　万代は　神ぞ知るらむ　我が君のため

主馬が涼しい顔で古今集にある素性《そせい》法師の賀歌《がか》を詠唱した。「寝ても起きても万代を数えることはできません。神のみぞが知る我が君のためのものなのです」という歌意であった。

「おお、まことにめでたき歌じゃ。わしが上の句を詠《よ》むで、皆の者は下の句を詠め。ふして思ひ　おきて数ふる　万代は―」

主殿介の塩から声が、日頃には似つかわしくない雅《みやび》やかな歌を口にしている。

愛季は笑いをこらえるためにうつむいた。だが、家臣一同は、まじめに口を揃えて下の句を続けた。

〽神ぞ知るらむ　我が君のため

言祝《ことほ》ぎの句が広場に響き渡った。家臣の心が一つになった実感を愛季は覚えた。

(石郷岡父子め、示し合わせておったな)

天子の治世を言祝ぐ歌を持ち出すとは僭越《せんえつ》ではあろう。だが、愛季は主馬の機転と、主殿介の忠義に内心で感謝した。

家中は「載舟覆舟」の旗と檜扇《ひおうぎ》に鷲《わし》の羽の家紋のもとに、まとまりを見せてくれることだろう。

「一同、大儀であった。下がってよいぞ」

喜びの言葉を口々にしながら、家臣たちは広場から日頃のつとめに戻っていった。

家来たちが引き上げて行くなかで安祥和尚が残っていた。

満面に笑みを湛えている。

「老師、いかがでありましたか」

「堂々たるご挨拶でおざった。ご家来衆は誰もが、太郎さまにご心服なさっていました。まずは重畳《ちょうじょう》でございますな。『載舟覆舟』の四文字は人々の心を強く打ち、突然の御跡目就任におけるご家中の不安を、霧が晴れるがごとくに消し去ったと存じます」

「お言葉を伺い、安堵致しました」

だが、安祥の顔は厳しく変わった。

「が……言葉は人を導くものではありますが、人を治めるものではございませぬ」

「承知しております。人を治めるものはただ、民心の安寧と心得ます。安寧は飢えに勝ち、隣敵との戦いに勝ち続けない限り得られぬものと心得ております」

「民を率いるお心など、仏僧などには考えもつきませぬ。されど、まことに苦しきお立場でございますな」

安祥は痛ましげに目を伏せた。

「安東の家の嫡男に生まれたのも、わたしの宿世《すくせ》の因縁でございましょう。さらに、先日の米代河口の一件では大いに学びました」

「ほう、女童の足を切り落としたことですな」

あの百姓の童女は助かった。

米代川から助け上げた晩から熱を出したが、瀬河弦斎の療治が効を奏し、いまでは起き上がれるようになった。義足作りを城下の番匠《ばんしょう》（大工）に頼んでいる。

「はい、あのとき、か細い足を切ることに躊躇《ちゅうちょ》しておりましたら、女童は間違いなく生命を落としたでありましょう。危急に臨んでは、小の虫を殺して大の虫を助けることが肝要と知りました。『孟子《もうし》』で申せば、『枉尺直尋《おうせきちょくじん》』の理《ことわり》です」

一尺分を折り曲げることで、一尋《ひろ》（八尺）を真っ直ぐにできればよいという理屈である。

「なるほど、女童の場合には明快でしたな。したが、治世の上で何を以て一尺と考え、何を以て一尋《いちじん》と考えるかは、なかなかと難しい話でございますな」

「仰せの通りです。が、わたしは、森羅万象に対して『一即一切』の教えを忘れず、万民には『載舟覆舟』の心で接し、さらに危急のおりには『枉尺直尋』の理によって果断を為して、この檜山を治めて行こうと考えます」

「よいお心がけかと存じます」

「枉尺直尋の理は、家臣の立場から視《み》れば、あるいは自分が小さい虫と思われているのかなどというひがみにつながることがありましょう。とかくに誤解を生じかねない言葉です。この理ばかりは家臣には告げられませぬ。老師の内心にお留め置きください」

愛季は苦笑を浮かべて安祥に念を押した。

「むろんのこと……愚僧でよろしければ、いくらでも太郎さまの塵箱《ちりばこ》となりましょうぞ」

「これはなんとも気高い塵箱でござるな」

「いやさ、ひねくれた物言いを致す塵箱でおざるよ」

二人はしばし笑った。

「太郎さまがお立ちになることで、この檜山の御家は累代さまにないご繁栄を遂げると、拙僧はかたく信じております」

去り際に安祥は世辞を口にしたが、その顔は真剣そのものであった。

落ち葉を焚《た》く香ばしい匂いを乗せた風が、城下から漂ってきた。

父、舜季の突然の死によって、愛季は十五にして檜山安東家の八代目の当主となった。

檜山は北を白髪ヶ岳に、西を北海に守られている。

しかし、東には比内《ひない》に浅利《あさり》氏、その東には強敵の南部氏があり、南には向背定かでない由利十二頭《ゆりじゅうにとう》と呼ばれる小豪族たちが割拠していた。さらにその南には雄勝《おがつ》の小野寺《おのでら》氏、荘内《しょうない》の大宝寺《たいほうじ》氏が覇を競っていた。

これらの外患に加えて、湊安東家の重臣たちは檜山安東家から独立しようとする動きが強く、これは内憂と呼ぶほかない。

時は天文二十二年（一五五三）八月、長尾景虎《ながおかげとら》（上杉謙信《うえすぎけんしん》）と武田晴信《たけだはるのぶ》（信玄《しんげん》）が信濃国《しなののくに》川中島で初めて干戈《かんか》を交えようとしていたその頃である。十五歳で家督を継いだ若き檜山安東家当主、安東愛季の前途は多難と言わざるを得なかった。

二

二年半が経《た》った。愛季は十八を数えていた。

五月晴れの出羽の空には、綿雲がぽかりぽかりと浮かんでいる。

愛季は二百貫取りの騎馬侍といった形装《なり》で野駆けに出ていた。供は石郷岡主馬ただ一人である。家督を継いでから、愛季はしばしばこうした微行姿《しのびすがた》で領内を見て回っていた。むろん治めるべき土地をよく知るためにほかならなかった。

――南部や浅利の間者《かんじゃ》にでも狙われたら、どうするおつもりですか。

大高筑前はすぐにうるさく諫《いさ》め始めるので、愛季は機を見てこっそりと城を出ることが多かった。

視界に青々とひろがる田圃《たんぼ》には、菅笠をかぶった百姓たちが腰を曲げ一列に並んでいる。長着に帯と襷《たすき》、腰巻き姿の早乙女《さおとめ》の姿もちらほら見える。

「田植えも始まったようだな」

「は……今年の夏は晴れの日が続くとよいのですが……」

出羽国や陸奥国《むつのくに》の米作にとって、いちばん恐ろしいのは、冷夏であった。夏に雨が多いと米の仁《にん》は育たず秋の実りは薄い。大きな飢饉《ききん》を招く恐れがあった。

幸い、昨年も一昨年も豊作が続いた。

(わたしは天運に恵まれているのやもしれぬ)

田植え姿を馬上で眺めながら、愛季は心の中でつぶやいていた。

作柄がよかったのと同じように、家督を継いでから、南部氏をはじめとする近隣諸家は大きな動きを見せることはなかった。

また、湊安東家も、表だっての騒ぎはなく、とりあえずは治まっていた。

だが、火種は外にも内にもくすぶっている。いまのところ、檜山安東家の周辺は不気味に静まっているといってもよかった。

まずは東を目指し、二ツ井《ふたつい》の集落を越えて狭い山道を峠付近まで進んだ。

眼下に蛇行して白い反射を見せる米代川沿いの鷹巣《たかのす》盆地には緑の田圃が広がっていた。

比内浅利氏の頭領である浅利則祐《あさりのりすけ》は、比内郡の大館と鷹巣の二つの盆地を領土としている。則祐は東側の大館近くの独鈷城《とっこじょう》を根城としており、西側のここ鷹巣は浅利家重鎮の野呂《のろ》氏が治めていた。

「比内の地は、豊かだな」

愛季は青々と伸びる稲田へ目をやって主馬に声を掛けた。

「はい、どれほどの米を産むものか見当もつきませぬ」

「されど浅利は海を持たぬ」

比内の地に比べ稲田に向いた土地が少ない我が領地が悔しかった。

檜山領の取れ高は七千五百貫（一万五千石）ほどしかない。

やはり安東は海とともに生きてゆくべきだと、愛季はあらためて思うのだった。

主従は、峠を二ツ井へ戻ると、馬首を北へ巡らし白髪ヶ岳の山麓へと進んだ。

半刻ほど青い山に分け入ってゆくと、緑の峰を連ねる白髪ヶ岳から霧が降りて来た。

樺《かば》の梢で鳴くカッコウの声が、雑木林に響き渡っている。

雑木林を走るうちに視界のきかない草原に出た。一面の緑のあちこちに咲くレンゲツツジの赤い花が目にも鮮やかである。

だが、いくらも駆けないうちに、踏み跡は草原に溶けるように消えてしまった。

「道が終わっているぞ」

「とりあえず山に向かって走りましょう」

背後で主馬の元気な声が聞こえた。

降《ふ》る霧に包まれて霞んでゆく白髪ヶ岳を目印に、二人は濡れた草原を走り続けた。

かろやかに流れる五間幅ほどの渓流のほとりで馬を止めた。対岸のブナの木の根元で、ギンリュウソウの白い花がゆらゆらと幾つも頼りなく微風に揺れている。

「ここから先へは進めぬな……」

返事がなかった。

振り返ってみると、後から従《つ》いて来ているはずの主馬の姿が見えない。

草原で蹄《ひずめ》の音が聞こえにくい上に、前方に気を取られていたうちにはぐれたのだろう。

踵《きびす》を返した愛季は、帰り道はおろか、東西南北さえわからなくなっていることに気づいた。すでに周囲の山は完全に白い霧の帳《とばり》に覆われている。

「主馬ーっ」

声を限りに叫んでみたが、自分の声が霧の中に消えるだけで答えは返ってこなかった。

カッコウの声だけが霧の中から響いてくる。

しばらく進むと渓流の音が響いてきた。

(これは……)

道の先の樹林に目をやった愛季の背中にぞっと寒気が走った。

霧の中でギンリュウソウの花が咲いているではないか。

四半刻ほど前に通り過ぎた場所だった。愛季は霧に惑わされて、同じ場所を廻《まわ》る羽目に陥ってしまったのであった。

(狐狸《こり》に化かされたか)

馬の首を逆に向けて、愛季はふたたび草原に馬を乗り入れた。

かなり長い間を進むと、草原の端に始まるブナ林の中に続く土色の道を見つけた。

久しぶりに、人の手の入った形跡を見いだした愛季は、ほっと胸をなで下ろした。

道は三方に分かれている。どの道を選んでいいのかわからない。
（まぁいい、いつかは人家に出られるだろう）
愛季は真ん中の道を進んだ。
進めども進めども、ブナの林が続いている。
戻ることも考えたが、あたりは徐々に暗くなってきている。
白い霧が刻々と青黒く沈んでゆく。
あの草原に戻れば、一晩中同じところを堂々巡りする羽目に陥るかもしれない。
（荒れた辻堂でも見つかれば、そこで夜を明かそう）
愛季は甘かった。
こんな山奥で辻堂などがそうやすやすと見つかるものではない。
濡れてきた身体が冷え始めた。
（霧が降る空のもとでの夜明かしはつらいな）
そう思ったときである。
愛季は我が目を疑った。
遠くの木々の間にかすかな灯《あか》りがちらほらと見える。
引き寄せられるように、愛季は灯りを目指して、青黒い霧の中を遮二無二《しゃにむに》進んだ。
（おお、人家だ）

杉森を背にした大きな農家の影が黒々と浮かびあがった。

門はないが、板壁の上に入母屋茅葺《いりもやかやぶ》き屋根を載せた、なかなかと立派な構えである。納屋らしき小屋も二棟ほど並んで建っていた。

気づいてみると、この家を取り巻いて十数軒の藁《わら》葺きの小さな農家が建っている。集落の北側には崖が切れ落ちており、谷をはさんで水を張った十何枚という棚田が闇に沈み始めていた。

大きな農家のほかは、どの家も真っ暗で物音一つ聞こえず静まりかえっていた。

百姓家が夜に灯りを点《とも》すことは余りない。日没後には一家揃って寝てしまう家が少なくなかった。そろそろ、夕餉《ゆうげ》を終えて床に就こうとしている家が多いのかもしれない。

遠くから見えた灯りは、大きな農家の庭の隅で、十五、六の小女が火を燃やしているものであった。

「もうし、あるじどのに案内《あない》を乞いたいのだが」

愛季は馬から下りて、小女に向かって声を掛けた。

「ひへーっ」

小女は妖怪変化でも見たかのように、驚きを顔全体に貼りつかせて叫び声を上げた。

はじかれるように立ち上がった小女は、あわてて母屋へと駆け込んでいった。

しばらくすると、建物の中が明るくなり、一人の五十年輩の男が戸口から出てきた。

男は、黄唐茶《きがらちゃ》の単衣《ひとえ》の上に枯茶《からちゃ》の肩衣を身につけている。背後に数名の素朴な顔つきの男女が付き従っていた。

「お武家さま、奉公人が失礼を致しました。手前、この村の束ねをしております。藤森佐《ふじもりさ》兵衛《へえ》と申します」

佐兵衛は村長《むらおさ》にふさわしい貫禄と落ち着きを持っていた。

「野駆けをしていたのだが、霧に巻かれて道に迷ったのだ」

「ははぁ、大野岱《おおのだい》か熊の岱あたりで迷われましたかな。このあたりは広い草原があちこちにありますので、土地の者でも霧など出ますと難儀致します」

「火を焚いてくれていたので、ここへ参れたのだ」

「ちょうど藁灰を切らしてしまいまして……今日はワラビがずいぶん採れましたので、灰汁《あく》抜きをしたいと思いましたでな」

「申し訳ないが、一夜の宿をお借りできまいか」

「むさ苦しいところですが、よろしければ」

佐兵衛は人のよさそうな笑顔を浮かべてうなずいた。

「おかげで、霧に濡れたまま夜明かしをせずに済んだ」

心底ありがたかった。

「それはようございました」

「旅をしたことがないので、宿代というのがよくわからぬのだが……」

愛季は青鹿毛《あおかげ》に積んでいた一升米の入った袋を手渡した。

農村では銭は喜ばれない。主な通貨は米そのものだった。

「これは恐れ入ります。これでは頂きすぎですので、いくらか夕餉に炊かせましょう。おい、キヨ、一合ほど飯を炊いてくれ」

佐兵衛は一人の若い女に米袋を渡して命じた。

「へぇ……しばらくお待ち下せぇ」

「すまぬ。馬にもまぐさをやってくれぬか」

愛季は背中でぶるると声を上げた青鹿毛にあごをしゃくった。

「ご案じなされますな。卯介《うすけ》、お馬を納屋に連れて行け」

「へぇ、わがっだっす」

一人の若者が頭を下げて、青鹿毛を引いていった。

「まぁ、お入り下さいまし」

土間を上がった愛季は、十畳ほどもある板敷きの間に通された。

白木の燭台《しょくだい》に点された蠟燭《ろうそく》の炎で、ほのかに温かい橙色《だいだい》に照らされている。

「村の主立《おもだ》った者が寄り合いに使う部屋でございますので、お武家さまをお迎えできるようなところではございませんが」

佐兵衛は藁座に座るように奨《すす》めた。

「いやいや、濡れた草に伏すことを思えば、極楽のようだ」

正直な愛季の気持ちだった。

半刻ほど待つと、飯と菜の漬け物、ワラビの塩汁が木膳に載せられて出てきた。

「ありがたく頂戴する」

空腹に堪えかねていた愛季は喜んで木箸を取った。

湯気を上げる飯を口に持ってゆく。

（なんだ……この米は……）

どうも変なのである。

ぱさついて埃《ほこり》っぽい。糠《ぬか》臭く、ときに口の中でジャリッとする。この米は檜山の城の賄《まかな》い方に支度させたものである。おかしな米であるはずはない。

顔つきがおかしかったためか、佐兵衛は愛季の顔をじっと見た。

「お武家さま、ご無礼ですが、ちょっと椀をお貸し下さい」

佐兵衛はハッと気づいたようすで、愛季の手から木椀を受け取った。

「キヨ、キヨはおらぬかっ」

呼び声が響くと、すぐに若い女が転がり込むように板の間に姿を現した。

自分を呼んだ佐兵衛の剣幕に恐れをなしてか、キヨの肩が小さく震えている。

「キヨ……お前、この米を研いだか」

佐兵衛は厳しい声音で訊いた。

「へ……とぐ……そいだば、何のことだすか?」

キヨは狐につままれたような顔をした。

「炊く前に水で洗って糠を落とすことだ」

「わがらねがったもの」

キヨは鬢《びん》のほつれが目立つ首を力なく振った。

「そうか、わかった。もう下がっていなさい」

掌《てのひら》をひらひらさせて佐兵衛はキヨを下がらせた。

「お武家さま、まことに申し訳もございませぬ」

佐兵衛は板床に手をついて深々と頭を下げた。

「いささかも気にはしておらぬゆえ、お手を上げられよ」

穏やかに言った愛季の言葉に、ようやく佐兵衛は顔を上げた。

「あれはうちの惣領《そうりょう》の嫁ですが、生まれて初めて姫飯《ひめいい》を炊きましたので、研ぐということを知らぬのでございます」

「生まれて初めて……したが、この家に入る前にも棚田が見えたが」

愛季には解《げ》せなかった。

「それはその……」

佐兵衛は気まずそうに言葉を継いだ。

「あの棚田では、檜山のお城へお納め申す米を作っております」

愛季は頭を殴られたような衝撃を覚えた。

「年貢米だけを育てておると申すか。では、そこもとたちは米は食わぬのか」

愛季の声は抑えようもなく高ぶっていた。

「谷が狭く棚田をようやく作っておりますんで、わたくしどもの口に入る分まではとても賄えませぬ。幸いこの歳《とし》ですので、手前は何度か食したことがございますが」

佐兵衛は肩をすくめた。

「そこもとは、この村の長だと申しておったな」

「はい、死にそうになった者に、今生《こんじょう》の名残《なごり》として食わせております。手前は自分が死にかけたこともございますし、また、家内を亡くしたときに相伴《しょうばん》しましたので……」

「では、ふだんは何を食しているのだ」

驚きのあまり、急き込みながら愛季は訊いた。

「それでも稗《ひえ》と蕎麦《そば》が穫《と》れますんで、まぁ、飢え死にせずに済んでおります。申し訳ございませぬ。一合しか炊いていませんので、今度は嫁に研ぐということを教えて、また炊かせます」

「いや、それには及ばぬ。そこもとたちと同じものを食べさせてくれればよい」

「……稗がゆでございますよ」

佐兵衛の顔に戸惑いの表情がありありと浮かんだ。

「よい、稗か蕎麦の粥《かゆ》を持って来てくれ」

「すぐにお持ちします」

佐兵衛がキヨに持ってこさせた稗がゆは、とても食べられたものではなかった。

舌触りはざらざらとして、粘り気はまったくなく、口の中でポロポロとほどける。独特な臭みがあり、なかなか喉を通らなかった。愛季には一椀でせいいっぱいだった。

「馳走《ちそう》になった」

生まれて初めて口にした稗がゆの味は、愛季にはあまりにも苦かった。

食事が済むと、佐兵衛は寝間に案内した。

「これでもいちばんましな部屋でございます」

あてがわれた部屋は、四畳ほどで天井も頭がつかえそうなほど低かった。

それでも窓側の部屋で、跳ね上げの窓を開けると、青い月の光が差し込んできた。

卯花《うのはな》の香りを乗せた山の夜気が忍び込んできた。

谷の向こうには棚田が見えた。

田植え前の水を張った水面がたくさんの小さな池のように光っている。

（領主とは何だ。この村の百姓たちが狭い谷で懸命に育てた米をのうのうとして食っている。村人たちは死にそうになって初めて、その米を食せるとは……）

眠れぬ愛季は、長いこと月光を浴びる棚田を眺め続けていた。

寝苦しい一夜が明けた。

（主馬や城の者たちはどれほど自分のことを案じているだろう）

さすがに気が引けて愛季は早立ちすることにした。

天色《あまいろ》に澄みきった空が高い。

「霧はすっかり晴れたようだな」

「この空の塩梅《あんばい》だと、少なくとも昼過ぎまでは霧は出ますまい」

佐兵衛は空を見上げて、明るい声で請け合った。

「急いで麓《ふもと》へ下ることに致す」

「霧が出なければ迷うこともございますまいが、お天道さまを背に受けておれば、間違いなく里へ下れます」

「いろいろと世話になった。また、学ばせて貰ったことも多い」

「へえ……」

佐兵衛は怪訝《けげん》な顔で愛季を見ながら、ふくべを手渡した。

「これは笹湯でございます」

「かたじけない……身内や村内で困ったことがあれば、檜山の城を訪ねて参れ」

「ありがとうございます。もし伺うとしたら、どなたさまをお訪ねすればよろしゅうございますか」

「石郷岡主馬ゆかりの者といって訪ねて参れ」

とりあえず主馬にだけ、佐兵衛に世話になった話を伝えておけばよい。

「いしごおかさまですな……ありがとう存じます」

佐兵衛は膝に手をついて深々と頭を下げた。

青鹿毛にまたがると、愛季は重い気持ちで山間《やまあい》の村を後にした。

(領内のすべての民に、日頃よりわずかでも米を食わすような手立てはないものか)

手綱《たづな》を握りながら草原を下り、愛季は同じことを何度も考え続けていた。

途中の草原でふくべから飲んだ笹湯は渇いた喉を潤したが、昨夜の稗がゆと同じように愛季の心には苦いものだった。

樺の木でカッコウが高らかに鳴いている。

振り返ると、白髪ヶ岳の峰々が明るい新緑に光り輝いていた。

三

ヤマバトが、杉の梢でのどやかに鳴いている。

国清寺の庫裏《くり》で、愛季は安祥和尚から茶のもてなしを受けていた。

冷涼な出羽国では茶は穫《と》れない。京の周辺で作られたものが敦賀《つるが》湊などで船に積まれて、わずかな量が入って来るだけだった。

檜山の城でも贅沢品であり、華厳宗の大寺院でも貴重であることは間違いなかった。

「老師、米を食ったことのない領民を抱えるなど、領主として許されることではないと思うのです」

「天下のどこへ行っても、米が足りているわけではございません。いやむしろ、米の食せる村など限られたものでございましょう」

「頭ではむろんわかっているのです。ですが、その実際を目の当《ま》たりにして、わたしはいたたまれぬ思いに責め立てられました。どうしても、領内に米を行き渡らせたいのです。老師よ、どうかわたしに知恵をお授け下さい」

安祥はしばし愛季の目を見つめていた。

「経世《けいせい》がことは、拙僧のような者にはお答えできませぬ」

「頼れるのは、老師だけなのです」

安祥は不思議な笑顔を浮かべた。

「いや、拙僧などより、経世の知恵に長《た》けた人物を招くのがよかろうかと存じます」

「されど、他国の者では……」

京などから呼んだ者に、出羽の風土や地勢はなかなかわかるまい。

「そうですな……この出羽国にも人物がいないわけではありませぬ」

「ぜひともその方の名をお教え下さい」

勢い込んだあまり、愛季の声はいくぶん上ずったものとなった。

「八龍湖《はちりゅうのうみ》の北岸に森岳《もりたけ》というところがございますな。ここに奥村《おくむら》というご領主がおりましょう」

八龍湖、別名大潟《おおがた》は、後の世に言う八郎潟《はちろうがた》を指している。淡海之海《おうみのうみ》（琵琶湖）に次ぐ天下第二の大湖であった。

「ほう、森岳の奥村と言えば、飛塚《とびづか》に館《やかた》を設け、祖父の代から臣従している被官です……当主はたしか、次右衛門《つぎえもん》とか申したか」

国衆が年始の祝いなどで檜山城に集まったときに、利発そうな若い当主の顔は見覚えていた。

「惣領は宗右衛門《そうえもん》どのとおっしゃいますが、当主の座を弟御の次右衛門どのに譲って隠棲なさっています」

「宗右衛門という仁は年寄りなのですか」

「いいえ、まだ三十を少し出たところでございます」

「その若さで世を捨てているとは」

「いささか変わったお方で……『貞観政要《じょうがんせいよう》』や『資治通鑑《しじつがん》』など政《まつりごと》についての書物を読みあさり、高い識見をお持ちのようです」

「読書人なのですね」

「さよう。ただ、決して机上の空論に留《とど》めておりませぬ。ことあるごとに次右衛門どのに治世の要を説いているそうでございます。弟御もこれをよく守っているがため、森岳の郷《さと》は、常に領民の顔も明るく、まことによく治まっております」

「それは素晴らしい。老師は宗右衛門にお会いになったことがあるのですか」

愛季の弾んだ声に、安祥はほほえみを浮かべた。

「何度かこの寺にお見えでしてな。『大乗起信論同異略集《だいじょうきしんろんどういりゃくしゅう》』などの仏典をお貸し申したことがございます。英邁《えいまい》さでは出羽国にほかに及ぶ者がないかと存じます」

「唐国《からくに》の名軍師と聞く、呂尚《りょしょう》、張良《ちょうりょう》、あるいは諸葛亮《しょかつりょう》の如き知謀を持つ人物というわけですな」

「無名の士にございますれば、その資質は水面の下に隠れてまだ世に顕《あらわ》れてはおりませぬ。

されど、穏やかながら、何よりも私心のない高邁《こうまい》な心を持つ御仁と拝察いたします。太郎さまが経世の知恵を借りるには、拙僧の見るところ奥村宗右衛門どのを措《お》いてほかにはないと考えます」

「すぐにも会ってみよう。飛塚館に遣いの者を出します」

安祥はかるく首を横に振った。

「当人は飛塚にはおりませぬ。房住山《ぼうじゅうざん》の山麓深く分け入ったところに粗末な草庵を結んで読書三昧の日を送っております。また、拙僧が思いますに、ご使者をお遣わしになったところで、たやすくお城に出てくるとは思えませぬ」

「されば、わたしが直々《じきじき》に出向こう」

安祥は眉を寄せて難しい顔を見せた。

「宗右衛門どのは若くして隠棲しているだけに、客を好まぬそうでございます」

「出羽国一の知見の持ち主であれば、領地を富まし、民の暮らしを豊かにしたいというわたしの気持ちをきっとわかってくれると信じます」

「太郎さまの真っ直ぐなお心が伝わることを祈っております」

安祥は静かに笑った。

その日の午後、愛季は主馬一人を伴った微行《しのび》で、房住山の麓にあるという宗右衛門の草庵を目指して檜山の城を抜け出した。

天台宗に属した房住山大瞳寺《だいとうじ》は鎌倉期には山岳信仰で栄えた。山中には十六の宿坊も数え、多くの参拝客で賑わったことから、この名が残った。

かつては広い地域に信者を擁する強大な力を持っていたが、文亀《ぶんき》二年（一五〇二）のある一夜、野盗の放火によって全山が焼失してその力は急速に衰えた。

いまではすっかり寂れて、緑繁る山に戻っていた。

小新沢《こあらさわ》から三種《みたね》川の上流を遡《さかのぼ》ってゆくと、陽も差さぬような深い森となった。

道端で休んでいた杣人《そまびと》に聞いて、谷あいに建つという草庵を目指した。

小道はブナの高木が目立つ雑木林を通って下ってゆく。

渓川《たにがわ》のせせらぎが響き渡っている。

ブナ林が切れ、目の前が明るくなった。

「あれではございませぬか」

主馬が指さす先を見ると、三間（五・四メートル）幅ほどの深い谷を挟んで苔むした草葺きの屋根が見える。

谷には小さなかずら橋が架けられているが、愛季の目には俗界と仙界を隔てる境にも思えた。

「そのようだな。しかし、これは閑雅なところだ」

草庵は岩棚のように張り出した台地に建っていた。ところどころに屹立する大岩の間には石楠花《しゃくなげ》の花が咲き乱れ、明るい陽差しに光っている。

橋の向こうには五坪ほどの蔬菜《そさい》畑がひろがり、青々とした菜が目にも鮮やかだった。

草葺きの小さな門の脇で、還暦はとうに越した白髪頭の老翁が、落ち葉を掃き寄せている。

愛季は手頃な木に青鹿毛をつないで、徒歩でかずら橋を渡った。主馬もこれに倣《なら》った。

来客に気づいた老翁は、箒《ほうき》の手を止めてうやうやしく頭を下げた。

「檜山城の安東太郎と申す。ご主人奥村宗右衛門どのに知己を得たく参上した次第、お取り次ぎを願いたい」

「ひ、檜山のお殿さまだすか」

顔を上げた老翁は目をみはった。

「そうだ、ご主人にお目にかかりたい」

「せっかくのお運びだども、主人は病で伏せっておりあんす」

老翁は素っ気なく答えた。

「では、病間をお見舞いしたいのだが」

落ち着かなく瞳を泳がせた後、老翁は戸惑いがちに口を開いた。

「悪っすども……熱もあるんで、風邪でございあんしょう」

「それは残念なこと。では、お加減がよさそうなときにまた参るとしよう」

愛季はあっさり引き下がったが、主馬の気は収まらないようだった。

「檜山の殿がお見えなのだぞ。挨拶くらいしに出てきたらどうなのだ」

「だばって……お殿さまに伝染《うつ》すようなことがあってはいけねぇがら」

老人は地面に視線を落とした。

「よせ、主馬。帰るぞ」

愛季は主馬の袖を引いてかずら橋へと踵を返した。

振り返ると、老翁がせかせかとした足取りで母屋に入ってゆく姿が見えた。

「殿……あの老人は嘘をついております」

馬に乗ろうとすると、主馬が鼻を鳴らした。

「そんなことは、百も承知だ」

「では、なぜ、押してご面会なさいませんでした」

主馬は憤懣《ふんまん》やるかたないようすで、口を尖《とが》らせた。

「馬鹿を申すな。わたしは奥村どのを師と仰ごうとしているのだぞ」

「はぁ……しかし、あんなにぬけぬけと嘘偽りを言われると腹が立ちます」

「無理押しに会って強《こわ》催促しても意味はない。望みや願いが、そうたやすくかなうと思うてはならぬ」

愛季は麓への途を静かに下り始めた。

三日ほどして、愛季はふたたび主馬を伴って房住山麓を訪ねた。

門前の畑の隅で、下僕の老翁は薪《まき》割りをしていた。

愛季に気づいた老翁は、鉈《なた》を放り出してかずら橋を渡って頭を下げた。

「こりゃ檜山のお殿さま……主人は昨日から山に入っておりあんして、いつ帰るかわがらねぇす」

用意していたような口調に、愛季は苦笑するしかなかった。

「何をしに山に入っているのか」

「はぁ、ただ、石の上さ座ってるんだと思うども」

「なるほど燕座《えんざ》をなさっておられるのか……お待ちしても無駄か」

「いつ帰るかわがらねぇすがら」

きまり悪そうに身体を揺らしながら、老翁は口をつぐんだ。

「あいわかった。また、参ると宗右衛門どのにお伝え願いたい」

「あの……お殿さまに、これさお渡し下さいと言いつかっておりあんす」

老翁は懐から一枚の畳んだ紙を差し出した。

——孤雲将野鶴、豈向人間住　(孤雲、野鶴を将《おく》る。豈《あ》に人間《じんかん》に向きて住まんや)
莫買沃州山、時人巳知處　(沃州の山を買ふこと莫《なか》れ。時の人は巳に知る処《ところ》なり)

端正な筆で漢詩がしたためられていた。

愛季はその詩の意味をしばらく考えた。

宗右衛門のこころがわかったような気がした。

「わたしには世は捨てられぬ。そう、宗右衛門どのにお伝え願いたい」

「へぇ……」

愛季の言葉に、老翁はあいまいにうなずいた。

馬に戻ると、さっそく主馬が声を掛けてきた。

「難しい文字が並んでおりますな」

「これは唐代の劉 長卿《りゅうちょうけい》という官吏であった詩人が書いた五言絶句だ。方外《ほうがい》上人という世捨て人を送ったときの気持ちを詠んだものだそうだ」

「いったい、どういう意味なのですか」

「雲がぽつんと浮かぶ空に棲む野の鶴が、どうして俗世間に留《とど》まっていられましょうか。沃州山に修行のための寺を建てる土地を買うなんておやめなさい。そこはすでに人に知られた場所ですよ、というほどの意味だ」

「殿をその唐国の僧侶にたとえているのでございますか」

「そういうわけだろう。宗右衛門どのがそうしたように、弟たちに家を譲れとでもいっているのかも知れぬ」

「およしくださいまし。そんなことになったら、安東の御家は終わりです」

主馬はムキになってつばを飛ばした。

「わたしもこんな山奥の草庵で、詩文でも詠んで静かに暮らせたら幸いだろう。されど、安東の家を継いだからには、自ままに生きることは許されぬ。家来たちと領民の明日を担わなければならぬ」

そこまで言葉にして、愛季の内心から笑いが出てきた。

「何をお笑いですか」

主馬はけげんな顔で愛季を見た。

「いまのわたしは、とても孤雲野鶴なんぞになれぬ。また、そんなに老成できる歳でもない」

「殿に遁世《とんせい》なんかなされては我らがたまりませぬ」

顔を赤くしてむきになる主馬がかわいくなって、愛季はやわらかい声で続けた。

「宗右衛門どのは三十少しという歳で、ずいぶんと堅固な遁世の心をお持ちのようだ。安祥和尚のご推挙なさる人物だけのことはある」

「また、ここへ足をお運びになるおつもりですか」

「むろんだ。何度でも来るさ。主馬は『三顧の礼』という故事を知っているか」

「いいえ、存じませぬ」

「蜀漢《しょっかん》の初代の帝《みかど》となった劉備玄徳《りゅうびげんとく》がまだ志半ばであった頃、諸葛亮孔明《こうめい》という知謀の士を軍師として迎えようとした。が、遁世し晴耕雨読の日々を送っていた諸葛亮は、すでに英雄豪傑として世に知られ始めていた劉備の訪問にも会おうとさえしなかった。劉備はあきらめずに諸葛亮の寓居《ぐうきょ》を三度訪ねて、ついに自らの陣営に迎えることができた」

「役に立つ男だったんですか」

「諸葛亮は劉備をよく助け、多くの戦いで軍師としての力を発揮し、さらに蜀漢《しょくかん》建国の後は宰相《さいしょう》としてすぐれた治世を行った」

「劉備は人を見る目があったというわけですね」

「そうだな。さすが一介の土豪の身分から一国を興した人物だけのことはある。だから、何度でも諸葛亮を訪ねたのであろう。だが、この逸話を宗右衛門どのが知らぬはずはない。三顧の礼を以て訪ねても劉備の猿真似と笑うだけだろう」

「笑うとはけしからぬ」

主馬は額に筋を立てていきまいた。

「ははは、これはものの譬《たと》えだ。何度も訪ねても、それだけでは我が帷幄《いあく》に加わってはくれぬという話だ。さて、どうしたものか」

宗右衛門が真の賢者だとすれば、策を以ても甘言を弄しても無駄だろう。国を治めることへの意欲を、ただ誠実にひたすらに伝えるしかない、そう愛季は思っていた。

さらに数日経って、愛季は主馬とともに房住山に赴いた。

三度目となるわけだが、諸葛亮のようにうまくゆくとは考えていなかった。宗右衛門が真に師と仰ぐべき人物であれば、それこそ十回でも二十回でも訪ねようと心に決めていた。

しかし、とにかく会ってみなければ、人物を見極めることもできない。愛季は今日こそその人となりに触れたいと願って八龍湖沿いに馬首を進めていた。

雑木林を出ると、渓川の響きに混ざって笛の音が聞こえてきた。

「主馬、今日は無駄足にならぬようだ」

「たしかに、あの爺さんが吹いているとは思えませぬな」

「そこもとは、ここにおれ」

馬をつないだ愛季は、一人かずら橋を渡った。谷底から湿った香りを乗せた冷たい風が吹き上がってくる。

（深い谷だ。五丈はあろう）

調子の高い笛の音が近づいて来た。

（老師のお言葉に偽りはなかったようだ）

笛の音は、研ぎ澄まされて清澄で、それでいて豊かな温かさを持っている。尋常な人物には出せぬ音色と、愛季は舌を巻いた。

蔬菜畑の中の細道を辿《たど》って門を潜《くぐ》ると、崖ぎりぎりに建つ母屋の縁側に一人の男が座って笛を吹いている。

男は愛季の来訪にも気づかぬのか、一心に笛を吹き続けている。

(音に少しの乱れもない)

愛季は門の傍らに立って、雅やかに神さびた笛の音に聞き入った。

やがて、笛の音が周囲の山に溶け入るように消えて、終曲を迎えた。

「これは『剣気褌脱《けんきこだつ》』という唐楽でござってな。ある神職から習い申した」

心の底にしみ通るような静かな中音が響いた。

顔を上げた宗右衛門は額が秀でて鼻筋の通った品よい容貌を持っていた。武士としては、いくらか線の細い身体つきで、文人墨客にも見える。

愛季を驚かせたのは、その瞳である。穏やかに澄んで温かく、しかも強い意志を感じさせる光を放っている。

(いま聴いた笛の音の如くある)

愛季はいままで、このような瞳を持つ者と会ったことはなかった。

「美しく哀しく、人の生きようを表すような曲ですね」

宗右衛門は静かに笑った。

「もともとは剣を使っての舞に供する遊戯の音曲に過ぎませぬ。哀しく聞こえるのは、檜山さまのお心根のためかと存じます」

　宗右衛門は、一目で愛季の正体を見抜いたようである。

「わたしの心が未熟だからでしょうか」

「いや、別して未熟とは申しておりませぬ。檜山さまは、この地を治めてゆかれようという強いお気持ちをお持ちでございましょう。それゆえ、このような舞楽にも深い意味をお求めになる。やつがれの如き者をお訪ねくださるのも同じこと。やつがれはあなたさまがお考えになるような有為《ゆうい》の士ではございませぬ」

「いや、先生は……」

　愛季の言葉をやわらかく手で制して、宗右衛門は縁側を指し示した。

「まぁ、腰をお下ろしなさいませ」

　宗右衛門のすすめに従って、愛季は縁側に腰を下ろした。

「この檜山を豊かで民が安らかに暮らせる土地としたい。わたしの願いはただひとつです」

　宗右衛門はゆっくりとあごを引いた。

「あなたさまが家督をお継ぎになってからのことは、弟をはじめ多くの者から聞いております。若くして恬淡《てんたん》高邁なお人柄であることよ、と感嘆しておりました」

「先日、北の山里に迷い込みました」

愛季は白髪ヶ岳の山麓の村で起きたできごとをかいつまんで話した。

「その村では村長といえども米を食することができぬ。わたしは、ただ、領民に米の飯を食わせたいのです」

「先にお渡しした唐詩で、あなたさまを方外上人にたとえたのは、やつがれの誤りですな。御跡目をお継ぎになったおり、ご家中に『載舟覆舟』のお言葉で治世に向けたお志をお伝えになったことを伺っております。あなたさまは隠棲するようなお方ではございません」

「わたしが領民に掲げた荀子の『載舟覆舟』の教えを奥村どのはどうお考えか」

「いたく感服仕《つかまつ》りました。この地の民草にとって、あなたさまがご領主と仰げますことは、何にも増して幸いでございましょう」

「では、民のために力を貸して下さらぬか。奥村どのを我が師として迎え、若輩の浅慮《せんりょ》を矯《た》め、また道を誤らぬように導いて頂きたいのです」

愛季は言葉に力を込めて、懸命に頼んだ。

「いまも申したとおり、やつがれはそのような器ではございませぬ」

宗右衛門は諭すような口調で言葉を継いだ。

「実はあなたさまが寓居をお訪ね下さいましてから、山ごもりして考えました。やつがれには達観というものがないのではないか。自分は世を捨てたふりをしているだけではないのか。いっかな答えは出ません。そこで、下働きの老爺を里に帰しました」

「どういうわけであの老人を」

愛季には見当がつかなかった。

「あの者には身の回りの世話をさせ、また、米や塩を麓の村に買いに行かせていたのです。やつがれが熱に倒れても、仮に足を折って動けなくとも、あの者が食物を運んでくれる。何が起きても飢え死にする恐れもないわけです」

宗右衛門は立ち上がると、奥の火鉢に掛かっていた霰《あられ》鉄瓶から二つの茶碗に白湯《さゆ》を注いで、愛季に一つを渡した。宗右衛門は思ったより背が高かった。

白湯が温かく身体に染み渡った。

「雇い人を置かねば、たとえばかずら橋が落ちたら、谷を渡る術《すべ》はありませぬ。米を求めに里に下りることもできぬ。日が経てば、誰にも知られず飢えて死ぬほかはありませぬ。そんな恐れを捨てきれずにいて、果たして世を捨てたことになるのか。まやかしの遁世ではないかと思い至ったのです。そこで、あの者を里に帰したという次第です」

「死ぬのが怖くはないのですか」

宗右衛門はうっすらと頬を赤くした。

「お恥ずかしい話ですが、あの橋が落ちたらどうしようと思うと恐ろしくてなりませぬ。そんな者が、あなたさまのお役に立つとは思えませぬ」

「死を厭《いと》わぬ心が、大事とは思えぬ」

口から出した言葉が思いも掛けず強いものとなった。

愛季は強《し》いて口調を抑えて続けた。

「生に執着《しゅうじゃく》するのは、人が持って生まれた性《さが》でしょう。いや、熊でも狐でも飛ぶ鳥さえ、生きとし生けるものは皆、死を厭うはずです。それを超脱することが人として目指すべき境地とはわたしには思えぬのです」

宗右衛門はしばらく黙って愛季の目を見つめていた。火鉢で炭がちいさく爆《は》ぜた。

「ある冬……誤りで多くの領民を死なせてしまった」

瞳の奥で暗い炎がゆらいだ。

詳しい事情を聞きただせぬほどにその顔は淋しげだった。

だが、宗右衛門は自ら話し始めた。

「領内にこの草庵と同じように深い谷を隔てた三十戸ほどの孤村がありました。ある年の冬、流行《はや》り病《やまい》で次々に人が斃《たお》れてゆきました。はじめにひどい寒気に襲われ、やがて高熱が出て、三日ほどで死ぬのです。病者を診た、どの医者もさじを投げるばかりで、どうやら隣国から戻った者が持ち込んだようでした」

「国中にひろがったら、恐ろしいことになる……」

「その村から助けを求めに来た者と話した、別の村の民も伝染《うつ》され、高熱に倒れて死にました。あなたさまなら、ご領主としてどうなさいますか」

難しい課題であった。

村を救おうと思えば、ほかの村に災厄が降りかかるのだ。

愛季は考えても答えが見つからなかった。素直に首を振るほかはない。

「やつがれは、病に苦しむ村へと続く吊り橋を家来に命じて落とさせました。申すまでもなく、村人を外へ出さず、病がほかの村に伝染るのを防ごうとしたのです。病が下火になるまでのやむを得ない方便と考えておりました。ところが……」

宗右衛門の額が翳《かげ》った。

「四日ほどして、くだんの村に火事が起きました。業火は肩を寄せ合うようにして建っていたすべての家々に燃え移りましたが、橋がないために村人は逃げ場所がありませぬ。一刻も経たぬうちに、百何十という人の生命が失われました」

宗右衛門の声はいよいよ暗い。

何という悲劇だろう。が、火事は不幸な偶然であり、橋を落としたために起きたものではない。

「しかし、それは……」

愛季の言葉を、宗右衛門は掌で押しとどめた。

「橋を落としていなければ、村人は逃げられたのです。赤子と母親も老父と孝子も黒焦げにならずに済んだのです。百何十人という無辜《むこ》の民を焼き殺したのだ。この奥村宗右衛門の愚策がために」

宗右衛門の声が初めて激した。苦しみに喘《あえ》ぐような、半ば泣き叫ぶような声音だった。

痛ましさに愛季は声を発することができなかった。

「それ以来、世を捨てることに致しました。当主の座を弟に譲ったのもそのためです。愚かなやつがれは世に出るべきではないのです」

宗右衛門の声は静かな調子に返った。

「遁世のお志はよくわかりました」

愛季は、宗右衛門の瞳を見つめながら、言葉を継いだ。

「が……わたしはあきらめませぬ。今日ここで、奥村どののお人柄とご見識に触れ、その意をますます強く致しました。また、参ります」

愛季は縁側から腰を上げると、一礼して踵を返した。宗右衛門は目礼しただけで言葉を返さなかった。

(よくぞあんな人物に出会えたものだ)

愛季の心は躍っていた。

宗右衛門を必ずや帷幄に加えると、かたく心に決めてかずら橋を戻った。

数日後のよく晴れた日であった。愛季は主馬を麓の森岳に残したまま、草庵へと赴いた。従者を伴うことが、宗右衛門に失礼なような気がしてきたからである。師と仰ぐのであれば、おのれ一人で頼みに行くべきだ。

谷あいから『剣気褌脱』の旋律が聞こえてきた。変わらぬ、いや、先日にも増して澄んだ響きを放っている。

ブナ林が切れた。愛季は視界に違和感を覚えた。

眼前の景色に大きな空虚感がある。

「……橋がない」

此岸《しがん》と彼岸《ひがん》をつなぎ、宗右衛門の生命を保っているかずら橋が落ちている。

だが、草庵からの笛の音は、少しの乱れもなく響いていた。

愛季は青鹿毛から下りて岩の縁に立った。

かずら橋の残骸が、足元から谷底にぶら下がっている。

「奥村どのーっ」

愛季は声を限りに呼びかけた。

笛の音がやんで、しばらくすると宗右衛門の黒い影が門から出てきた。

「橋はどうなさったっ」

宗右衛門は対岸の崖っぷちまでゆったりとした歩みで近寄ってきた。先日と少しも変わらず平静さを失っていない顔つきだった。

「この手で自ら落としました」

三間の距離を隔てて、宗右衛門の声は意外によく通った。

「どういうおつもりか」

「五穀断ちをしており申す。幾日も要せず、この世ともおさらばする所存」

「貴公のお気持ちがわからぬわっ」

愛季の叫び声に答えず、宗右衛門は深々と一礼すると、背を向けて草庵に歩み去った。

（このまま引き下がるわけにはゆかぬ）

宗右衛門に対してはじめて腹が立った。

遁世はよい。自分に仕えたくないというのならそれもよい。しかし、自らの生命を粗末にすることは許せなかった。

愛季は青鹿毛にまたがると、ブナ林の道へと馬首を巡らした。

坂道を登り、崖っぷちから十間ほどの小高いところへ戻る。

「アオよ。お前なら、どうということはあるまい」

愛季は愛馬の首筋をほたほたと叩いた。

青鹿毛はぶるんと鳴いて、首を振った。

「行くぞっ」

腹を蹴ると、青鹿毛は愛季の意を受けて全力で疾駆し始めた。

カッカッと蹄の音を立て坂を下りながら、青鹿毛は脚を速める。

まわりの木々が風に溶けて流れてゆく。

草庵の門と蔬菜畑がぐんぐん近づいて来た。

「よしっ。跳べっ」

手綱を引くと、青鹿毛は高くいないて、崖っぷちを力強く蹴った。

上体を起こした愛季の耳元で風がうなる。

谷底の冷気が袴の下から吹き上げてきた。

全身に軽い衝撃を感じると同時に、青鹿毛の四肢はがっちりと畑の土を踏んでいた。

ひらりと馬から飛び降りると、愛季は青鹿毛のたてがみを撫でた。

「よくやった。アオ」

ぶるるんと鼻を鳴らして青鹿毛は得意げに愛季の目を見た。

愛季は門柱に手綱をつなぐと、大股に草庵の庭へ歩んでいった。

縁側に座っていた宗右衛門が、はじかれたように庭へ下りた。

「なんという無茶をなさる」

なかば呆然と突っ立っている宗右衛門の顔は、庭の青葉を映したかのように青ざめていた。

「このまま、奥村どのを飢え死にさせるわけにはゆかぬのだっ」

愛季は、ずかずかと歩み寄って、宗右衛門の両肩に手を置いた。

「檜山さま、あなたさまのお生命は、あなたさまお一人のものではございませぬ。ご家来衆や多くの民草のもの。かようにお生命を粗末なさるとは、神仏も許しませせぬ」

宗右衛門の唇が震えた。

「ふざけるなっ」

愛季は宗右衛門の頬を平手で打った。

「では、こなたの生命は、こなた一人のものなのか。万民のためのものではないのか。また、太郎がこれほどまでに求めているものを、自ままに捨ててもよいというのかっ」

ふたたび愛季は宗右衛門の両肩をゆすった。

「檜山さま……」

宗右衛門の顔にありありと驚きの色が浮かんだ。

がくりとうなだれた宗右衛門は、くたくたとしゃがみ込んだ。

両手を地について視線を落とした宗右衛門の肩ががくがくと震えている。

「むざむざ捨てる生命なら、このわたしにくれっ」

愛季の口調はしぜんと激しいものになっていた。

「やつがれは出羽国一の愚か者だ……」

宗右衛門の両の瞳から涙が落ちて袴を濡らした。

顔を上げた宗右衛門は、きっぱりと言い切った。

「この奥村宗右衛門の生命、たしかに檜山の殿にお渡し申す。こんにちただいまより、ご臣下の末にお加え頂きたく、伏してお願い奉ります」

宗右衛門は、地面に手をついてひれ伏した。

「よくぞ心を決めてくれた。さぁ、宗右衛門よ、立ってくれ」

「殿に要らぬご苦労をおかけしてしまい、申し訳の次第もございませぬ」

立ち上がった宗右衛門は、どこか照れたような表情を浮かべていた。

「勢いでアオに無理させたが、向こう岸に戻るのは難しいな」

蔬菜畑の距離では、じゅうぶんな助走ができるはずもない。

「まことにやつがれの浅慮でございました」

宗右衛門は消え入りそうに詫びた。

「しばらくすれば、帰りが遅いと案じた主馬が迎えにこよう。あの者になんとかさせよう」

「飛塚館の弟にお知らせ願えれば、必ず人数を出します。仮橋を架けさせましょう」

「そうしてもらうほかはなさそうだな。時に宗右衛門、最初の命を下したいのだが、おそらくは無理な話でもあろうか」

「はい、なんなりとお申しつけ下さい。一命を賭《と》してもご下命を果たします」

宗右衛門は唇をきっと引きむすんだ。

「粥でも食わせてもらえぬか」

「はぁ……」

気抜けしたような声が響いた。

「されど、五穀断ちをしていたくらいだから、この庵には米麦などはないのだろうな」

「いいえ、米が三合ばかりは残っておりまする」

「それは助かる。いまの騒ぎで腹が減ってならぬ」

「はい、ただいま火を熾《おこ》します。まずは白湯をお持ちしましょう」

宗右衛門は、まるで若妻のようにいそいそと、母屋に戻った。

渓川でオオルリがひゅるりっと鳴く声が響いた。五月の風はさわやかだった。

四

「新参者を厚遇してはなりませぬ。歴代の功臣や古参の士から、とかく恨みを買いやすいものです」

奥村宗右衛門に三百貫の知行地を与えようとすると固辞した。宗右衛門の最初の教えと言ってよかった。

愛季はその言に従い、当面のところ扶持衆《ふちしゅう》（蔵米取）の側役《そばやく》として抱えた。だが、同時に軍学と治世の師として迎えたことを家臣たちには伝えた。愛季は、宗右衛門に唐国の諸侯における軍師としての役割を果たしてくれることを願っていた。

家中に文字に明るい者が少ないこともあり、宗右衛門の人柄と相まって、家臣たちにはおおむね好意を持って迎え入れられた。国清寺の安祥が喜んだことは言うまでもない。

宗右衛門を迎えてほどない日だった。

愛季は宗右衛門とともに檜山城三の曲輪《くるわ》に立って、眼下に広がる青田を見下ろしていた。左手には米代川が光る曲線をわずかに覗《のぞ》かせ、右手には白髪ヶ岳の連山が八森《はちもり》あたりで海に落ちている。

「この檜山の地を富まし、領民の暮らしを安らかにするため、わたしは何から手を着ければよいのか」

「まず第一に、野代の湊に千石積みの北国船を迎えられるようにすべきと考えます」

「やはり湊か……」

「北国船の船頭や水主《かこ》は、湊に着けば商人に早変わりして、風待ちの間、その地に逗留して船上で商いを行います」

「そのために、北国船が千石にも大きくなったのだな」

「ご賢察の通りです。それゆえ、赤尾津《あかおづ》や深浦《ふかうら》など、たいした町がない湊でも商いができるのです。赤尾津の湊を治める小介川図書助《こすけがわずしょのすけ》どのをご存じでございましょう」

「ああ、由利郡随一の土豪だな」

小笠原氏あるいは大井《おおい》氏の末裔ともされる小介川（赤尾津）氏は、由利十二頭と呼ばれる豪族のうちで最大の領主であった。十二頭という名ではあるが、由利郡の豪族は、時代により増減し実際には十二家以上十五家ほどあった。

由利十二頭の土豪たちは、秋田郡の安東家、雄勝郡の小野寺家、荘内地方の大宝寺家、最上《もがみ》郡の最上家に従ったり離れたりを繰り返し、ときには一致団結して、これらの領主たちに対抗した。

「衣川《ころもがわ》が北海に注ぐ河口近くにある赤尾津は天然の良港でございます。赤尾津は取るに足らぬ小さな町ですが、北国船が立ち寄るために、由利郡各地から商人が集まります。そのため、小介川どのに入る津料は一年に二千貫とも二千五百貫とも言われます」

赤尾津（羽後亀田《うごかめだ》）は、小介川図書助の根拠地である湊だった。

「なんとも驚くな。由利全体の取れ高が二万五千貫（五万石）ほどだから、その一割にも及ぶ」

「北国船を集めることがどんなに大きく国を潤すことになるかが、おわかりでございましょう。湊の御家があれほど栄えているのも、申すまでもなく、土崎（秋田）の湊をお持ちのためでございます」

湊安東家七代当主の鉄船庵堯季《てっせんあんたかすえ》は両家の融和を意図して、自分の娘を檜山安東家七代の舜季すなわち愛季の父に嫁がせた。

二人の間に生まれた長子が愛季である。

すなわち尭季は愛季にとっては外祖父に当たる。愛季は檜山・湊二つの安東家の血を引いているわけであり、愛季の存在そのものが両家の友好の証であった。

尭季には男子がなく、愛季の年子の弟である友季《ともすえ》（春季《はるすえ》）を養子に迎えて湊家八代を継がせた。

ところが天文十五年（一五四六）に友季は急死し、尭季は九代としてふたたび当主に返り咲かざるを得なかった。

天文二十年（一五五一）の秋に尭季は没した。父、舜季は力を尽くし、友季のさらに下の弟である三男の茂季《しげすえ》を当主に据えた（湊家の家督相続の時期等については諸説がある）。

だが、十代当主の茂季は、おとなしい性格の上にまだ若年であり、家臣たちが完全に家政を牛耳っている。

このままゆけば、湊安東家の勢いは、檜山安東家をしのいでゆくかもしれない。いずれは檜山安東家に反旗を翻す恐れさえあった。

「では、どのようにして土崎に負けぬような大きな湊を築けばよいのか」

「餅は餅屋と申します。これには、いまの野代湊を造った清水治郎兵衛《しみずじろべえ》の知恵が欠かせませぬ」

「よしっ、その治郎兵衛を訪ねるぞ」

宗右衛門の初めての献策に愛季は飛びついた。

その日の午後、愛季は宗右衛門とともに檜山城下日和山《ひよりやま》南麓の姥懐《うばふところ》にある清水治郎兵衛の屋敷を訪ねた。

治郎兵衛は、愛季の祖父で檜山安東家第六代当主である尋季《ひろすえ》の招きで天文二年（一五三三）加賀国《かがのくに》から移住し、姥懐にいまの野代湊を拓《ひら》いた人物であった。

野代の湊は米代川の河口から直線でも十町（一キロ強）ほど遡った姥懐にあった。

姥懐の村長をつとめている治郎兵衛の屋敷は、米代川の左岸の見晴らしのよい高台に建っていた。藁屋根が二十戸ほど点在するのどかな村の入口に近いところだった。

客間に通された愛季主従は、粉茶を振る舞われた。城と国清寺のほかに茶を喫する者があるとは驚きであった。

眼下には蛇行する米代川が望める。川沿いの柳の木々を通して吹き上げるさわやかな薫風が愛季の頬に心地よかった。

治郎兵衛は五十代半ばにはなっていると聞いていたが、髪も黒々として十歳ほどは若く見えた。もともとは金沢の商人だったと聞くが、四角い顔に光る目は険しく、武将を思わせる容貌だった。その表情は硬く、どこか冷たさを感じさせる。

「かつてはもっと河口に近いところに湊はあったのでございます。この場所ではしょせん大きな湊は造れませぬさかいに」

治郎兵衛は茶碗を手にしてほっと息をついた。やわらかい上方《かみがた》風の口調が容貌と不釣り合いだった。

「では、なぜ、そのほうは姥懐の地を選んだのか」

「いまの湊の場所でしたら、川欠も少なく砂にも埋まりませんによって。いままでの湊は、川欠と積もる砂のせいで、ぜんぶ使えなくなってしまいよりました」

「たしかに、わたしが生まれるより昔から、いまの湊は無事に続いておるな」

ただし、大きい船は入れないのである。

「はい、先々代さまは大きな湊よりも、いつまでも安泰な湊造りをお求めになりましてな。あのおりは、前の湊が秋の大雨で流されて、そらもう、とにかく新しい湊造りを急がねばならなかったのでございます」

「なるほど、されど、父の代にも広げる話は出なかったのか」

「先代さまは……」

治郎兵衛は言いよどんだ。

「よいから申してくれ」

「恐れ入ります。先代さまがご当主さまをお継ぎになってからは、手前の考えが浅はかかやと仰せになって、お呼びがかかりませなんだ」

「考えが浅はか……いかなる意味だ」

「ご先代さまは蝦夷との商いを何よりも大切にされておられました。むろん、手前も北の商いを軽んじてはならぬと思うております。ですが、さらに大切なのは西でございます」

「西……上方の湊だな」

「まずは越前国《えちぜんのくに》の敦賀《つるが》と若狭国《わかさのくに》の小浜《おばま》でございます。ともに京からの品物が集まる湊です。先々代さまは、天文の頃に小浜に御代官屋敷をお設けになりましたが、先代さまからは代官屋敷にお詰めのお役人衆の数もぐんと減りました。いまでは小浜との商いもすっかり下火になっております」

「そうだな。上方の物はなべて湊家を通じて入って来ておる」

「手前は敦賀にも御代官屋敷を置かれることをお勧めして参りましたが、これがまた、先代さまのお気に召しませんでした。古来、安東の家は蝦夷の王だと仰せになって……」

蝦夷地の支配に尽力した父らしい言葉だと愛季は思った。

「父上に疎んじられて、この姥懐に引き込んでいるのか」

「いえいえ、さようなことは……」

治郎兵衛は顔の前で手を振ると、言い訳めいた言葉を口にした。

「村長のつとめは、決して悪いものではございませぬ」

あいまいな笑いは、自分の感情を覆い隠しているように感じられた。

「治郎兵衛の力で千石積みというような大船が立ち寄れる湊を、この野代の地に築いて欲しいのだ」

「大変にありがたい思し召しではございますが……」

治郎兵衛は、四角い顔にはっきりと戸惑いの表情を浮かべた。

「気が進まぬのか」

父の舜季に疎んじられた昔を、治郎兵衛は根に持っているのだろうか。

「実地にお話し申し上げましょう。河口までご足労頂けませぬか」

治郎兵衛は硬い面持ちを崩さずに申し出た。

「ああ、ぜひとも頼みたい」

愛季は立ち上がった。

米代川左岸沿いの道を三人は河口へ向かって下っていった。

午後の陽ざしに川面の反射が、流れに従ってゆるやかに変化している。

「このあたりでございますな」

治郎兵衛が立ち止まったのは、父が死んだ日に童女の脚を切った河原から何町か河口へ寄った川下だった。米代川は深い淵を作って、ほとんど流れが見えないほどにゆったりとよどんでいた。

「ここは古くから湊のあった場所よりやや下《しも》でございます。千石船を迎える波止《はと》（桟橋）を造るとしたら、このあたりを措いてほかにはありませぬ」

治郎兵衛は深い翡翠《ひすい》色の川面に目をやって言い切った。

「ぜひ、ここへ新しい湊を築いて欲しい」

気負い込む愛季へ向き直って、治郎兵衛は気むずかしげに眉を寄せて答えた。

「銭を費やせば、大きな波止をいくつか築くことはできましょう。されども……築いてもまた、月日とともに空《むな》しくなりましょう」

「何が支障《さわり》になると申すのだっ」

いちいち反駁《はんばく》してくる治郎兵衛に、愛季はいらだちを隠せなかった。

「殿……」

かたわらで諫めるような宗右衛門の声が響いた。

愛季は感情を抑えやわらかな口調を作って続きを促した。

「申してみよ」

「波止を築くよりはるかに難しいのは、長年にわたってこれを守り続けることでございます」

「積み砂と川欠で湊が壊れてしまうのか」

治郎兵衛は口を引き結んでうなずいた。

そのまま治郎兵衛は黙り込んで川面を眺めている。

白鷺《しらさぎ》が一羽、水音を立てて川面から飛び立った。

やがて向き直って治郎兵衛は、口ごもるような重々しい口調で語り始めた。

「このあたりは、深さもあり、風向きも都合よくて砂が積もりにくい場所です。されど、秋の大雨などがもたらす川欠は防ぎようがありませぬ。年によっては波止をすっかり流し去るでしょう。直しても直しても、暴れた川の勢いにはかないませぬさかいに。一晩で長年の苦労が水の泡ということも珍しくないでしょう」

「一晩で流される……」

治郎兵衛は静かにあごを引いた。

「それゆえ、この場所へ波止を築くことは、先代さまはもとより、先々代さまさえもお望みにはなりませなんだ」

治郎兵衛の口調はどこか淋しげであり、また、悔しげでもあった。

(そうか、治郎兵衛は大きな湊を築きたいと上申して父や祖父にはね除《の》けられてきたのだ。だから、我が安東の家に大きな不審を抱いているに違いない)

「父上には父上の、また、祖父上には祖父上のお考えもあったろう。されど、わたしにはわたしの考えがある」

愛季は治郎兵衛の目を見つめて、声に力を込めて言葉を継いだ。

「わたしは何度流されようとも、そのたびに波止を築き直してみせる。銭をいくら費やそうとかまわぬ。千石積みの船が入れる湊こそがこの檜山の民を富ませる唯一の手段と信じるからだ。そのためであれば、わたしはすべての楽しみを捨ててもよい」

愛季は治郎兵衛の目を見つめて、心のたけを真っ直ぐに伝えた。

しばらく二人は黙ってお互いの顔を見合っていた。

川風が治郎兵衛のたもとを揺らした。

「殿さま……」

治郎兵衛の声が湿った。愛季の気魄《きはく》は、治郎兵衛の心を動かしたようだ。

「仰せに従い、この場所へ大きな波止をいくつか築いてご覧に入れましょう」

治郎兵衛は打って変わって力強い声で明言した。

「おお、造ってくれるか」

愛季の声は弾んだ。

（相手を信じなければ、自分も信じてもらえるはずはない。そんな当たり前のことを忘れていた……）

愛季は、心の奥底から熱いものがこみ上げてくるのを感じていた。

「お任せください。必ずや白帆が並ぶ波止を造ります。ただ、それだけでは足りませぬな」

「何が足りぬと申すのだ」

治郎兵衛は足元に落ちていた棒きれを拾って、砂地に「湊」と「港」の二文字を書いた。

「もともと船の入る水路を指す言葉が港《こう》です。これに対して湊《しん》という文字はたくさんの船の集まる場所を指します。波止を含め、陸《おか》の上の建物や道などあらゆるものを指す言葉なのです。船の乗り降りをする波止だけでは湊を造ったことにはなりませぬ」

治郎兵衛の口調には熱がこもり始めた。

「つまりどういうことか」

「町を造らねばならぬと言うことでございます」

「なるほど。この場所へ町を築くと申すか」

愛季はまわりを見回した。広い砂地が続くこの場所なら、たしかに何百戸という家を建てる場所がある。

「入港する北国船の船頭や水主たちも、草深い田舎家しか並んでいない湊では波止あたりをうろうろしているだけです。あの者たちを陸に上げてしまえばよいのです」

「なるほどな」

「あの者たちが仕入れたい品々を商う見世《みせ》をずらりと並べるのです。さすれば、北国船の連中は断ってても野代にやって参ります。さらには陸へ上がって銭を落としてゆきます。となれば、野代に入る津料もうなぎ上りに上がって参ります」

「よくわかった。港は湊とともに、湊は町とともにあれということだな」

　愛季は興奮を抑えきれずに叫んだ。

「仰せの通りでございます。ただ、ひとつだけ厄介なことがございます」

「何が厄介だと申すのだ」

「飛び砂でございます。波止を造る場所だけは飛び砂を避け得ても、町全体の飛び砂は避けようがありませぬ」

「黒松を植えたらどうか。松林ができれば飛び砂は防げよう」

　宗右衛門が言葉を発すると、打てば響くとばかりに治郎兵衛が答えた。

「仰せのように松は植えるべきです。ただ、松の木が育つために長い月日が掛かります。まずは町を囲うように延々と垣根を作るしかないと思います」

「殿……野代の湊造りは十年、いや二十年先を見越し、腰を据えて取り組む覚悟が要りますな」

　宗右衛門は諭すような口調で愛季を見た。

「その通りだ。だが、わたしはやり抜くぞ」

　流れる川面に愛季の声が響き渡った。

「治郎兵衛、どうかそなたの持てる力をわたしに貸してくれ」

「殿さまのお覚悟に治郎兵衛、年甲斐もなく胸が震え申しました。必ずや御意に沿う野代の湊と町を築いて見せましょう。奥村さまもどうか、お知恵をお貸しくださいませ」

「申すまでもない。ところで、殿のお志をあらわす一つのお言葉がある」

「はぁ、どんなお言葉でございましょう」

宗右衛門は先ほどの治郎兵衛と同じように落ちている棒きれを拾って、「載舟覆舟」の四文字を砂地に書いた。

「舟を載せ、舟を覆す、と読むのですな。手前には学問がありませんよって、意味をお教え下さいまし」

「海の水は舟を浮かべると同時に覆す。殿は舟を安東の御家に、海の水をこの地に生きる民にお例えあそばされたのだ。我ら家臣は舟を漕ぐ船人となるのだ」

「なるほど、ようわかりました」

治郎兵衛はまじめな顔つきになって愛季を見つめた。

「先代さまが浅はかと仰せになった手前の愚見を、かくもこころよくおとり上げ頂くとは……」

治郎兵衛の声がふたたび震えた。

「清水治郎兵衛、すべてを投げ打って殿さまにお仕え申し、舟を漕ぎ続けまする」

「頼んだぞ、治郎兵衛」

愛季の心の中で、この砂まみれの大地に大きな町がひろがった行く末が浮かんできた。
ハマヒルガオの淡紅色の花があちこちで揺れている。
川風がさわやかに愛季の頰を撫でていった。

第二章　小鹿島《おがしま》に石楠花《しゃくなげ》匂う

一

あれから二年、永禄元年（一五五八）の五月に入っていた。愛季も二十歳を数えていた。ちょうど端午の節句に当たる、梅雨《つゆ》入り直前の五月晴れの日だった。

湊安東家が治める土崎湊の沖合は無数の鱗を並べたように銀色に輝いている。

雄物《おもの》川左岸河口は岬のように突き出た砂浜となっている。突端に近い位置には湊安東家の物見台が設けられていた。

土崎湊に入る船をいちばん早く見つけられる場所であり、万が一、外敵が船で襲来した場合の備えとして、湊安東家にとって大事な備えであった。

とはいえ、杉材で組んだ屋根付きの小さな櫓《やぐら》に過ぎず、見張りの雑兵も二、三名に留まっている。

夕凪《ゆうなぎ》の時刻が近い。沖合は茜《あかね》色に染まっていた。

沖合から低い轟《とどろ》きが聞こえてきた。雷か……いや、西空は晴れている。

「おい、太鼓の音が聞こえねぇが」

「そだな。艪拍子太鼓じゃねぇべか」

とつぜん、深い藍《あい》色に沈んだ水平線から黒々とした船影が姿を現した。

「ありゃあ……あの船はなんだべ」

見張りに就いていた雑兵の一人が沖に目を凝らした。

「大きな関船が一隻と……ひい、ふう、みぃ……小早船《こばやぶね》が五隻。敵だぁ」

もう一人の雑兵は物見台の梯子《はしご》を、転げそうになりながら、下っていった。

「なんつう慌《あわ》て者だ。艫《とも》の幟《のぼり》にゃ檜扇に鷲の羽の紋があるでねぇか。あれは檜山のご当主さまのお船に違いねぇ」

残された雑兵は、あきれ顔で小さくなる雑兵の背中を眺めていた。

雄物川の河口には艪拍子太鼓に混じって威勢のよい艪音が響いている。

愛季は関船の舳先《へさき》のそばに立って、近づいてくる雄物川の河口を見つめていた。

遠くに見える波止には、何隻もの北国船をはじめ、大小の商い船が舳先を並べる。荷揚げの小舟がしきりと川を上り下りしている。波止のまわりには忙しく立ち働く百人近い人足たちの掛け声が響いていた。

（まだまだ野代湊は土崎にはかなわない）

治郎兵衛はこの一年で米代川河口に千石積みの北国船が十隻は停泊できる波止を築いた。蝦夷や十三湊から下る船が立ち寄り始めたが、飛び砂に阻まれて町の建設はなかなか進まず、目の前で繰り広げられる土崎湊の活況には遠く及ばなかった。

愛季は船大将の吉田右馬介に命じて、波止向いの川岸に関船の碇《いかり》を下ろさせた。付き従う五隻の小早船も次々に投錨《とうびょう》した。

関船の舷側に、湊安東家の幟を立てた小舟が漕ぎ寄せてきた。一人の若武者と二人の従者が乗っている。後から数艘の小舟が続いていた。

「兄上ーっ」

色白面長《おもなが》の若武者は三歳違いの弟である湊安東家当主の九郎茂季であった。

「九郎、出迎え大儀っ」

「まずは、こちらの舟にお渡りください」

茂季の言葉に従って、愛季は縄ばしごで小舟に移乗した。

「兄上、ようこそお越しくださいました」

茂季は胴ノ間に立った愛季の手を取って、白い歯を見せて笑った。

「九郎は息災か」

久しぶりに弟の顔を見た嬉しさに、かえって素っ気ない声が出た。

「堅固《けんご》にしております。突然のお越しで戸惑っております。早馬でお知らせ頂ければよろしかったですのに」

「いや、出迎えの支度は不要だ。ただ、久しぶりにそこもとに会いたくて参ったのよ」

二人が会うのは一昨年の父の法会《ほうえ》以来だった。

「これは嬉しいことをおっしゃる。ともあれ、城までお越しください」

「いや、土崎の館《やかた》でいい」

湊安東家の本城は、土崎湊から南に下った雄物川に面した寺内《てらうち》という小高い丘に築かれた平山城であった。敵からの防御には向いているが、なにかと不便な場所であったので、土崎湊のかたわらに平時の居館として土崎館が設けられていた。

「はぁ……されど、館は手狭ですし」

「長居をするつもりはない。一晩だけ泊めて貰おう」

「わかりました。館に宴の支度をさせましょう。ところで、兄上、いつの間にこんなにたくさんの軍船をお持ちになったのですか」

「この一年で急造させたのよ」

愛季の命に従い、清水治郎兵衛は加賀国から船匠（船大工）を何人も呼び寄せ、上方風の新しい型の軍船を次々に造った。この一年で、小艪（一人で漕ぐ艪）六十丁の関船（早船）を一隻、同じく三十丁の小早船を五隻揃えることができた。

「ことに兄上が乗って見えたあの関船は立派ですね。あれほどの大船《たいせん》、手前は見たことがございませぬ」

「六十丁艪でな。野代丸と名づけた」

「野代に新しい湊をお築きとは聞いておりましたが」

「そうだ。これらの船を止める波止にも困らぬ。ちょっとした軍容の水軍であろう」

「驚きました。我が湊家は水軍を持ちませぬゆえ」

軍船は石高ではなく艪数で大きさを表すが、六十丁艪となると、四百石を超える大きさとなる。もっとも大きな関船でも八十丁艪くらいであったから、木口も新しい野代丸が雄物川に碇を下ろしているさまは、愛季の目から見てもたしかに壮観であった。

「さらに水主《かこ》たちもお育てになったのですね」

「この一年で、どうにかこうにか船を操れるようになった」

野代丸の船上には、褌《ふんどし》に法被《はっぴ》という威勢のよい姿の水主がずらりと並んでいる。

船を造るとともに、愛季は家来の中から吉田右馬介を船大将に命じた。さらに漁師を本業としていた雑兵たちを中心に水主を三百人ほど選ばせ、雪のない時期には、日々、操船の修練をさせたのである。一年を経て、檜山安東家は小さいながらも水軍を備えるに至った。

「関船の小早船も艫《とも》に同じ幟を掲げておりますね。『載舟覆舟』と読めますが」

「それについては、館でゆっくり話そう」

小舟は波止に着き、愛季と茂季は、湊家家臣がずらりと居並ぶ浜へと降り立った。

一刻ほど休んで、土崎館の広間で歓迎の酒宴が始まった。

手狭とはいっても三十畳ほどの広さを持つ板敷きの間で、南側には武者走りを設けた城郭の構造を備えていた。

鴨居《かもい》から上には漆喰壁《しっくいかべ》を持った豪華さで、すべての床は磨き込まれて黒光りしている。

上座には愛季と茂季。対峙《たいじ》する格好で、三浦兵庫頭盛永《みうらひょうごのかみもりなが》、豊島大和守重村《としまやまとのかみしげむら》、川尻中務《かわじりなかつかさ》、下刈右京《しもかりうきょう》など、湊家の主立った家臣が肩衣姿で座っている。檜山からは奥村宗右衛門と吉田右馬介、石郷岡主馬の三名だけを伴ってきた。

多くの重臣は、日頃はそれぞれの居城に住んでいる。端午の節句である今日、湊家では重臣たちが当主の茂季に辞儀を述べに土崎に集まる習いだった。愛季は前もって調べてあり、あえてこの日を狙って湊家を訪れたのだった。

「檜山屋形さまには格別にご機嫌うるわしく。兵庫、祝着至極に存じます」

宿老の三浦盛永が湊家家臣を代表して辞儀を述べた。湊家累代の重臣である盛永は相模《さがみ》国に勢力を振るった豪族三浦一族の末裔であり、八龍湖の東岸に建つ浦城《うらじょう》の城主であった。

三十代半ばか。狐にも似た細面《ほそおもて》の両眼には油断のならぬ光が宿っている。会うのは二度目だが、愛季はこの男がなんとなく好きになれない。

媚《こ》びを含んだ口元の笑みにも、どこかに冷ややかなあざけりを感ずる。

「わたしは屋形と呼ばれるような立場にはないぞ」

棘《とげ》を含んだ愛季の答えに、盛永は、さらに慇懃《いんぎん》な笑顔を浮かべて言葉を返してきた。

「お言葉ながら、我々、御宗家を代々、檜山屋形さまとお呼びして参りました」

「では、好きに呼ぶがよい」

いささか鼻白んだ心持ちになった愛季は素っ気なく答えた。

愛季の曾祖父に当たる五代の忠季《ただすえ》、祖父の尋季《ひろすえ》は二代にわたって檜山屋形と呼ばれていた。屋形号は室町幕府から有力大名に下賜《かし》される呼称であり、本来は愛季に名乗る資格はない。

北方に大きな勢力を持っていた尋季の代までは、幕府からも重要な家として認識されていた。たとえば、四代当主、つまり高祖父の政季《まさすえ》は、足利義政の偏諱《へんき》を受けて師季《もろすえ》から諱《いみな》を改名しているなど、京都とのつながりの強い家柄だった。

「湊家家臣一同、茂季をよく扶《たす》け、土崎のますますの繁栄を目指すと聞き及ぶ。まずは執着。大儀である」

愛季は声を励まして一同を見渡した。朴訥な檜山安東家の家臣たちよりも、世慣れした雰囲気の男たちが多いように思える。

「さて、今般、湊の家を訪れたのは、茂季の堅固を祝いに参ったとともに、わたしが定めた安東の家の家訓をそのほうらに伝えるためである」

宗右衛門が「載舟覆舟」の四文字を墨書した紙を一同の前に掲げた。

湊家家臣一同は四文字に見入った。

「これは『荀子』にある言葉だ。海とともに生きて参った我が安東の家を舟にたとえた。さて、海の水は舟を浮かべるとともに、荒れれば舟を覆す。水は民草である」

広間は静まりかえって、愛季の声だけが朗々と響き続けた。

「わたしは安東の家の船頭だ。そのほうらは、漕ぎ手よ。我らは民に覆されぬように安東の舟を漕ぎ続けなければならぬのだ」

多くの重臣たちがうなずいた。

「我が安東の家は向後、檜山も湊もともに『載舟覆舟』の旗を掲げた同じ舟に乗り、大海を漕ぎ続けて参るぞ」

「これはよいお言葉じゃ」

「なるほどのう。さすがは檜山さまじゃ」

「我らも懸命に漕がねばならぬな」

広間に賞賛の声がひろがった。

「家臣一同、力を込めて安東の舟を漕いで参る所存にございます。この兵庫も粉骨砕身、安東丸を漕ぎまする」

盛永が満面にこぼれるような笑みを浮かべて追従《ついしょう》を口にした。

「お言葉肝に銘じ申した。したが、この大和、別してお尋ねしたき儀がござる」

野太い声が響いた。

すべての湊家家臣たちが、盛永の後ろに座る宿老格の豊島重村に視線を向けた。盛永と同年輩の彫りの深い色黒の顔を持つ大柄な男である。

豊島氏は、鎌倉幕府の有力御家人であった畠山重忠《はたけやましげただ》の末裔といわれる国衆である。重村の父、畠山玄蕃頭《げんばのかみ》が永正三年（一五〇六）に常陸《ひたち》国より河辺《かわべ》郡に建つ豊島城に入って豊島郷一帯を支配するようになった。入国直後から湊安東家に臣従して、子の重村は宿老格となっている。河辺郡は岩見川と雄物川が出合う交通の要衝であった。

「何なりと申してみよ」

「ご宗家には幾多の軍船《いくさぶね》にてのご来訪。いかなるお考えあってのことでござるか」

重村は険しい目つきで愛季を見据えた。

「なに、せっかく水軍が整うたのだ。そのほうらにも披露しようと思うてな」

愛季はあえてのんきな口ぶりで答えた。

水軍を率いてきたのは、もちろん、湊家の重臣たちに対する威圧の意図があった。

一癖も二癖もある重臣たちは、若年でおとなしい茂季に、面従腹背する傾向がある。

これを矯《た》め、愛季の威令が届くようにする。此度《こたび》の湊家訪問の真の意図であった。

「土崎湊は泰平至極にござる。軍船は無用と存ずる」

　重村の声は苦々しげに響いた。

「いやさ、宗家が別家に我が軍勢の整うたを見せるのに特にわけはいるまい」

　この愛季の挑発に重村はあっさり乗った。

「別家とは聞き捨てなりませぬな。たしかに安東の御家は檜山さまが宗家でござる。されど、我らは決して別家や分家にはあらず」

　檜山と湊、二つの安東家の関係は少々複雑である。

　鎌倉時代、安東氏は津軽半島の十三湊を中心に北海一とも言える繁栄を築いていた。

　室町の初め頃、檜山安東家初代となる安東盛季《もりすえ》は弟の鹿季《かのすえ》を分家させ秋田郡に南下させた。鹿季に京都への紐帯《ちゅうたい》をさらに強くする役割を担わせようとしたものと愛季は聞いている。鹿季が率いる家臣らは上国家《かみのくにけ》を称して土崎湊を中心に栄え、京都との交流も深い現在の湊家となった。

　湊家は代々、朝廷ばかりではなく、本願寺や管領細川氏とも親交が深い。本願寺は東国の流通を担う経済的に重要な存在であった。

　一方、そのまま津軽に残った宗家は、下国家《しものくにけ》を称していた。二代の康季《やすすえ》は、後花園天皇からも奥州十三湊日之本将軍と認められるほどの権勢を振るい、檜山安東家は最盛期を迎えた。

「檜山さまと我が湊家は、ご当主さま同士がご兄弟であるが如く、いわば兄弟の家柄でござろう」

「別家という言葉が気に染まぬのであれば、何と呼んでもよい」

だが、重村は納得しない。

「檜山さまが遠い蝦夷地より羽後にお戻りになったのは、我が湊家三代の安興《あんこう》（惟季《これすえ》）さまがご尽力なさったからではござらぬか」

先代から安東氏の家臣となった新参の家柄に過ぎぬ重村が、重代の家臣の如く湊家の来歴を滔々《とうとう》とまくし立てる姿に、愛季は内心で苦笑した。

最盛期を迎えた康季の子の三代義季は、八戸から勢力を拡大した南部氏と戦って敗死した。十三湊の檜山安東家はいったん途絶えてしまった。

初代盛季の弟の子である師季《もろすえ》、すなわち愛季の高祖父である後の政季《まさすえ》は、南部家の庇護を受けて下北半島に所領を得て、ただちに四代の当主となり、檜山安東家を再興した。

やがて、南部家に対抗したため、檜山安東家は享徳三年（一四五四）南部勢に攻め込まれた。師季は被官であり娘婿でもあった上ノ国花沢館の蠣崎季繁《すえしげ》を頼って夷島《えぞがしま》（蝦夷地）へと逃れた。

康正二年（一四五六）に、師季は湊家三代の安東惟季の招きに応じて、小鹿島《おがしま》（男鹿半島）に戻った。さらに数年後、子の五代忠季《ただすえ》とともに檜山郡を支配していた葛西出羽守《かさいでわのかみ》秀清を滅ぼし、檜山城を築城した。ここに檜山城を根拠とする檜山安東氏が始まる。

湊家四代の昭季《あきすえ》は、軍役や男鹿半島を巡る勢力争いから、檜山安東家五代の忠季と対立を深めてゆき、両家の間柄は不穏になった。

「ははは、そんな昔話をしてどうする」

大声で笑って、ふたたび愛季は挑発の挙に出た。

「むっ、昔話とはっ。な、何を仰せかっ」

重村は額に筋を立てて怒鳴り声を上げた。

愛季は重村の厳《いか》つい顔の中で光る瞳をじっと見つめる。瞳に宿る光には真が籠《こ》もっていないと断じた。

（こ奴は湊家のことを案じているように見せて、その実、こうしてわたしにあらがい、湊家の立場を訴えることで、家中における自分の立場を強くしようとしているに過ぎぬのだ）

愛季は重村の邪心を確信した。

「ほう、そのほう、湊家家来の身でありながら、宗家のわたしに、かような罵声を浴びせるか」

愛季は冷ややかに言葉を継いだ。

「わたしが安東の家を率いることに不満があると申すなら、いまこの場で安東を離れ、おのれの城へ戻ればよかろう」

言葉の最後に力を込めて、愛季は重村をにらみつけた。いざとなったら、攻め滅ぼすという脅しの言葉である。

広間に息を呑む音が次々に聞こえた。

重村は頭を殴られたように目を剝《む》いて身を固くした。

「べ、別して、さような……」

重村は顔から噴き出した汗を袖でぬぐった。

「大和守どの。我らが宗家は檜山屋形さまであることに少しの紛れもない。湊家だけでは四周の大きな国衆から我ら自身を守ることもできぬ。我らが仰ぐは常に檜山さまぞ。湊家の臣はこのこと、決して忘れてはならぬ」

盛永はとりなしているようでありながら、一方で湊家自体の脆弱《ぜいじゃく》な武力を認めているわけである。

(臣従国人が一斉に蜂起すれば、年若の茂季などひとたまりもないぞ。湊家は乗っ取れるぞと脅しているというわけか。真綿にくるんだ針というような言葉を申す奴だな。盛永という男は)

だが、盛永の真意に気づいているのは愛季ただ一人のようだった。

愛季はなにも言わなかった。

逆に重村はむっとした顔に変わった。

「そ、そもそも湊家も、かつては公方さまから屋形号を許されており申した。六代さまと七代さまは左衛門佐《さえもんのすけ》の官位も授けられていたのでござる。決して檜山さまに随身するが如き家柄ではござらぬ」

口調は弱気に変わったが、重村はさらに抗弁を続けた。

(公方さまが京を追われて近江に逼塞している今のこの世に、そんな家柄自慢にどれほどの意味があるというのだ)

室町幕府の第十三代将軍足利義輝《よしてる》は、五年ほど前に管領細川氏の家臣であった三好長慶《ながよし》と戦って敗れ、近江国西部の朽木《くつき》に逃れて不遇をかこっていた。これにより室町幕府の権威は崩壊し、後の世に言う戦国時代の気風が勃興していた。下克上《げこくじょう》の時代の波は、すでに京畿から遠いこの出羽国にも大波のように押し寄せつつあった。

「したが、大和よ。湊家の嫡流は、鉄船庵さまの代で絶えたではないか」

髪の半白な初老の男が、額にしわを刻んで厳しい声を出した。

湊摂津守氏季《みなとせっつのかみうじすえ》という名のこの武士は、湊家の親類筋であるとともに累代の家臣であった。

「むむっ……」

内輪からのいきなりの反論に、盛永はひるんだ。

「往古のいきさつはどうでもよい。茂季を後見するのはわたしのつとめである。檜山安東家は宗家として永劫に湊家を守《も》り立てて参る」

愛季の声は凜然《りんぜん》と響き渡った。

「よいか、一同の者、『載舟覆舟』の旗の下、心を一にして茂季を守り立てよ」

湊家の家臣一同はいっせいに平伏した。

重村も渋々ながら平伏した。

(豊島大和は、いずれ除かねばならぬようだな……が、それよりも剣呑《けんのん》なのは三浦兵庫だろう。面従腹背を絵に描いたような男だ)

明るい声で笑いながら退出してゆく湊家家臣たちのなか、重村は憤然とした表情で広間を出ていった。

「檜山屋形さま、ただいまのお話、摂津、心より感服つかまつった。安東の御家がますます栄えるは必定。この年寄りも老体にむち打って、湊の家をお支え申します」

氏季は顔をしわだらけにして笑った。この男の笑顔は信用できそうである。

「摂津、心強い言葉だ。茂季を頼んだぞ」

最後に盛永が気味の悪い笑顔を満面に浮かべて近づいて来た。

「本日のご来訪、まことにありがたく存じます。檜山さまには、かようにたびたびご来駕《らいか》頂ければ、湊家も安泰しごく。この兵庫、伏してお願い奉ります」

「そのほうに言われずとも、たびたび顔を出すつもりだ」

木で鼻を括《くく》ったような愛季の返事にも、盛永の笑顔は消えなかった。

「なにぶんにもよろしくお願い申し上げまする」

何度も振り返って頭を下げながら広間を立ち去る盛永を眺めながら、愛季は年若い当主である茂季の身に不安を覚えていた。

＊

波の音が響いている。

暮れきった海には五日の月が低く掛かっていた。

重臣たちがそれぞれの居城に帰っていった後で、愛季は宿所に当てられた部屋に茂季を呼んだ。

この部屋には贅沢なことに四隅に燭台が置かれ、蠟燭の灯りが揺れている。

「兄上、先ほどは豊島大和めの増上慢をお諫め頂き、かたじけないことでございました」

茂季は深々と頭を下げた。

「父上は、次郎（春季）が三日も病まずに死んで、まだ若い九郎に湊家を継がせるほかはなかったのだ。わたしは、おぬしが、日々苦労を重ねていることには心を痛めている」

「拙者は、兄上のような覇気を持ちませぬゆえ」

茂季は肩をすぼめた。

「いや、温厚なおぬしだからこそ、あの癖のある重臣たちも、とりあえずは従っておるのだ。しかも、おぬしには人に好かれる人徳があるやに思う」

これは本音だった。自分であれば、面従腹背の老臣たちの振る舞いに我慢ができず、掃討を考えるであろう。湊家は力でしか治められないに違いない。

「あ、兄上……かたじけないお言葉」

茂季は声を震わせた。

「九郎よ。この土崎館を大きくせよ」

「土崎館をでございますか。寺内の城ではなく」

茂季はさも意外だという風に首をひねった。

この湊城は平城であり、便利のよい場所にはあるが、城というより居館の性質が強く、敵勢からの防御の力は低かった。

平時は便利のよい居館に住まい、戦時は防御力の高い山城に籠もって戦う態勢をとっている領主は少なくない。

「あの城は場所が悪い。土崎館とも離れているうえに、地形が障りとなって構えを大きくすることは難しい」

「されど、南……たとえば由利の土豪たちから攻められたときを考えれば、本城は大切と考えますが」

「由利十二頭はいずれ、我が安東の旗の下につく」

「まことでございますか」

茂季は疑いの声を上げた。

由利郡の豪族たちは、それぞれ独立心が強く、誰かを主として仰ごうとしない。

「すべてをなびかせることはできなくとも、少なくともこの湊家に攻め入る度胸のある者などいるはずはない。土崎館を大きくして、海からこの地を訪れる諸国の者たちに湊家の栄えているさまを見せつけるのよ」

「わかりました。兄上、土崎館を城としてひろげて参ります」

茂季は賢《さか》しらげに瞳を輝かせた。

気弱ではあるが、生まれつき素直な上に決して愚かではない弟を、愛季は愛《いと》おしく思っていた。このまま成長してゆけば、必ずや湊家をよく統《す》べて、安東家を支える大きな柱となろう。

「将来は土崎湊そのものも大きくして、商い船をさらに集めるのだ」

「土崎の商いをもっと盛んにするのですね」

「野代でも清水治郎兵衛という者に湊を造らせ、さらに諸材木支配と惣町支配役に任じて野代に町を造らせている」

「ほう、兄上は野代に湊ばかりでなく町を造っていらっしゃるのですか」

「湊は町とともにあってこそ栄えるものだと治郎兵衛に教わった。一度、野代に参れ。実地に見せ、治郎兵衛とも引き合わせよう」

「はい、ぜひにも伺いたいです」

「これから先、我ら安東の家にとって、一番先に手を着けねばならぬこと、それは津料を集めることだ。銭がなければ武具を購《あがな》うこともできぬ」

「肝に銘じまする」

「野代と土崎、この二つの湊を栄えさせることがかなえば、安東の家は、ふたたび北海の覇者となれる」

「九郎は兄上の命を守り、土崎を羽州一の湊にして見せます」

「心強い言葉だ。頼んだぞ」

「兄上とともに道を歩めるのは楽しいのです」

まっすぐな茂季の心根に、照れくさくなって愛季は話題を変えた。

「明日は払暁《ふつぎょう》に発《た》って脇本《わきもと》の砦に寄るつもりだ」

「かつては、小鹿島西岸を守る大切な城でございました。が、湊家の力が衰え、小鹿島全土を治められなくなった頃から、捨て城の如くなっております。湊家で一応、人数は置いておりますが」

男鹿半島はかつては十三湊から西へ向かう船路の重要な中継点として安東家の勢力下に

あった。その頃に築かれた砦は、十三湊を南部氏に奪われて後、次々に廃城になっている。康正二年に、四代の師季（政季）が一時期、北浦近くに居住したが、すぐに檜山に移ったため、岬付近から脇本に至る西岸は湊家の所領となり、野放しに近い状態となっていた。沿岸部には海賊が出没するという噂も絶えず、船頭たちは男鹿半島を遠望して大回りの航路をとっていた。

「脇本は大切の場所だ。此度、海を経て土崎に来て骨身にしみた。それで一度、この目で見分してみたいと思うてな」

愛季はたもとから一枚の絵地図を取り出して文机の上にひろげた。男鹿半島の略図だった。

「野代湊から土崎湊まではおよそ二十八里（約一一〇キロ）の船路。我らが水軍は長く漕ぐとなれば、まず一刻に三里がせいぜいであろう。野代から土崎までは一日では無理だ」

「それゆえ、北浦に泊まるほかはありませぬな」

「そうだ。此度も払暁に北浦を出て来たが、土崎に着いたのは日暮れ少し前だった。凪も静かで波穏やかだったために難儀せずにすんだが……」

「荒れたら、船人の生命を奪いかねませんね」

「その通りだ。野代から小鹿島の北浦までは八里。そこから小鹿島を廻って脇本までが十五里、脇本から土崎までが五里ほどとなる。従って、北浦と脇本に大きな波止があれば、風浪が出た際にとりあえずは逃げ込める」

　愛季は図面を指で指し示しながら語った。

「この間がずいぶんと空いておりますね」

　茂季は入道埼と脇本の間の西岸を指さした。

「そうだ。おまけに脇本は入江を持たず、ただの浜に近い」

「西風は冬に限ったことではありませぬからな」

　男鹿半島は冬場は西風にさらされ続ける。しかし、雪が溶けて船が行き交う季節となっても、西風が強い日は少なくない。

となると、脇本だけでは波避《よ》けの港として力不足である。

「おぬしの申す通りだ。できれば、北浦と脇本のほかにも、小鹿島の西岸、それも岬に近いところに、風を待ち、波を避ける湊が欲しい。さすれば、野代と土崎の間の船路は、比べられぬほど楽なものとなる」

　図面によれば、入道埼のすぐ南に風待ちにふさわしいように見える深い入江がある。愛季は帰路にこの付近を視察してみるつもりであった。

　往路で船頭は小鹿島の西岸を大回りしたので、入江も霞に覆われて遠望がきかなかったのである。

「この入江のことを知っているか」

「いいえ……存じませぬ。重代の家来、たとえば三浦兵庫などは知りおるかもしれませぬ。明日にでもまた、呼びますか」

「いや、それには及ばぬ。むしろ、家中の者には、わたしが小鹿島に関心を持っていることを悟られたくない」

「大和など、兄上が明日にも小鹿島に軍船を置くと考えて怒鳴り始めかねませぬな」

茂季は年甲斐もなく老成した苦笑を浮かべた。

「あ奴も困るが、三浦兵庫はさらに気をつけたほうがよい」

「兵庫は忠義者だと思っておりましたが……」

「いや、あ奴は面従腹背を絵に描いたような男だ」

「わかりました。向後、あの者の挙措《きょそ》にはじゅうぶんに意を払いまする」

「まったく、九郎は貧乏くじを引いたものよ」

「いいえ、兄上の旗の下で生きてゆけるわたしは幸せでございます」

「安東の家は、小鹿島をきちんと治めねばならぬ。日々その思いは強くなっている。今宵はもう休むことに致す。九郎も下がってよい。明日は見送りには及ばぬぞ」

「いいえ、波止までお送り申します。それでは失礼つかまつる」

茂季が下がっても、しばらくの間、愛季は男鹿半島の図面を眺め続けていた。

二

翌日も五月晴れに恵まれたが、西風が強くなった。

夜明け頃に土崎を発って、脇本砦の沖合に着いたのは二刻ほどの後だった。緑の尾根上に鳶《とび》色の四角いかたまりが小さく見えている。脇本の砦である。

「殿……されど、脇本砦で見分していると、野代には辿り着けませぬな」

舳先のかたわらに立つ宗右衛門が気遣わしげな声を出した。

「砦に長居する用向きはないが、今宵は脇本に泊まるつもりだ」

「たしかに北浦は遠いですな」

「だからこそ、小鹿島の岬に近いところに港が入り用なのだ」

「仰せの通りでございますな。したが、まことにほかの船を先に帰してよろしいのですか」

「詮方《せんかた》あるまい。右馬介らはこのまま野代湊へ向かわねば、途中で陽が暮れてしまう。それ以前に、脇本の波止に野代丸をつけることもかなうまい」

脇本の波止には大きな船を着けることはできない。帰路で愛季は、宗右衛門とともに土崎を出るときから小早船に乗り込んでいた。船大将の右馬介と主馬は、関船の野代丸に乗っている。

野代丸とほかの四隻の小早船は、艪拍子太鼓に合わせた軽快な艪音を響かせながら、どんどん遠ざかってゆく。艫《とも》が作る白い航跡に朝の光が反射した。

ただ一隻残った愛季の小早船は、ぐんぐんと陸地に漕ぎ寄せてゆく。

岸辺に近づいたため、かえって砦は見えなくなった。

緑の草に覆われた断崖の下の浜にぽつんと一つ小ぶりな波止が見えてきた。

断崖につけられた細道を一人の武士を先頭に数人の小者たちが急いで下りてくる姿が見えた。

「おーしっ、せーりゃっ」

船頭の掛け声に合わせて、小早船は波止に着いた。

愛季が降り立つと、迎えに出ていた湊家の男たちがいっせいに頭を下げた。

「湊家家臣、深井《ふかい》彌七郎《やしちろう》と申します。檜山さまのお船でいらっしゃいますな」

二十代半ばの実直そうながっしりとした体軀《たいく》の武士が、いくぶん引きつった顔で挨拶した。脇本の砦番に相違ない。

「檜山のご宗家さまだ。拙者は側役の奥村宗右衛門と申す」

彌七郎なる武士は両手を開いて驚いた。

「ひ、檜山の御屋形さまですか……これはご無礼を致しました……して、どのような御用向きでございますか」

「この砦を見分したいだけだ。茂季には話してある」

愛季が親しみをこめて話しかけると、彌七郎は身を小さくして答えた。

「ご覧頂くような砦でもございませんが」

「まずは実城《みじょう》（本丸）を見せて貰おうか」

「坂道が険しいですが、こちらでございます」

彌七郎は先に立って歩き始めた。船頭と水主、雑兵たちはすべて波止の小早船に残った。

ミズナラの目立つ雑木林に黒土の細い道が続いていた。

しばらく歩き続けると、空が明るくなった。

林が切り拓かれてゆるやかな山頂は草に覆われていた。

やがて縦横一間ほどの間口を持つ表門が姿を現した。

扉は開かれていた。両脇に立つ槍を手にした門番が、愛季を見て慌てたように頭を下げてから背筋を伸ばした。

「これでは馬は通れぬな……」

門を見たつぶやきに、彌七郎が心底驚いたように、愛季を見上げた。

「馬でございますか……お言葉を返すようでございますが、下は海、上は山、どちらも行き止まりで馬を走らせる場所はどこにもありませぬ」

「そうだな。彌七郎の申す通りだ」

門を入ると、左手に海側の崖に向かって低い土塁が三つ築かれている。

それぞれの土塁には、石置き屋根の粗末な建物が建てられていた。

いちばん内寄りの土塁が主郭と思われ、ここに建つ建物はほかの二つに比べてかなり大きかった。

だが、それでも間口が三間に奥行きが五間ほどで、檜山城の馬小屋よりも小さかった。

海側のほかの二つの小屋は、主郭の小屋の半分にも満たなかった。

崖に面した曲輪には二丈ほどの高さの物見櫓《ものみやぐら》が設けられていた。

「あの櫓に登ってみたい」

「はぁ……未《ひつじ》の曲輪の櫓でございますか」

海側の曲輪は未の方角（南西微南）にあたるらしい。

けげんな顔を浮かべながら、彌七郎は愛季を未の曲輪に連れていった。

「おーい、檜山の殿がお登りになる。おぬしらはさっさと下りて来て平伏した。

彌七郎が叫ぶと、二人の雑兵が転げるように梯子を下りて来て平伏した。

愛季は心を弾ませて物見櫓の梯子を登った。

粗末な屋根が載っている櫓台は、愛季と彌七郎、宗右衛門の三人が乗ると、立錐の余地もないほどだった。

愛季の視界に、素晴らしい眺望がひろがった。

目の前には静かにうねる青い大海原がひろがっている。

左手には、男鹿半島の付け根の浜がゆるやかな曲線を描いている。

遠くの霞んだ浜に光るのは、土崎の湊と町並みであった。

「小鹿島の南はすべて望める。土崎湊に入る船ばかりか、由利や荘内、南からこちらを目指す船は一目瞭然だな」

愛季は視界いっぱいにひろがる景色にうなり声を上げた。

「時には霧がかかって何も見えぬこともありますが」

彌七郎は嬉しげな声を出した。愛季の言葉が、自分自身を褒《ほ》められたように感じたものらしい。

「ははは、彌七郎。そんなときには、船から陸も見えぬ。湊に入る船は霧が晴れるまで待たねばならぬ」

愛季は笑いながら、北の方角へ首を向けてみた。

「なんと、三山と妻恋山まで、小鹿島の北側すべてが見渡せる」

古くから山岳信仰の対象である男鹿三山（真山、本山、毛無山）の連山と、樹木の少ない草の山である妻恋山《つまごいやま》（寒風山《かんぷうざん》）の特徴的な山容が見渡せた。

「はい。この櫓から見えぬのは、岬の方角ばかりでございます」

彌七郎は胸を張った。

「脇本は湊家にとって、まことに大切な砦だな」

愛季の言葉に彌七郎は、顔をくしゃくしゃにして笑った。

「手前、この砦番を命ぜられてから、なにか島流しにされたような心持ちでおりました。檜山屋形さまのただいまのお言葉で、彌七郎はいままでのむしゃくしゃしていた気持ちがすべて晴れました」

「彌七郎は、この砦にどれほど前から詰めておるのか」

「三年でございます。それまでは槍組におり申した」

彌七郎の顔に暗い翳《かげ》が兆した。

「ふむ……そうか」

愛季は後で問いただそうと思って口をつぐんだ。

櫓から下りて、愛季たちは主郭の実城に案内された。

実城とは名ばかりで、三十畳ほどのがらんとした板敷きの広間があるだけだった。

中を覗き込むと、薄くほこりが積もっていて、最近、使われた気配は感じられなかった。

「ここはふだんは使っておりませぬ。かつては鉄船庵さまが家来たちとともに何度かお見えだったそうでございますが」

外祖父の堯季は、いざという時のために、脇本砦の者たちに活を入れに来ていたのか。

むろん、茂季には脇本砦へ出向くゆとりなどはないだろう。

「ところで、雑兵たちは水汲みに苦労しておるのであろうな。なにせ、この砦へ登る道はずいぶん急だからな」

「それが、この山には水が湧きまする」

「まことか」

「はい、あの木の下あたりに深井戸がございます」

彌七郎は土塁の東側に根を張っているブナの古木を指さした。

「見せてくれっ」

愛季の剣幕に驚いた彌七郎は、先に立って草地を足早に歩き始めた。

ブナから少し離れたところに半間四方くらいの木組みの井戸が設けられていた。

覗き込んでみると、一丈ほど低いところに白く光る水面が見えた。

「水は足りているか」

「この砦には十名しかおりませんので……」

「涸《か》れたりはせぬのだな」

「たちのよい井戸で、夏のさなかでも涸れることはございませぬ」

「ちょうどよい。喉が渇いた」

つるべはないので、彌七郎は綱で結ばれた木桶を井戸の底へ放り込んだ。

差し出された柄杓《ひしゃく》を受け取って口に含んでみると、泥臭さもなく塩味も感じられず、よい水だった。

「これは美味《うま》い水だな」

「お褒めにあずかり恐縮です」

彌七郎は、またも自分が褒められたかのように相好《そうごう》を崩した。

「今宵は泊めて貰えぬか」

「むさ苦しいところですが、ゆっくりなさってください」

「差し支えなければ船頭と水主、雑兵たちを、主郭の小屋に入れさせて欲しいのだが」

「はぁ……。幾名ほどで」

彌七郎の顔に戸惑いが表れた。

「ははは、この砦を乗っ取っても意味はあるまい」

「まさかそんな……」

あわてふためいて彌七郎は顔の前で手を振った。

「水だけ飲ませて貰えばよい。水主たちは干し飯を持参しておる」

「相済みませぬ。この砦には十名分の米しかございませんので」

愛季たちは、東側の小屋に案内された。

ここが彌七郎の住まいとなっているらしい。粗末な小屋には違いなかった。

囲炉裏の煙で燻《いぶ》された匂いが漂っている。

冬場は砦に人は置かないはずだが、雪解けの後も火は欠かせない。

「それでは波止へ知らせて参ります」

彌七郎は二人を残して、小屋を出て行った。

「脇本砦を広げるおつもりですか」

宗右衛門が静かな声で訊いた。

「井戸を見分しておったからか」

「ここへ立ち寄ると仰せになったときからそう思っておりましたが、井戸水までご見分なさったので確信致しました。この砦のいちばんの弱みは水の手と、まずは考えられますからな。涸れぬ井戸を持つとは、天の恵みに相違ございますまい」

うなずいた愛季は宗右衛門の顔を見ながら、宣言するように言った。

「ここは安東家の第三の根城となる」

夕陽が差し込む頃になって、彌七郎が炊きたての飯と焼いた干し魚、塩汁を持って来た。

晩餐を終えてから、彌七郎は大徳利を持って来た。

「お口に合うような酒じゃありませぬが」

「これはすまぬ」

焙《あぶ》った干しイカを肴に三人のささやかな酒宴が始まった。

たしかに、いささか酸っぱかったが、彌七郎の志が嬉しかった。この砦にとっては貴重な酒に間違いない。

「いやさ、今日は本当に楽しい日ですなぁ」

盃《さかずき》をやりとりするうち、彌七郎が陽気に笑い始めた。

「おぬしは脇本に参る前は、どんな役に就いておったのだ」

「槍二番組をお預かりしており申した」

彌七郎は悄然《しょうぜん》と肩をすぼめた。

あきらかな左遷である。

「砦番になったのは、なにかわけでもあるのか」

「そ、それは申しかねます」

彌七郎は急に真顔になって肩をそびやかした。

「そうか、そこもとは湊の家に忠義な男だな」

「ほかの方ではない。ご宗家さまなのだぞ。包み隠さず申し上げてもよかろう」

宗右衛門はいささかきつい声を出した。

「はぁ……しかし……」

「よいか、ご宗家さまは湊さまのお兄上なのだぞ。それに、湊家に芳《かんば》しからぬ内幕があると、おぬしの顔に描いてあるわ」

「え……さようなことは……」

「ははは、宗右衛門。そう無理強いするものではない」

しばらく黙ってうつむいていた彌七郎が、顔を上げて意を決したように愛季を見た。

「檜山さま。湊の御家は三浦兵庫頭どのと豊島大和守どのの二つの派に分かれております」

「そうなのか……して、彌七郎はどうなのだ」

「拙者は、ただ湊の殿にお仕えするだけです」

「茂季を支える主立った侍はどのくらいおる」

「騎乗の者では、湊摂津守どのをはじめ五人くらいかと……」

「そんなに少ないのか」

愛季は驚きの声を上げざるを得なかった。

「鉄船庵さまがご卒去《そっきょ》なさってから、湊の家はバラバラになってしまいました」

「彌七郎は、三浦派にも豊島派にも与《くみ》せぬから、この砦に追いやられたのだな」

「湊の殿に忠義の者は、皆、冷や飯を食わされております」

いまの茂季には、宿老たちの独走を止める力はないだろう。

「これからも、茂季を支えてやってくれ」

「申すまでもございません。拙者は幼い頃より鉄船庵さまに可愛がられて育ちました。鉄船庵さまのご遺命を守ることこそ、拙者の生きる道でございます」

「頼もしい言葉を聞いて、まことに心強い。だがな、彌七郎、そこもとは一つだけ勘違いをしておる」

「何を勘違いしているのでございますか」

彌七郎はきょとんとした顔で訊いた。

「そのほうは冷や飯食いなどではないぞ」

「は……」

「脇本の砦は、向後、ますます大切の場所となる。ここを守るは、湊安東家にとって大事なつとめだ」

「まことでございますか」

「ご宗家さまのお言葉はたしかだぞ。彌七郎」

宗右衛門も、彌七郎の人となりに大いに好意を持ったようである。

「檜山の御屋形さま」

彌七郎は、いきなりその場で頭を板床にすりつけた。

「な、なんだ。あらたまって。顔を上げよ」

顔を上げた彌七郎は、額に筋を立て、まるで怒っているかのような顔で、愛季を見つめた。

「湊の殿と御家をお救いください。このまま重臣同士が争っていれば、まわりの大きな国衆の餌食《えじき》になってしまいます」

実直なだけではなく、彌七郎は情勢を見る目も備えているようである。

「彌七郎の言葉、胸に沁《し》みた。茂季はかわいい弟でもあるが、それ以前に、安東の家は檜山と湊が車の両輪とならなければならぬ。これからも茂季を頼むぞ」

「この彌七郎、生命に替えましても」

彌七郎はふたたび平伏した。

「ところで、岬の少し南に深い入江があろう」

「はい、たしか、四之目潟《しのめがた》と申したはずですが」

「明日は、その入江を見分して参りたいと思っている」

彌七郎は顔の前で手を大きく振った。

「おやめなさいまし。お帰りは岸辺から大きく離れた海路をおとりになるがよろしいかと存じます」

「なにゆえか」

「岬のあたりには海賊が出ると聞き及びます」

「海賊だと……まことか」

「かつては四之目潟にも商い船が立ち寄る戸賀《とが》と申す湊があったに聞き及びます。したが、いまは海賊の巣となっており申す。他国者の商い船が贄《にえ》となることがあるそうでございます」

「たしかに、往路で船頭は大回りしたな。それゆえ四之目潟は遠くに霞んで見えなかったのだ」

「小鹿島を知る船は、皆が岸辺を遠く離れた海路を選びます。また、御屋形さまは大きな関船を含めた大船団でいらっしゃいました。海賊は近寄って来るはずはありませぬ。されど……」

「小早一隻では狙われると申すか」

「御屋形さまの小早にはわずかな弓兵しか乗せておられませぬ。危ういことと存じます」

彌七郎は眉を寄せて、心から案ずる顔で言葉を継いだ。

「小鹿島の西浦は、門前《もんぜん》の集落までは本山へのお参りをする者で賑わっております。されど、海沿いの道は門前で尽き、そこから岬へ向かう者はおりませぬ。猟師ですら岬へ続く山へは足を踏み入れませぬ。東側の北浦の道も同じことで、岬のあたりは湊の御家の力が及ぶ土地ではございませぬ」

本山と称されるのは赤神大権現《あかがみだいごんげん》のことである。天台宗の赤神山日積寺永禅院《あかがみさんにっしゃくじえいぜんいん》を中心とした五つの寺社が並んで五社堂《ごしゃどう》と呼ばれ、出羽国の人々の尊崇を集めていた。

「四之目潟なる入江をこの目で見たかったのだがな……」

「またの機会になさいませ。いっそ八龍湖からお帰りになってはいかがですか」

野代と土崎の間は、途中で八龍湖を船で渡って移動するのがふつうだった。海路を通るより、はるかに安全で、しかも距離も短い。今回のように海路を辿るのはまれな話であった。

「馬鹿を申すな。小早船だけを帰すわけにはゆかぬ」

八龍湖は南の端で東方向へ曲がりながら北海に注いでいる。海へ出るあたりの狭い水路は船越《ふなこし》水道と呼ばれていた。

船越水道は狭いうえにきわめて浅く、海から小早船などは乗り入れられない。また、湖全体もいちばん深い場所でさえ十五尺（四・五メートル）くらいの水深しかなかった。大きな船はひとつ間違えると、湖底の砂地に乗り上げて身動きがとれなくなってしまう。

小舟か船底を浅く作った湖船だけが八龍湖を通れる。だが、これらは波に弱く、海には出られなかった。

「殿……君子危うきに近寄らずでございますぞ」

宗右衛門も珍しく諫めの言葉を口にした。

「あいわかった。せいぜい、遠回りをすることにしようぞ」

愛季の答えに、彌七郎は肩の力を抜いて吐息をついた。

三

本山を頂点とした緑の稜線は、北の岬に向かってなだらかに海へ落ちている。

往路とは異なって、空はよく晴れ渡り、左右の小さな岬に囲まれた入江がぽつんと姿を見せている。

払暁に脇本を漕ぎ出した小早船は朝の光を浴びながら、男鹿半島の西浦を北上した。四之目潟の沖合まで進んだ昼前には、海上に霧が立ち上り始めた。

「いやな霧が出て参りました」

舳先近くに立った小早の船頭は、不安そうな声を出した。

「山の端《は》がだいぶ霞んできたな」

いつの間にか忍び寄ってきた海霧は、すでに岸辺を覆い隠している。緑色の稜線だけが白い帳の上にうっすらと延びている。

「はい、あまり岸から離れますと、方角を見失いますんで」

そのとき、岸辺からものが軋《きし》むような音がいくつも響いてきた。

「あれはなんだ」

「殿さま……いけないようでございます。あれは艪の音です。艪船が幾艘も近づいています」

船頭の額に汗が噴き出した。顔から血の気が引いている。

「海賊か」

愛季の言葉に応えるかのように、びゅっという音が霧を切り裂いた。

「うわっ」

愛季のかたわらに立っていた従者の胸に矢が突き刺さった。

従者はもんどり打って海に落ちた。愛季の顔に潮水がかかる。

「殿っ、お伏せくださいっ」

背中を強い力で押されて、愛季は胴ノ間に屈《かが》み込んだ。

「待て、待て、待てえいっ」

宗右衛門の声が霧の中に響き渡った。

「檜山のご城主さまの船に矢を射かけるとは何たる狼藉《ろうぜき》ぞっ」

白い帳の中から一艘の艪船がすーっと真正面に近づいて来た。

小早船の半分に満たぬ小さな舟だが、十数名の人影が見える。

「なにゆえに、軍船を我が領分に乗り入れたっ」

甲高く若々しい声が響いた。

艫先近くに紅《あか》い胴丸を身につけた鉢巻き姿の若武者が一人立つ。

背後には黒い腹当を身につけた雑兵が数名、半弓を手に手に構えて控えていた。

（たんなる鼠賊《そぞく》には見えぬな）

物の言いよう、凜然とした態度、隙のない身ごしらえ。愛季の目には若武者の姿が、とても物盗《と》りの類《たぐ》いには見えなかった。

「者ども、漕ぎ寄せいっ」

若武者が下知すると、四周の霧中から湧いて出たミズスマシのように数艘の小舟が近づいて来た。どの舟にも弓兵が四、五人ずつ乗っている。それぞれ八丁の艪を持つようだ。

弓兵たちの構える矢で囲まれ、若武者の下知一つで愛季も小早船も針山と化すだろう。

「殿、兵たちに弓を捨てるように命じなさいませ」

宗右衛門が小声で進言した。

「弓がなければ戦えぬぞ」

「戦えば、我らは一人残らず討ち取られます」

多勢に無勢、しかも相手の弓はすでに愛季たちを狙っている。

（ここで殺されたら、我が武運はそこまでということだ。武運のない者に国は治められぬ）

愛季は覚悟を決めた。

「あいわかった。者ども、弓を海に捨てよ」

戸惑いつつも小早船の八人の弓兵は次々に弓を海に投げ捨てた。まわりの水面にしぶきがあがった。

「頭領どのにもの申したい」

愛季は立ち上がって、若武者を見据えながら呼びかけた。

ひゅっと耳元で風がうなった。右の体側わずかの空を矢がかすって海に落ちた。

「殿っ、危のうござる」

宗右衛門が袖を引いたが、相手が堂々と身をさらしているからには、こちらが野盗のように逃げ隠れするわけにはゆかない。

「弓を引け。我らが乗るは軍船に非《あら》ず」

愛季は若武者に向かって落ち着いた声音で呼びかけた。

「ええい、たばかろうとするか。商い船か否かは一目瞭然っ」

若武者は激しい声音で叫び返した。

「疑うとあれば、漕ぎ寄せてしかと確かめるがよい。弓兵も乗せておらぬぞ」

宗右衛門が声を張り上げた。

「論は聞かぬぞ。者どもっ」

若武者は右手を高く差し上げた。

「おぬしは猪武者と誹《そし》られようぞ」

「なんだとおっ」

若武者は声を震わせて叫んだ。

「我らはもはや袋の鼠。まずは頭領どのと親しく話がしたい。射殺すのはそれからでも遅くはあるまい」

若武者の舟がぐんと近づき、舳先が小早船の右舷に接舷する鈍い音が響いた。

厚板が渡され、若武者が乗り込んできた。

「では聞く。何用で、この入江に参った」

若武者が半間ほどの間合いで愛季の前に立ちはだかった。

すぐ後では刀の柄《つか》に手を掛けた大男の髭武者が鼻息も荒く愛季をにらみつけている。

「答えぬか、なにゆえ我が領分を侵したのだ」

若武者は甲高い声を張り上げた。

（なんと、娘ではないか……）
十五、六でもあろうか。くっきりと彫りの深い顔は鼻筋が通って、引き結んだ形よい唇は紅く輝いている。
きわめてきつい娘に見えるのは、黒目がちな大きい瞳が異様なほどに強い光を宿しているためだろう。愛季が見たことのない不思議な美しさを持つ顔だった。

「控えぬか。ここにおわすは檜山のご城主さまぞ」

宗右衛門が重々しく告げると、娘は眉を寄せて疑わしげに訊いた。

「檜山か……土崎湊の者ではないのだな」

「そうだ。檜山の御屋形さまだ。控えるがよかろう」

「ふんっ。我らは檜山どのの被官ではないぞ」

娘は肩をそびやかして答えた。

「たしかにこの地に檜山の寄騎《よりき》衆はおらぬ。だが、罪もない船人に弓を射かけるのはまっとうな武士の為すことではなかろう」

静かに問いかける愛季の言葉に、娘は瞳をさらに怒らせた。

「我が領分にことわりもなく軍船を入れた罰だ」

「そのほうの領分と申すか。されば、名乗るがよい」

「北小鹿島の主、相川弾正《あいかわだんじょう》さまがご惣領、采女《うねめ》さまだ」

采女のかたわらで大兵の武士が銅鑼声《どらごえ》を張り上げた。

「なるほど相川と申す者がこの地を治めおるのか」

相川とは、北浦湊からやや東に移った沿岸部の地名であった。

「今後は覚えておけっ」

鼻をふんと鳴らす采女の姿は、どこかあどけなかった。

「そなたは惣領とのことだが……おなごではないか」

宗右衛門の言葉に、娘は歯を剝き出して反駁《はんばく》した。

「女が惣領で何が悪いっ」

「これはすまぬ、別に悪いことはない……」

采女は宗右衛門の貫禄を感じ取れぬ幼さを持つのだろう。

だが、愛季が師と仰ぐほどの人物が、一人の小娘にどこかひるんでいる。

「やはり死ぬのは恐ろしいか」

采女はからかうような口調で訊いた。

「当たり前だ。が、それ以上にここで死ぬのは口惜しく悲しいぞ」

「なにゆえだ」

「我が家来と領民の行く末が案じられる。わたしは安東の地をいまよりはるかに富んだ国にしたいと思うて生きておる」

「高言をぬかすわ」

口調とは裏腹に采女は真剣な顔つきで愛季の顔を見た。

「高言かもしれぬが、我が志をありのままに述べたまでよ」

采女の顔がこわばった。

「ごたくはもうよい。我が船に乗れっ」

四方から弓で狙われているからには、断る術はない。ここで殺されるよりはましだ。

「船に乗せてどうするつもりか」

「ええい、答える義理はないわ」

采女はますます肩を怒らせて答えた。

「従わぬなら、この工藤弥九郎《くどうやくろう》の刀の錆にしてくれるぞ」

弥九郎と名乗った大男は船板をどんと踏んで凄んだ。

「ひとつだけ頼みがある」

「頼みだと」

采女の額が怪訝に曇った。

「わたしの身柄は采女に預けよう。その代わり、余の者たちを放してやってくれまいか」

「よいだろう……」

わずかにためらいつつも、采女は愛季の請いを容《い》れた。

「拙者に殿のお供をさせよ」

宗右衛門は強い口調で申し出た。

「どだい、おぬしは何者だ」

「側役をつとめる奥村宗右衛門と申す。ここに残すと申すなら、まず拙者を斬ってからにしてもらいたい」

宗右衛門はいつに変わらぬ静かな声音で言った。

「面倒だ。二人とも我が船に乗れっ」

宗右衛門の申し出にいらだちの声を上げると、采女はさっと踵を返した。

采女の後に続いて、愛季と宗右衛門は厚板を渡った。最後に足音も重く弥九郎が渡ると、厚板は引き戻された。

艪船の胴ノ間で、次々に頭を下げて采女を迎える雑兵たちの顔つきは揃って素朴だった。弥九郎のほかには武士らしい者の姿は見えなかった。ふだんは網を打っている男たちなのだろう。

「刀をよこせっ」

乗り込むやいなや、愛季たちの差し料は、弥九郎によって奪われた。

艪船は陸地へ向けて漕ぎ出した。後からほかの艪船がつき従うように続いた。小早船だけがその場の海に残された。

いつの間にか霧は空へと吸い込まれたように消えてゆき、青空が蘇っていた。

八丁の艪が小気味よい音で波を切り、艪船は岸辺とその距離を詰めてゆく。

愛季の目の前に、待ち望んでいた四之目潟がありありと姿を現した。

（したが、まさか虜囚となって、この入江を見ることになろうとはな）

差し渡し十町（一キロ強）ほどの入江で、陸に近い部分は浅瀬が多く、薄藍《うすあい》や青丹《あおに》といった明るい色が目立つ。浜は白砂に覆われて清らかに光っていた。

入江の左右、つまり南北の両端は水深があるらしく紺青《こんじょう》色に沈んでいる。それぞれ、粗末な波止がいくつか造られていた。

愛季たちを乗せた艪船は右手に舵《かじ》を切って南側の波止へ舳先を向けた。

背後の浜には漁《すなど》りに使うらしき八艘の舟も引き揚げてある。やはり、漁を生業《なりわい》としている者も少なくないのだろう。

「これはよい入江だ」

愛季が素直な賛辞を口にすると、采女は得意げに背をそらした。

「小鹿島では、入江と呼べるのはこの四之目潟くらいのものよ」

「西浦をずっと見て参ったが、たしかにそなたの申す通りだな」

不思議なことに入江には、網小屋は点在するものの、人家は見えなかった。

「この入江に人は住まぬのか」

「住まぬ」

愛季の問いに采女は、一転、表情を曇らせ、不機嫌そうに一言で答えた。

艪船が波止に着くと、采女は後ろを振り返りもせずに足早に浜を歩き始めた。武者草鞋《わらじ》が蹴る白砂が跳ね飛ぶ。

「それ、参るぞお」

弥九郎が銅鑼声を上げ、愛季と宗右衛門は後から雑兵の薙刀《なぎなた》で脅しつけられて砂地を歩き始めた。

浜が尽きると、一行は雑木林に続く細道へと踏み入った。

打ち寄せる波の音を背中で聞きながら、蔦葛《つたかずら》の目立つブナ林の急な上り坂を登って行く。

（いったいどこへ連れて行かれるのか）

重なり合うブナの緑の隙間から望む空は、愛季の心根とは裏腹に澄み切っている。

着物が汗で濡れ始めた頃に、森が切れて目の前が明るくなった。尾根に出たのだ。

尾根上には小さいながら砦が築かれていた。

一基の物見櫓と、兵を駐留させるためと思われる小屋が三棟、狭い尾根上に並んで建てられている。

一丈半ほどの櫓の上では、粗末な屋根掛けの下で三、四人の兵が哨戒の任に就いていた。

林に遮られて愛季の立つ地面からは眺望がきかないが、物見台に登れば四之目潟をはじめ、北小鹿島が見渡せるに違いない。

「ここで四之目潟に近づく船を見張っているのだな」

「言うまでもない。我が領分を侵す船を叩きのめすのよ」

采女たちは、真の意味での賊ではあるまい。北国船をはじめとする多くの商い船は小鹿島の岸から遠い海路を選んでいるのである。盗賊行為だけで活計《たつき》を立ててゆくのは難しいであろう。ただ、自分たちの領分への侵入者には容赦のない態度を取るものに違いない。

尾根の反対側にも道は続いていた。

采女は先頭に立って東斜面に続くうっそうとした森の中の細道を下ってゆく。

薄暗い道を半刻（一時間）も歩くと、ふたたび森が切れて山砦が目の前に姿を現した。

土塁上に主郭と二つの曲輪が築かれている。どちらも板屋根の小屋が二、三棟ずつしか見当たらない。最低限度の建物からしても、戦いのための砦であって、領主が常住するわけはなかった。

「ほう、なかなか立派な砦ではないか」

愛季が口にした砦という言葉が不満らしく、采女は鼻を鳴らして反駁した。

「館越《たてこし》の城だ」

「相川氏の出城というわけか」

「そうだ。だが、ここに籠《こ》もって戦ったことは一度もない」

「なるほど、ふだんは山裾に住まっているのだな」

この場所では水の手も厳しかろうし、愛季が知る限りは、ここ十数年来、小鹿島を攻めた者はいないはずである。

この山城はあくまでいざという時の備えのために築いたものだろう。

旗や幟《のぼり》は見当たらない。ある程度の勢力を持つ国人でなければ、日頃から城塞に掲げるほどの旗幟《きし》を作れるはずもなかった。まともな旗幟は大きな町に注文するため、金が掛かる。

館越城から山道を下ることしばらく、雑木林が切れて粗末な城門が現れた。丸太を組んで高さ二丈（六メートル強）ほどの塀を築き、その上に小さな板組の物見台が載っている。木扉もまた板組で、釘隠しの乳金物《ちかなもの》一つ見られない素朴な造りだった。

物見台の上では、見張り兵が五人、弓を構えている。

「御物領さまのお帰りだーっ」

弥九郎が声を張り上げると、木扉が軋んで開かれた。

采女に続いて城門をくぐると、いきなり明るい空がひろがった。

「これは……」

愛季は喉の奥でうなった。

谷隠れの里がそこにあった。

小さな盆地の右手には水を張った田圃がひろがり、西陽に輝いていた。

左手には藁葺き屋根の家々が数十軒点在し、そこかしこに炊煙が上がっていた。

家臣や兵たちの家のまわりには、石楠花をはじめとした色とりどりの花が咲き乱れている。

背の高い山法師《やまぼうし》の樹が十数本、無数の白い花をつけているさまが、ひときわ目立った。

田圃と集落の間には清冽な渓流が流れて、水車が音を立てていた。豊かさを感じさせる、のどかな山里の景色に愛季は感じ入った。

「素晴らしいな。桃源郷のごとき景観だ」

「ここは我らの国だ」

采女は得意げに肩をそびやかした。

東端の小高い場所に、抜きんでて大きな板葺きの建物が西陽を浴びてそびえ立っていた。

これこそ、相川弾正の居館に違いない。

「こちらへ参れ」

牢にでも入れられるかと思ったが、愛季たちは居館と思しき建物に連れて行かれた。土豪の根城としてはなかなか立派な構えで、式台を持つ二間幅の戸口が目立つ。

采女は、草鞋を脱ぐとさっさと主殿に入っていった。

残された愛季たちは雑兵たちに薙刀を突きつけられたまま、弥九郎に見張られている。

しばらくすると、采女が二枚胴具足を脱いだ蘇芳《すおう》色の鎧直垂《ひたたれ》姿で戻ってきた。

「ご頭領さまがお召しだ」

「それは楽しみだな」

愛季は草履を脱いで式台を上がった。

「おぬしはここで待て」

かたわらに立つ采女は、宗右衛門を遮るように立った。

「そうは参らぬ」

「ご惣領さまの命に従わぬ輩《やから》は斬って捨てるぞ」

弥九郎が刀の柄に手を掛けて、右足をにじらせた。

「よい、宗右衛門。ここまで来て事を荒立てるまいぞ。わたし一人で平気だ」

「しかし……殿……」

抗《あらが》う宗右衛門を右手で制して、愛季は式台を上がった。

先に立つ采女に続いて板敷きを進むと大きな広間に出た。

広間の奥の壁を背に、縹《はなだ》色の肩衣を着た武士がどっかりとあぐらをかいていた。左横には鮫鞘《さめざや》の打刀が置いてある。

「檜山の城主を連れて参りました」

采女の高い声が板の間に響いた。

愛季は三間ほど離れた板の間にあぐらをかいて座り、采女もかたわらに座った。

相川弾正は四十前後か。陽に灼けたがっしりとした体軀《たいく》を持っている。彫りの深い厳《いか》つい顔の中で両の瞳が、采女にも負けぬ強い輝きを放っている。

「そうか、おぬしが檜山安東の小せがれか」

黒髭で覆われた分厚い唇が大きく動いた。

「野盗に小せがれ呼ばわりされるのは片腹痛いな」

髭をふるわせ大口を開けて笑うと、弾正は一転して額に縦じわを寄せて愛季をにらみつけた。

「鼻っ柱の強い男だ。おぬしは、どこへも逃げられぬ身ではないか」

「逃げられぬからこそ、意に反してこんな山奥までやって来たのだ」

「わしの一声で、おぬしたちは膾《なます》のように切り刻めるのだぞ」

弾正は鼻の先で笑った。

「海賊とは申せ、北小鹿島の主《ぬし》と名乗る者が、さような卑怯な真似をするのか」

「我が領分を侵した小面《こづら》憎い小僧を、どう料理しようとわしの胸一つだ」

「そこもとは、まさか愚かな振る舞いは為すまい」

「なにが愚かだと申すのだ」

「わたしを斬れば、安東の兵が数日中に、この村を焼き払うであろう」

「わしを舐《な》めるなぁっ」

弾正はいきなり立ち上がると、刀を左につかんだ。

すっと抜いた切っ先が、愛季の鼻先五寸に突きつけられた。

刃の銀の反射が愛季の目を射た。

(激情に任せておのれを抑えられぬなら、こ奴はつまらぬ男だ。さような小人の刃に掛かるとすれば、わたしもそこまでの男に過ぎぬ)

生命の瀬戸際にあって、愛季の心はかえって澄み切っていた。

采女が息を呑む音がはっきりと聞こえた。

弾正は噛みつきそうな目で愛季の目をにらみ続けている。

切っ先が震え始めた。

「わっははは」

大声で笑い出すと、弾正は刀を引き、鞘に収め、板床に置いた。

だだだっと板が鳴った。

飛び去るようにして、三間ほど後へ下がって、弾正は額を床にこすりつけた。

「ご無礼、平にお許しを」

打って変わった弾正の素振りに、愛季は少なからず驚かされた。黙り続けていた采女も両の瞳を見開いたまま呆然と弾正を見つめている。

遠くの森で時鳥《ほととぎす》が鳴く声が響いた。

しばらくして、弾正は頭を上げた。愛季を見る目に親しみがあふれている。

「初めてお目にかかる。手前、相川弾正基季《もとすえ》と申す無骨者でござる。以後、お見知りおかれて格別のご昵懇《じっこん》を願わしゅう存ずる」

あまりの態度の違いに、愛季は返答に困った。

「……懇切なあいさつ痛み入る。檜山城主、安東太郎と申す」

「檜山どの、我が本姓は安倍《あべ》でござるよ」

「おお、それではお手前はわたしと同族か」

安東氏は、平安中期の武将で、奥六郡《おくろくぐん》を支配する俘囚《ふしゅう》の長であった安倍頼時《よりとき》の次男貞任《さだとう》を始祖と仰いでおり、本姓は安倍氏である。

「同族どころか、手前の父祖、安倍寂蔵は五代太郎（忠季）さまの親族衆で、太郎さまが蝦夷地から小鹿島相川に移られた際にお供しました。やがて太郎さまが四代さまとともに葛西氏を破って檜山に城をお築きになった際に、この相川城代として小鹿島をお預かり申した」

相川城は北浦に近い山城だが、すでに遠い昔に廃城になっているはずであった。（現在の染川城跡）

「そうであったか。では、なにゆえこの山奥に」

「太郎さまの没後すぐ、湊家に相川城を攻められ、やむなくこの北小鹿島に逃れ申した」

「そうか。祥山《しょうざん》（湊二郎）さまの頃だな」

一時期は男鹿半島全域の覇権を握った湊家だったが、すでに湊家もこの地を見捨てている。

「仰せの通りにござる……それ以来、我が家来とともにやむなくこの地にて生き続けて参ったのが、我が相川の家でござる。かつて我が家は檜山屋形さまの親族衆であり、家臣でございました」

「なにゆえ、いままで、檜山を頼らなかった」

こんな山奥に潜んで海賊の真似事をせずとも、檜山の家を頼れなかったのか。

「それは……」

弾正は言いよどんだ。

「相川家が檜山安東家を頼れば、檜山と湊の争いがぶり返す恐れがあったからではないか」

檜山安東家では忠季が相川を去って以来、小鹿島を湊家の思うままに任せてきた。小鹿島とともに、檜山安東家は相川の家を切り捨てたといってもよい。

「ご賢察の通りでござる」

「苦労を掛けたな……弾正」

愛季の声は震えた。

「もったいないお言葉でございます」

弾正の目には涙がにじんでいた。

（まさに華厳の教え、『一即一切』だな）

──安東太郎さまという一人は森羅万象のすべてのものごととご縁でつながっておりま

す。

安祥和尚の声が耳の奥で聞こえたような気がした。相川家と愛季とは宿縁があったとしか思えない。

「なにゆえ、わたしに刃《やいば》の馳走をした」

「人は生命の瀬戸際で初めてその本性がわかるものと心得ます。まことにご無礼ながら、檜山さまの……」

「わたしの人品を確かめていたというわけか」

「申し訳の次第もございませぬ」

ふたたび弾正は板の間に額をすりつけた。

弾正の立場を考えれば、仕方のない話であろう。檜山安東家の愛季もまた、かつての湊家と同じく相川家に災厄を及ぼす恐れのある存在かもしれないのだ。

「ははは、弾正のもてなしはきついな」

「檜山さまは、まことに武士の中の武士と存ずる。弾正は感服つかまつった」

弾正は、深く息を吐きながらゆっくりと首を振った。

「いま、湊家は我が弟の茂季が当主となっている。檜山と湊の間の争いはすでに終わっている。弾正、ふたたび檜山安東家のために仕えてはくれまいか」

いかつい弾正の肩が震えている。

顔を上げた弾正の顔つきは真剣そのものだった。

「この弾正、粉骨砕身、檜山の御屋形さまのためにお尽くし申す所存にございます」

「長年、相川を顧みなかった我が檜山を頼ってくれるか」

「我らが山中に隠れて生きる道を選んだだけでござる。檜山さまに恨みなどござらぬ。この北小鹿島の海は、向後我らにお任せくだされ」

「頼もしい。北小鹿島の主がこの地を守ってくれるとなれば、北海の船路はどんなにか安らかなものとなろう」

満面に笑みを浮かべてうなずいた弾正は、かたわらの采女へ首を向けた。

「よいか、采女。今日ただいまから、檜山屋形さまこそ我ら相川が主《あるじ》ぞ」

「わたしには主などいらぬっ」

采女は荒々しく立ち上がると、足音も荒く広間を出て行った。

「ぶしつけな娘でまことに申し訳ござらぬ」

弾正は大きな身体を小さくして詫びた。

「ご惣領と聞いたが……」

「手前は、采女一人しか、子を授からなかったのでござるよ。本名は汀《みぎわ》と申す」

「ほう、汀どのといわれるか。激しい気性のようだが、惣領としては頼もしいではないか」

「あれが幼い頃に死んだ母親の気性を受け継いだようでござる……実は汀の母親は、倭人《わじん》ではござらぬ」

「何と……それであのように、彫り深く目鼻立ちが鮮やかなのか」

初めて汀の顔を見たときから鮮烈な印象は変わらなかった。

「拙者が若き日に、東韃《とうたつ》人のおなごに産ませた娘でござってな」

「東韃人とは聞き慣れぬが、蝦夷の民か」

「蝦夷地よりもさらに北に住まう蛮族で、蝦夷の住まう土地に、たくさんの荷を小さな舟に積んで売りに参る者たちでござる。ほれ、明服をご存じであろう」

「もとより」

愛季はあごを引いた。

東韃人はアムール川下流域に居住するウィルタ族などを指す。彼らはクロテンの皮などを明の商人に渡し、代わりに明服や布地、青玉などを得ていた。東韃人はこれらの商品を舟に積んで樺太《からふと》に来航していた。

樺太のアイヌは、東韃人の持ち込んだ物資と、自分たちが獲った毛皮や倭人たちと交易して得た金属製品、米などを物々交換していた。

明からもたらされるこれらの貴重品を、アイヌたちは愛季の被官である蠣崎氏の上ノ国花沢館などに持ち込んでおり、安東氏の財源の一つとなっていた。鮮やかな絹織物で作られた明服は、京都まで運ばれてことに珍重された。

江戸期に入ると、清が明に取って代わり、東韃人、アイヌの間の交易は、山丹交易《さんたん》と呼ばれるようになって、さらに盛んになる。長崎ばかりでなく、松前藩を通じて北方からも清朝の物資が我が国にもたらされていたのである。

「その夷島の蛮族の女となにゆえに縁ができたのだ」

「汀の母は蛮族の族長の娘だったのですが、あれに輪を掛けて激しい気性でござった。南の国を見たいという気持ちが抑えきれず、蝦夷の民の船に乗り込んで上ノ国まで来ておりました。さらに南を目指そうと、蠣崎さまの北国船に忍び込んだというわけです。北国船で身元が顕れ《あらわ》、虜囚となっておりましたところ、この船が岬沖を通りかかりまして……」

弾正は気まずそうに口をつぐんだ。

「わかったぞ。北国船が岬まで来たところを、そのほうが襲ったのだな。その上で、東韃人の女を我がものにしたのであろう」

「恐れ入りまする」

「まぁ、よいではないか。汀殿を惣領に据えているということは、妻として迎えたというわけだろう。したが、亡くなられたのか」

「汀を産んですぐ、産後の肥立ちが悪くみまかり申した」

驚いたことに、弾正の瞳に涙がにじんでいる。

「後添えを迎えなかったのか」

「考えはしましたが、ひとたび東韃の女を知ると、その……倭人の女はつまらなく感じてしまい、独り身で参りました」

「ほう、東韃の女とはそれほどに心惹かれるものか」

「いや、これは拙者の好みに過ぎませぬ」

さらに驚いたことに、弾正は頬を染めている。

「さような次第で、もらい乳で育った汀は、物心ついたときから母親を知らず、あのようにがさつな娘に育ってしまったのでござるよ」

「いや、なかなかと見所のある娘御とお見受けした」

「そうであってくれればよいのでござるが……さて、しばしおくつろぎ下され。お迎えの宴を開かせて頂きとうござる。今宵はゆるりとお泊まり頂ければありがたく」

「せっかくだから、そこもとの好意に甘えるとしよう。ただ、ひとつ頼みがある」

「何なりと仰せつけくだされ」

「四之目潟のあたりに小早船を残して参った。わたしが無事であることと、今宵はここに泊まることを伝えてくれまいか。さらに、小早を入江に入れ、水主たちに飯を振る舞ってもらえると助かる」

「委細承知いたしました。早速に家来を遣わしまする。ご家来衆は、一之目潟のほとりにある網小屋にお迎え申す」

「それはありがたい。外で側役の宗右衛門がやきもきしているはずだ。ここへ呼んでくれ」

「ははっ、すぐにっ」

陽が落ちる前に広間で酒宴が始まった。

家臣一同が集まり、愛季に引き合わされた。宿老役の入合《いりあい》という老人と、侍大将だという例の工藤弥九郎のほかに武士は六人という小世帯だった。

十数名の小者たちが忙しげに立ち働き、参会者に酒や膳を置いてゆく。

鯛や平目、鰤《ぶり》の刺身などをはじめとした小鹿島の海の幸が膳を賑わし、愛季は弾正の心づくしに感じ入った。

酒も悪くない。愛季はそれほど酒の味がわかるわけでもないが、宗右衛門が驚きの声を上げた。

「弾正どの、これは仁賀保《にかほ》の和泉屋の酒（飛良泉《ひらいずみ》）ではないか」

「我らもひたすらに山ごもりしているわけではござらん。由利あたりへは船を出しておりましてな」

弾正は笑いながら答えた。

「殿、これは出羽国一の銘酒でございます」

「なるほど、相川の家は船商いが本業か」

交易が彼らの暮らしを支えているものに違いない。汀の甲冑《かっちゅう》や雑兵の武具などは上方で造られたものに違いあるまい。そもそもが、湊家を恐れるあまりの水軍備えなのであろう。

「ところで、弾正。話がある」

「なんでござろう」

「相川の船はなべて小さい。此度、我らが乗ってきたような小早船を野代で造らせて、そのほうに貸し与えたい。大きな船を扱えるであろうな」

「まことにありがたいお話でござる。また、小早船如き何の苦労がありましょうぞ。船頭も水主も腕ききが揃っておりますぞ。されど……」

弾正は太い首を捻った。

「檜山さまのおかげで湊家と戦わずに済むならば、小早船は何のために備えるのでござるか」

「いざという時、我が野代の水軍とともに戦って欲しい。日頃は、四之目潟に関を築いて、行き交う船を守り、関銭、船道前《ふなどうまえ》を取ればよい。わたしが許す」

関銭とは通行税であり、関所を通る人馬や船、荷物などを対象に、朝廷や幕府、寺社や領主などが徴収して、その収入源としていた。徴税者が通行の安全を保証する名目で課すものだが、時代が下るにつれ、単に財政的な目的によってのみ徴収されることが多くなっていた。また、船道前は港に出入りする船に課させる入港税である。両者をあわせたものが津料であった。

「湊家がうるさくはござらぬか」

小鹿島は湊家の支配地とされてきたことに変わりはない。

「我が弟の茂季には、無理にでも認めさせる」

「かたじけない。これで、我らも賊徒の誹《そし》りを受けることもなく、大手を振って小鹿島の海を漕ぎ廻れましょうぞ。さらに、関銭でうるおいまする」

弾正は瞳を輝かせた。

「ああ、相川の家をしっかりと立て直してくれ」

「ありがたし。実を申せば、その昔、四之目潟は戸賀湊と呼ばれて多くの商い船が寄港していたのでござる。湊家があの入江を見捨ててのち、衰えた次第」

「そうか。戸賀湊の復活と言うわけだな。これはめでたい」

「この北小鹿島が話に聞く昔のように栄える日が目に浮かぶようでござる」

弾正は詠嘆するように言った。

「野代の水軍備えはできたばかりだ。海をよく知る弾正に教わることは少なくなかろう。

いずれにはせよ、小早船や関役所を設けることについて談合せねばならぬ。檜山へ帰ったら、誰ぞ気の利いた者を派す」

「ははっ、ありがたきしあわせ」

「よろしく頼んだぞ」

弾正のかたわらに座る汀は、終始、黙りこくって不機嫌に膳部に箸を急がせていた。

酒宴が跳ねて、愛季は離れ座敷に案内された。宗右衛門は別の座敷に通されて二人は離れた。

夜着に着替えた愛季は、夜風に当たりたくなって板戸を開いた。東側に向けて備えてある縁側へと足を運ぶ。

小望月が相川の里を蒼く染めている。

水を張った田圃が、上り始めた天空に輝く弓張月《ゆみはりづき》の光に不規則な模様を描いて光っていた。蛙《かえる》の鳴く声が谷あいに響き渡っている。

湿った夜気の中から石楠花の華やかな香りがただよってきて愛季の鼻腔をくすぐった。

愛季の胸はわけもなく高鳴った。

若さゆえなのだろう。檜山と湊を率いなければならぬ立場から、自己を律して生きているが、まだ、二十を数えて半年足らずである。一年の中で、もっとも生命の息吹に満ちたこの季節、身体に血汐が沸くのはあたりまえだった。

そのとき、前庭の左手に植えられた桜の木陰に、人の気配を感じた。

（刺客か……）

愛季は脇差ひとつ差していない自分を悔いた。

だが、弾正が自分を殺しても何の得もないはずである。

「何者だっ」

黒い影が木陰から飛び出してきた。

影は狼のように愛季の身体にのしかかった。

「よせっ」

ふりほどこうとして気づいた。小柄な敵は寸鉄も帯びていない。ばかりか……。

小さいながら胸にふくらみがある。……女だ。

「騒ぐでない」

頭の上でささやき声が響いた。

「み、汀どの……」

襲撃者は汀だった。

だが、殺気や敵愾心《てきがいしん》は微塵《みじん》も感じられなかった。

「なんのつもりだ」

「意趣返しだ」

「そなたに仕返しされるような覚えはないぞ」

「黙れっ」

唇にぶ厚い唇が捺《お》し当てられた。

咲き初めの馬酔木《あせび》の花にも似た甘く強い香気に愛季はめまいを覚えた。

身体の奥底にわき上がる熱いたぎりを、愛季は抑えることができなかった。

「殿は……相川の家を我がものとした。わたしはその仇を討つ」

身を離して愛季を見る汀の両眼は異様な輝きを帯びていた。

「殿を我がものとするほかはない」

耳もとで汀が熱い吐息をもらした。

胸の鼓動を抑えつつ、小柄な割には重い汀の身体を抱え上げ、板床に押し倒した。

「いいや、わたしは誰のものにもならぬ……」

汀の弾むように張りのある身体を、愛季は固く抱きしめた。

苦しげなあえぎ声が、愛季の腕の中で響き始めた。

小望月が雲に隠れたか、部屋を薄闇が包んだ。

遠田に蛙の声がいつまでも響き続けていた。

第三章　比内の沃野に血煙舞う

一

野代湊は永禄四年（一五六一）の春を迎えていた。

湊にはいくつもの波止が造られ、たくさんの北国船が係留されている。振り返ると、背後の砂地には飛び砂よけの竹垣が延々と続いている。竹垣の山側には踏み固められた目抜き通りを中心に、数十軒の商家が立ち並んでいた。通りでは荷を運ぶ人足が忙しげに行き来していた。

この数年間で野代湊は土崎湊と肩を並べるほどの隆盛を極めていた。

小鹿島の相川弾正が愛季に臣従を誓ったことにより、檜山安東家領における北海の制海権は完全なものとなった。

諸材木支配と惣町支配に任じられた清水治郎兵衛の采配で、米代川河口に野代湊が造り直されたことと、海上の交通交易と安全を保証したことで、野代と土崎に来航する荘内・越後・越前の北国船は鰻上りに増えた。

蠣崎船からは蝦夷を通じて、浪虎皮《らっこ》や、明朝の官服である蝦夷錦など、都で珍重される財物の入荷も増えてきた。

永禄二年に越前から土崎穀保《こくほ》町に移住した廻船問屋間杉五郎八《ますぎごろはち》の力を借り、愛季も比内の秋田杉や陸奥国糠部《ぬかのぶ》郡産の戸立馬《へだちうま》などを出荷して利益を得ていた。戸立馬は名馬として名高く、京畿の武士たちにとって憧れの的であった。

宿老格となった奥村宗右衛門は、檜山安東家の重臣たちとともに、野代湊の波止に立っていた。

青いさざ波の立つ米代川に、艪拍子を取る太鼓と調子のよい艪音が響き渡る。

檜山安東家水軍の五艘の小早船に守られた関船の野代丸が波止へと漕ぎ寄せていた。

野代丸の胴ノ間には、折り烏帽子《おりえぼし》に直垂《ひたたれ》姿の武士たちに囲まれて、華やかな紅緋《べにひ》や山吹色などの色合いが目を引く。野代丸には、愛季の正室となる砂越《さごし》氏の息女が侍女たちとともに乗っているのである。

砂越氏は、鎌倉以来の名門で、かつては室町幕府より信濃守に任官され、出羽国南部の海岸沿いに位置する飽海《あくみ》を領していた。

その後、勢いが衰え、同族である荘内の大宝寺氏から跡継ぎが入り家柄を保っていた。

居城は酒田の南東、荘内平野の一隅にある砂越城であった。

現当主の砂越宗恂《そうじゅん》は、羽黒《はぐろ》山衆徒であり僧籍にありながら武人でもあった。也息軒と号している。

羽黒三山、すなわち月山《がっさん》、羽黒山《はぐろさん》、葉山《はやま》は出羽一の信仰の中心地である。湯殿山は当時は総奥ノ院と位置づけられて別格の存在だったので、三山には数えていなかった。後に葉山が衰えてから、三山に組み入れられた。

三山は、奈良時代に聖武天皇の勅命により建立された慈恩寺《じおんじ》を別当寺として強大な宗教的権力を持っていた。

さらに三山は、この土地に生まれた羽黒派と、当山派（真言宗）、本山派（天台宗）、三派の修験道の道場として栄えていた。門前には多くの商人も集まっていた。後の世にいう出羽三山である。当山派では湯殿三山と称していた。

荘内一の名族であり羽黒三山別当職をつとめる大宝寺氏と砂越氏は同族であったが、何代にも亘《わた》って対立し続けていた。

也息軒は、出羽国北部で日の出の勢いの愛季に娘を輿入《こしい》れさせることで安東氏と結び、大宝寺氏への牽制《けんせい》をはかったのである。

もっとも、大宝寺家の現当主、十六代義増《よします》は家中の統率力に欠け、いまのところ砂越家は大きな脅威からは免れていた。

也息軒から娘を嫁にやりたいという書状を受けた愛季は、同盟の密約を手土産に宗右衛門を砂越城へ派して、その人物を確かめさせた。

也息軒入道と会った宗右衛門は、一目で砂越氏と結ぶことの利を悟った。僧籍にあるだけに也息軒は文字に明るいばかりでなく、世間を見る目に長けたうえに温厚な人物であった。出羽国最南部の最上氏や越後の上杉氏とも親しく交わっていて、外交の能力にもすぐれていた。

「宗右衛門、噂では姫君はお美しい方だそうではないか」

かたわらで石郷岡主殿介が、ゆるんだ声で聞いた。

「慎みのないことを仰せになるな」

咳払いをして宗右衛門はたしなめた。

「おぬしとともに荘内に参ったせがれがそのような噂を聞いたと申しておったぞ」

「主馬どのもたしなみのない……が、砂越家の家中ではそのような評判らしい」

「ほう、そうか。それはめでたいめでたい」

主殿介は顔をくしゃくしゃにして笑った。

野代丸が波止に着いた。水主が綱を放り、波止にいた男たちがきびきびと棒杭に舫《もや》いをとる。

渡された厚板を何人かの武士に続いて、頭を丸めた法体装束《ほったいしょうぞく》の初老の男が下りて来た。

「檜山のご家来衆、出迎え大儀でおざる」

「也息軒さま」

宗右衛門は波止の板を鳴らして駆け寄って低頭した。

「遠路はるばる、ようこそのお越しでございます」

「これは奥村どの。一別以来でおざるな」

「あのおりは、数々のお教えを頂き、ありがたきことでございました」

宗右衛門は、博識で社交上手な也息軒に敬意を抱いていた。

「いやいや、無駄話をしたまででおざるよ……我が娘をよしなに頼みます」

也息軒は、檜山安東家の家臣に過ぎない宗右衛門にも丁重に頭を下げた。

「家臣一同、身命に代えましても、姫さまをお護《まも》りお扶け申します」

宗右衛門の答えに也息軒は満足げにうなずいた。

（やはり、殿に砂越さまとの縁組みをお奨めしてよかった）

無駄に威を誇る人間は小人《しょうじん》である。その意味で也息軒は人物であった。

野代丸から五、六人の女と、付き従う数人の武士が下りて来た。

女たちは被衣《かずき》で顔を隠しているが、そのうちの一人は、ひときわ豪奢な紅色の絹物を身に纏《まと》っている。間違いなく、輿入れしてきた砂越家の姫君である。

（さすがは荘内の名族だ）

檜山安東家の家臣団からどよめきが湧いた。

これだけの鮮やかな紅色の小袖は、宗右衛門も見たことがなかった。

京畿でもてはやされる紅花染めを産する荘内の豪族、砂越家ならではの贅沢さであろう。

だが、姫君は待ち受けていた輿に乗り込んで、皆の目の前から隠れてしまった。

実家を日が落ちてから出て、婚家に日が落ちてから入るのが婚礼のしきたりであるが、此度《こたび》のように船で輿入れするからには、そう都合よくはゆかない。

花嫁の一行は、しばし城下の国清寺で時を過ごしてから檜山城に入った。

その夜、安東太郎愛季と砂越氏の佐枝《さえ》姫の間にめでたく婚儀が執り行われた。

愛季は狩衣、折り烏帽子姿に威儀を正し、佐枝姫は最近の流行《はや》りに合わせて、白無垢の打掛けを身につけている。

金屏風の前で隣に座る花嫁の姿を、愛季は見ることができない。

愛季は永遠に続くような婚儀にすっかり飽きていた。

(早く顔が見たい)

そう思うのが人情であろう。

堅苦しい婚儀が終わって、寝所でようやく愛季は佐枝姫の顔を見ることができた。

(美しい……)

愛季は佐枝の顔に見惚《みと》れた。

卵形の小作りの顔に、切れ長の瞳、ふんわりとした唇。

細い肩と相まって、佐枝はひたすら可憐だった。

「よくぞ、この安東太郎のところへ嫁いでくれた」

愛季が頭を下げると、佐枝はくすっと笑った。

笑うと、やさしく明るい人柄がにじみ出てくる。

「なぜ。笑う」

「だって、殿さまがとても生真面目でいらっしゃるから」

「わたしは思ったことをそのまま口にしてしまうんだ」

「ようございました」

佐枝は明るい瞳で言った。

「そうか」

「はい、お腹《なか》の中で何を考えているかわからぬお方さまと過ごすのは難儀なことでございます。殿さまのようなお人柄の方に嫁げて、わたくしは幸せでございます」

「そなたは口がうまいな」

「あら、嫌ですわ。わたくしも殿さまと同じく、思ったことをそのまま口に出してしまうのです」

「それはいい合口《あいくち》（相性）だな」

「はい、輿入れのふた山は越えました」

「ひと山はなにか」

「野代の湊に着いたときにひと山は越えたのでございます」

「どういう意味だ」

「ここはよい土地ですね」

「ああ、川は澄み、森も美しい」

「たしかに……」

「荘内と同じように北海がひろがっている」

「嬉しいです。でも、そのことではございませんの」

「では、何がひと山なのだ」

「ここへ参るまでは心細くて心細くてなりませなんだ。でも、船を下りて安堵いたしました」

「ほう、なぜかな」

「湊に着いて、ご家来衆とご領下の民の姿を見て、ひと山が越えられたのでございます」

「どうしてだ」

「誰もが明るく、日々を楽しんでいるように見受けられたからでございます。殿さまのご治政がすぐれていることの証です」

「ありがたいお褒めの言葉だな」

「おからかいになっては嫌。わたくし真面目に申しているのですよ」

「すまんすまん」

愛季は頭を掻いた。

「では、真面目に聞こう。野代湊と檜山の根小屋《ねごや》（城下町）に足りぬものはなにか」

しばらく首を傾《かし》げて佐枝は考えていた。

「もっと寺社を建てたり、大きくしたりしたほうがよろしいと存じます」

「寺社をか……」

「はい、寺社には人と富が集まりますゆえ」

「なるほど」

愛季はうなった。

「また、神仏を崇《あが》める領主に民は安堵致します。領主が神仏をないがしろにすれば、その罰が自分たちにも降りかかると恐れるものだからです」

「そなたの申すことには驚かされるな」

十七に過ぎぬ佐枝の口から出る言葉とは思えぬほどに大人びていた。

愛季は、佐枝の将来に明るい期待を持った。

大名家の正室は、子を産むことだけがつとめではない。

夫が出陣したときには家を守り、平素は家政家財をあずかり、これを富ませてゆくことが要求される。たくさんの御用商人ともつきあわねばならぬ。

佐枝は美しいばかりではなく、父の也息軒譲りの才覚を持っているようだった。

羽黒山衆徒の娘とあれば、当然ながら文字にも明るいだろう。

(この女なら、檜山家を任せてゆける)

愛季は話をまとめてくれた宗右衛門にも感謝した。

「殿さまが『載舟覆舟』の旗を掲げて、家臣や領民たちを導いているお話を父から聞きました。わたくし、この旗の下で人々を幸せになさろうとしている太郎さまに嫁げて本当に嬉しいのです。微力を尽くし、少しでもお役に立てたらと思っております」

佐枝はゆったりと微笑《ほほえ》んだ。

「ところで、山は二つだけなのか」

「いいえ、三つ目があります……」

佐枝の声は震えていた。

愛季が佐枝の瞳を見つめると、大きな照れと小さな恐怖がない交ぜになった光が宿っていた。

「案ずるな。三つ目の山は思っているよりずっと容易《たやす》く越えられる」

愛季は佐枝の手を引いて寝床に誘った。

「灯りを……お消しくださいませ」

「わかった」

愛季は燭台の火を吹き消した。

清浄な闇が二人を包み込んだ。

＊

数日後、湊に寺社を建てろという佐枝の建言を、清水治郎兵衛に話した。

「殿さま、大変な宝物を得られましたな」

「治郎兵衛もそう思うか」

「わかっていらっしゃるんやないですか、ああ、これは大いに当てられました」

はげ頭を治郎兵衛はぺちぺちと叩いた。

「町造りには寺社が欠かせませぬ。門前に市が立ち、商人も寄ってきますし、富も寄ってきます。どうか、野代と檜山の寺社を大切になさってくださいまし」

治郎兵衛は真面目な顔に戻って言った。

「わかった。常に忘れぬようにする」

「それから……北の方さまばかり大事になさって、ご家来衆を軽んじなされますな」

ふたたび治郎兵衛は滑稽な調子でからかった。

「ははは、下らぬことを申すな」

愛季は野代湊をここまで大きくした治郎兵衛の言葉だけに、あらためて佐枝の才覚を確かめることができて、大きな満足を感じていた。

舅《しゅうと》の砂越也息軒が近く荘内に帰るという段になって、愛季は謝礼と送別の小宴を張った。

「義父上《ちちうえ》、ひとつお願いしたき儀がございます」

「檜山どの、改まってなんでござろうか」

「かねてより、越後府中《ふちゅう》の長尾景虎どのと誼《よしみ》を通じたいと願っております」

「ほう……大宝寺や小野寺といった出羽国南部の諸将への抑えを考えているのですな」

「さよう。月並みですが遠交近攻《えんこうきんこう》の策を講じたいと考えまして」

「ははは、兵法三十六計の第二十三計。それこそ此度の佐枝の輿入れですな」

也息軒は坊主頭を叩いて笑った。

「いや、そんなお話とは無縁に、此度はまことによき縁組みでございました」

愛季は照れ笑いを浮かべ、也息軒の酒盃に酒を注《つ》いだ。

「ふつつかな娘ですが、お気に召して頂けて重畳です」

也息軒は笑みを浮かべて盃を口元に持っていった。

「長尾どのは越中をも手に入れ、いまや破竹の勢いでございますから」

長尾景虎、後の上杉謙信は、永禄二年（一五五九）には上洛して正親町《おおぎまち》天皇や十三代将軍の足利義輝に拝謁し、管領並の待遇を与えられている。さらに昨年の三月には越中守護代の神保長職《じんぼうながもと》を攻め、富山城を落城させていた。

「あいわかり申した。いま、景虎どのは北信へ侵攻してきた武田大膳大夫《だいぜんのだいぶ》（信玄）と一触即発の危地にあります。戦支度を整えている越後府中に援軍を送るのが何より吉かと」

「なるほど援軍ですか」

愛季はうなった。

たしかに援兵の派遣は身を切らねばできぬ。これ以上によい友好策はないだろう。

「はい、身どもも軍兵とともに越後府中に参りましょう。檜山どののお気持ちを直に景虎どのにお伝え致します」

「ありがたいことでございます。軍兵はすぐに整えましょう」

「さすれば、帰り船でそのまま越後まで参ることに致します」

「これは……とんだ嫁入りになりました」

「さよう。ずいぶんときな臭い嫁入りですな」

お互いの顔を見ながら二人は大笑いした。

愛季は好意に甘え、野代丸を中心にした船団に也息軒とともに兵を乗せて送り出した。

援軍とともに越後府中の上杉館を訪ねた也息軒は、当主の政虎に大歓迎を受ける。さらに也息軒は、宿老の直江政綱《なおえまさつな》とも親しくなった。

長尾景虎はこの年の閏三月《うるう》には、山内上杉家の家督と関東管領職を相続し、その名を上《うえ》杉政虎《すぎまさとら》と改めていた。

はたして、政虎は八月に信濃国川中島で武田晴信と全面的に激突した。

この戦いは、上杉家と武田家とのもっとも大きな合戦となった八幡原の戦い（第四次川中島合戦）であった。

また、也息軒は上杉館で越前朝倉義景《あさくらよしかげ》の臣である一源軒宗秀としばしば出会った。これがきっかけとなって、祖父の代に生まれ、父の代に希薄になっていた安東氏と朝倉氏の旧縁も復活する。

代々、檜山安東家は、若狭国守護の武田氏と交流が深く、天文十九年以前から若狭小浜に屋敷を設け代官を配し交易の拠点としていた。

だが、当代の伊豆守信豊《のぶとよ》は嫡子義統《よしずみ》と争い、一時は近江へ逃げ出すなど勢いが衰えていた。代わりに敦賀を領する朝倉義景が台頭し、若狭国をも手中に収めていた。

朝倉氏との復縁は、北海沿いの交易の路の終着点を得るためには不可欠であった。

愛季は也息軒の口利きで義景に戸立馬などを贈り、越前朝倉氏とも誼を通じた。

佐枝を正室に迎えたことで、愛季は也息軒という人材をも手に入れたのであった。砂越父娘は愛季にとってかけがえのないふたつの宝となった。

二

暦は七月の終わりとなっていた。蟬《せみ》の声は日に日に減ってゆき、檜山城には涼しい風が吹き始めていた。

愛季は主殿の書院で、家臣から上がってくる文書に目を通していた。

「宗右衛門でございます」

奥村宗右衛門が廊下から声を掛けてきた。

「なにか……」

「殿、容易ならざる説（情報）が入りました」

近づいて来た宗右衛門が耳打ちした。

「庭で聞こう」

愛季は宗右衛門を主殿の前庭へと誘った。

「下がっておれ」

佩刀《はいとう》を捧げて続いた小姓を、愛季は下がらせた。

築山のかたわらに植わった楓《かえで》の青々とした葉を眺めるそぶりで、愛季は宗右衛門に訊いた。

「何ごとか」

「浅利《あさり》則祐《のりすけ》が南部方に付いたとの噂でございます」

　比内大館の国人領主で独鈷《とっこ》（十狐）城主の浅利則祐は三十代半ば。天文十九年（一五五〇）に父則頼《のりより》の死に伴って当主の座を継いで以来、愛季とは一応は友好関係を保っていた。

「浅利が……」

「この一月《ひとつき》あまり南部の密使が頻繁に出入りしているという説を、独鈷城近辺に潜ませている間者《かんじゃ》が報じて参りました」

　領土を接する比内郡には、情勢を知るためにたくさんの間諜を入れてあった。どの領主とて同じことである。うかうかしていたら、ある日突然に攻め込まれる恐れがある。

「されど、あ奴めは、常に向背定かではない男だからな」

「ところが此度は、南部家も本腰を入れ始めているようでございます。南部から比内へ兵糧を運び始めているそうでございます」

「なんだと……」

　愛季の声は乾いた。

「南部と浅利が手を組んで、檜山領に攻め入ろうとしているのか」

「そこまでの戦支度ではないようです。要は、鷹巣盆地の西端あたりに兵を置き、我らが比内領へ入ることを防ごうとしているものだと思われます」

鷹巣から東は浅利氏の領地である。

「となると、荷商いも阻まれるな」

「仰せの通りでございます。浅利は関など設けるつもりやもしれませぬ」

「それは由々しき事態だ。比内からの荷は、我らにとってまことに大切なものだからな」

大館盆地を中心とする比内郡は、俗に「比内千町」呼ばれる豊かな穀倉地帯を抱え、長木川流域の秋田杉にも恵まれていた。南部領と山でつながる東部には、湯口内《ゆぐちない》、向山《むかいやま》など金銀の眠る鉱山《かねやま》も存在した。さらに良馬の産地としても知られている。

愛季の祖先、下国家の四代安東師季と五代忠季の父子が明応四年（一四九五）に、ここ檜山の地に城を築き、以来、根拠地としてきたのも、比内郡からの物流を視野に置いたためである。

「街道を通るあらゆる商人が困り果てましょう」

「目を掛けてやっておったのに、則祐の奴め」

則祐はここ数年、二度ほど南部に付いて裏切るそぶりを見せた。愛季が詰問使を送ると、そのたびに詫びを入れてきていた。

宗右衛門の助言もあり、則祐を寛大に赦《ゆる》し続けてきただけに、愛季のはらわたは煮えくりかえった。

「いまいましい浅利を族滅にしてやるわ」

浅利一族を滅ぼし、豊かな比内郡を手に入れる好機かもしれない。

愛季は奥歯をきしらせて吐き捨てたが、宗右衛門は額にしわを寄せて首を振った。

「それはなりませぬ」

「なにゆえだ」

「直にお治めになれば、比内は我が領土となります」

「さすれば、豊かな土地が手に入ろう」

「だからこそ、南部も虎視眈々《こしたんたん》と比内を狙っているのでございます。これからも南部は比内に攻め入ろうとし続けるでしょう。我らが比内を手にしたら、我が安東の領民は、常に南部の兵に脅かされることになります」

愛季はうなった。

「浅利に比内を治め続けさせよと申すか」

「いまのところ、比内は直にお治めになるべきではございませぬ。少なくとも、我らが南部と真正面からぶつかる力を蓄えるまでは……」

宗右衛門の考えは、浅利氏に比内領を治めさせることによって、檜山領と南部領との間に緩衝《かんしょう》地帯を維持し続けようというものなのだ。

「それゆえ、いままで宗右衛門は、則祐が裏切っても赦せと言い続けたのだな」

「仰せの通りでございます。されど、此度はしっかりとした手を打たねば、比内が南部の勢力の下に入ってしまいます」

「誰に治めさせるにせよ、七千の兵を率いて独鈷城を総攻めしよう。則祐の首をねじ切ってくれる」

愛季は力を込めて言い放った。

「お言葉を返すようですが、それもなりませぬ」

「なにゆえだ。いま、手を打てと申したばかりではないか」

「この季節の大軍勢による総攻めは、田畑を大きく荒らします」

愛季は頭を殴られたように感じた。

「そう……だな。稲田は実り始めた頃だな」

「御意にございます」

安東の軍兵が比内領に攻め入れば、どうあっても稲田を踏み荒らし、畑地に実っている野菜を損ねる。

「たしかに比内の民は将来は我が民となるべき者たちだ。彼らを悩ますべきではないな」

比内の民を苦しめ、その恨みを買うことは得策ではない。

「ご賢察の通りでございます。比内はやがては我が安東領となすべき土地でございますから。作物を少しでも荒らさぬように心がけるべきです。さらに七千で攻め入れば南部が動く恐れもございます。いま、南部との衝突は避けねばなりませぬ」

「では、どうする。比内に南部の勢力が入って来るとなると、のど元に刃物を当てられているようなものではないか」

「此度は最も寡《すくな》き兵で、則祐を滅ぼしたいところでございます」

「となれば……」

「調略を用いるほかございませぬな」

「ほう、調略すべき者がおるのか」

宗右衛門は静かにほほえんだ。

「先代の則頼《のりより》亡き後、浅利の家は、竜虎相争うありさまを見せております」

「弟の勝頼《かつより》を調略するか」

比内浅利氏中興の祖とも呼ばれる先代の則頼は英明で文武にすぐれた名将だった。甲斐源氏支流の古い家柄でありながら衰亡していた浅利氏の勢力を、則頼は一代で拡大した。また、南部氏とも安東氏とも一定の距離を保ち、自領を富ませることにも成功していた。軍略知謀にすぐれるばかりではなく、琵琶《びわ》の名手としても知られていた。

その則頼が物故した後は長子の則祐が継いだが、側室の子であった。中野城主であった弟の民部大輔《みんぶたいふ》勝頼は正室の子であったために兄に対して反発し、家中は二派に分かれて収まらぬ状態にあった。

「中野城に誰を送る」

「さよう……拙者が参ってもよいのですが、幸い鎌田惣兵衛が勝頼と既知の仲と」

「惣兵衛だと。いや……あれはいかん。調略などに向く男ではない。気立てはまことによいのだが……」

侍大将の鎌田河内守惣兵衛は、三十を少し出たところで兵の扱いには長けている。だが、竹を割ったような性分で、いくさ場の駆け引きならまだしも、調略にはまったく不向きと思われた。

「大高筑前なら間違いあるまい。筑前ではどうか」

宗右衛門でなければ、思慮深く冷静な宿老で、檜山城代にも任じた大高筑前こそ、今回の使者にはふさわしいと愛季は考えていた。

「いえ……此度の使者は惣兵衛こそ適任でございます。ただし生命懸けかもしれませんが」

宗右衛門の確信に満ちた顔を見て、愛季は異論を唱えるのをやめることにした。

「誰ぞ、鎌田惣兵衛をこれへ呼べ」

愛季は振り返って、はるか後ろに控える小姓に叫んだ。低頭した小姓は主殿へと走り去った。

「鎌田惣兵衛、お召しにより参上つかまつりました」

六尺近い岩のような身体がのそっと現れて平伏した。

眉が太く両の目が大きい。いや、鼻も口も顔の造作がみな大ぶりの男だ。彫りが深い顔中がごわごわとした髭で覆われ、いかにも猛将と呼ぶにふさわしい。

「惣兵衛、そこもとの生命をわたしに預けてくれ」

愛季の言葉を聞いた惣兵衛は、額に大きく縦じわを寄せた。

「これは殿のお言葉とも思えぬっ」

惣兵衛は目を怒らせて叫んだ。

「なにをそんなに怒りおる」

「拙者の生命はもとより殿にお預かり頂いております。生命は二つはありませぬゆえ。もはやお預けできかねます。それを今さらなんと情けないお言葉を」

一転して惣兵衛は右腕を顔に当ててハラハラと涙をこぼし始めた。

「怒ったり泣いたり忙しい男だな。おぬしの忠義は痛いほどわかったぞ」

「ははははは……ありがたいお言葉」

大髭を震わせて泣き笑いの惣兵衛に、愛季はなかばあきれながら命を下した。

「惣兵衛、比内の中野城に使者に立て」

「はぁ……浅利民部がところに参るのですか」

きょとんとした顔で惣兵衛は尋ねた。

「そうだ。子細は宗右衛門が話す」

「まずは、手土産に鯉でも持って参るのだ……それで……」

宗右衛門はゆっくりと話し始めた。

ツクツクボウシの声が、空堀《からぼり》や谷あいに幾層にも響き続けていた。

＊

数日後、鎌田惣兵衛は、大館盆地南部の中野城に浅利勝頼を訪ねた。

入り組んだ丘陵上に、空堀で区切った三つの曲輪が建っている。

なかなか攻めづらい城だと、惣兵衛は思いながら、主殿に向かった。

裏鬼門の南西に位置するいちばん小さな曲輪に建つ主殿はささやかな規模だった。

「惣兵衛、どうした風の吹き回しだ。独鈷城へ行く道を迷ってここへ参ったか」

遠慮のない明るい笑い声が響いた。

浅利勝頼は惣兵衛と同年輩である。いくぶん背は低いが、骨組みは惣兵衛にも負けず筋骨の秀でて、やはり髭の濃いいかつい顔つきの武将であった。

この二人が並んで笑っているところを子どもが見たら、山から鬼が下りてきたと泣き出すのではないか。

「馬鹿を申すな。ほれ、土産だ」

惣兵衛は藁づとを差し出した。

「これはなんだ」

「脂の乗った鯉だ。滋養になるぞ」

「ありがたいが、あたりが魚臭くなるではないか」

勝頼は顔をしかめた。

「せっかくの拙者の志を無礼な奴だな」

「わかったわかった。誰ぞある」

近習が床板を滑るように近づいて来た。

「藁づとを厨《くりや》に持って行け」

勝頼が差し出した藁づとを捧げ持って近習は下がった。

「して、惣兵衛、何の用で参ったのだ」

「おぬしは生命を狙われている」

「まことか……」

勝頼は顔色を変えた。

「我が安東は独鈷城に探りを入れている。おぬしの兄、則祐は刺客を放っておぬしを殺そうとしている」

「うぬぬぬぬっ。則祐めっ」

立ち上がった勝頼は板床をどんと踏み鳴らした。

「おぬしが生きておっては、家中は二つに分かれたままだ。則祐は南部にそそのかされて、おぬしを除き、浅利をひとつにまとめようとする腹だ」

「くそっ、なんということだっ」

勝頼の彫りの深い顔の中で、細い目が癇症《かんしょう》を思わせてぴりぴりと震えている。

「そこでだ。民部。我が安東につけ」

「なんだと」

勝頼は目を見開いて絶句した。

「我が殿は英明におわす。いまに出羽国をすべからくお治めになるお方だ。檜山について、ともに則祐を倒し、浅利の家をおぬしのものとするのだ」

「おぬしは何を申すのだっ」

いきなり、勝頼は刀掛けの打刀をつかみ、板の間でたたらを踏んで抜刀した。

鞘が床に転がる音が響いた。

「ま、待てっ」

惣兵衛はあわてて顔の前で手を振った。

「ええい、俺が他家の者に指図されて、兄を討つような男と思うか」

勝頼は惣兵衛を刺すような瞳でにらみつけると、刀で空を切ってぴゅっと音を立てた。

刃が陽の光にぎらりと反射した。

「わかったぞ……さては、俺と兄の仲を裂き、我が浅利の家をばらばらに引き裂こうとする謀《たばか》りだなっ」

勝頼は刀を頭上に振り上げた。

「待てっ。俺の話を聞けっ」

「問答無用っ」

無手《むて》で頭上の刀を防ぐ術はない。

惣兵衛は覚悟を決めて、勝頼の目を強い視線で見据えた。

「拙者はおぬしを案じて申しておるのだぞ」

「大きなお世話だ」

勝頼は瞳をギラつかせて答えを叩きつけた。

「ああ、大きなお世話かもしれぬ。だが、幼なじみの友垣が、むざむざ殺されるのを黙ってみていられぬだけだ」

これは嘘偽りのない惣兵衛の本音だった。

「惣兵衛、おぬし……俺を友垣と申すか」

「友垣でなければ、なにもおぬしをわざわざ怒らせて、こうして刃の下にいることもないわ」

「むうっ……」

喉の奥でうなった勝頼は、刀を持つ手を下げた。

惣兵衛と勝頼は前髪のある頃からのつきあいである。

馬に乗り始めておもしろくて仕方のない時期に、惣兵衛は遠駆けして檜山領の東端まで走ったことがあった。そのとき、同じように勝頼もまた、比内領の西端に遠駆けしてきていた。二人は領地の境目あたりで出会ったのである。

同じような年頃の二人はどちらからともなく声を掛け合った。立場を超えて、二人は親しくなったのであった。惣兵衛と勝頼はその後も何度か領地の境あたりで落ち合っては話をした。

元服の後は、立場の違いからすっかりつきあいは絶えていたが、二人の間には分け隔てのない気持ちが通い合っていた。

無骨で正直者の惣兵衛だからこそ、前髪の頃からのつきあいを活かせる。勝頼も惣兵衛の言葉に耳を傾けるはずだ……。

奥村宗右衛門が惣兵衛を使者に選んだのはこのためであった。

「民部、落ち着いて聞け。おぬしは本来なら浅利の当主となってもよい身分だ」

「おぬしに言われるまでもないわ」

床から鞘を拾って刀を収めながら、勝頼はどっかと座り直した。

「ところが、どうだ。則祐どのは、居城の独鈷城以外の大切の三城を、おぬしに預けないではないか」

先代の則頼のときからの態勢ではあるが、笹館《ささだて》城、花岡《はなおか》城、八木橋《やぎはし》城は親族衆が城代となっていた。

一方、勝頼が城代をつとめる中野城は、かつては茂内《しげない》、摩当《まと》、新田《にいだ》の三城とともに宿老が城代として配置されていて、三城よりは格下に扱われていた。

「そうだ。しょせん俺は家来だからな」

勝頼は口惜しげに唇を歪《ゆが》めた。

「おぬしは正室の子なのに、なぜ家督を継げなかったのだ」

「父はおとなしい兄を可愛がって、この俺を邪険にした。家督は初めから則祐に継がせることを決めていたのだ」

たしかに勝頼は覇気ある男だが、粗暴なところも目立つ。智将であった先代は、勝頼に浅利の家を任せることを危ぶんだに違いない。

惣兵衛にもよくわかる話だったが、当の勝頼が納得できるわけはない。

「栄えある浅利の家が南部の飼い犬になってもかまわぬと申すのか」

「俺が浅利を継いでいれば、南部に頭を下げるなどと言う体《てい》たらくはなかったのだ」

勝頼は、拳を握って歯ぎしりした。

「我が殿は、大きな力を持つ南部と領地を接した比内は、則祐どののような惰弱な男では治まるまいと常々仰せだ」

「俺が言いたいのもそのことよ。則祐が当主では我が浅利は永劫《えいごう》に南部にへいこらするしかなくなる」

「檜山の殿は、剛毅なおぬしのことをえらく買っておるのだぞ」

「まことか」

勝頼は身を乗り出した。

「それゆえ、我が殿はおぬしに浅利の当主となってほしいと願っているのだ」

「檜山さまは、噂通りの英明なお方のようだな」

勝頼は機嫌よく笑った。

「我らとともに独鈷城を攻めるのだ」

「しかし、腹違いとは言え、兄を殺すのは人倫にもとる。気が咎《とが》めるではないか」

「おぬしも人がよいな。自分に刺客を送られていると言うのに」

「たしかにそうだが……世間の手前もある」

勝頼は口ごもった。

「則祐どのが隠居すれば生命までは奪わぬ、との殿の仰せだ」

「惣兵衛を信じてよいのだな」

勝頼は真剣な目で惣兵衛を見つめた。

「古いつきあいではないか。おぬしを騙《だま》すはずもない」

「わかった。則祐を殺さぬと信じよう。ただし、ひとつおぬしに約して貰いたい」

「なんだ。頼みか」

「檜山どのから誓紙をもらいたい」

「どんな誓紙がほしいのだ」

「独鈷城の則祐を攻めた後、比内はたしかに俺のものとすると天地神明に誓って欲しい」

「つくづく疑り深い男だな」

「独鈷城を攻めた後、返す刀で俺が攻められてはかなわぬからな」

腕組みをしながら勝頼はうそぶいた。

「いまここで約するわけにはゆかぬが、帰って殿にお願いすれば、必ず誓紙は出よう」

「いいや、誓紙をもらわねば、俺も約束できぬ」

勝頼は大きく首を横に振った。

「わかった。では、数日の内に必ず誓紙を持って参る」

「よしっ、話は決まりだ。檜山どのとの友誼と、おぬしとの再会を祝して酒を酌《く》み交わそう」

立ち上がって、勝頼はとんと足を踏み鳴らした。

「ありがたいが、民部の気持ちをすぐに殿に復命しなければならぬ」

惣兵衛は頭を掻いた。

「なにっ、ぬしゃあ、俺の酒が飲めぬというのか」

「わ、わかった。飲む、飲む」

せっかく話に乗ってきた勝頼の機嫌を損ねるわけにもいかない。

「そうこなくてはならぬ。そうだ、おぬしが持って来た鯉を肴に飲もう。おーい、誰かある」

開け放たれた主殿の窓から、涼しい風が吹き込んできた。

三

数日後、空は雲ひとつないほどよく晴れていた。

八月も上旬。暦の上では秋に入っているとは言え、今日の比内の地はまだまだ暑かった。

愛季は、自ら千五百という寡兵を率いて、比内領へ攻め入った。

事前に物見（偵察）も出さなかったのは、則祐方に警戒させず、奇襲を成功させるためである。

米代川沿いに主力を進めた愛季は、浅利氏の餌釣館《えつりだて》、山館《やまだて》という砦を難なく落として進軍した。二つの砦は見張り程度の兵力しか置かれていなかった。

檜山勢はそのまま米代川を渡渉し、扇田《おうぎた》長岡城を望む左岸に布陣した。

わずか八町（約八七二メートル）ほどの先に三丈（約一〇メートル）ほどの低い丘陵が続き、その頂き近く、木々に囲まれた板屋根が陽炎《かげろう》に揺れている。

長岡城は浅利氏が本拠とする独鈷城から一里（約四キロ）の北に建つ。独鈷城の出城として築かれ、構えも主殿も粗末な造りだった。

城の建つ台地前の草原には、白地に墨で十本骨扇を描いた浅利氏の幟がずらりと林立している。

陣笠に畳鎧の浅利兵が隙間なく楯を並べて河原を固め、騎馬侍も三十騎以上は出馬していた。

丘陵の背後には、長岡城の天然の堀となっている犀川《さいがわ》が薄緑の帯と延びて見え隠れする。

「素早い布陣だ」

隣に立つ宗右衛門へ、将几《しょうぎ》に座った愛季は声を掛けた。

大袖のついた赤糸縅《おどし》の胴丸に、短めの鍬形《くわがた》を前立て物とした兜《かぶと》を被《かぶ》っている。

「誘いに乗って則祐が出張《でば》ってくれなければ困ります」

宗右衛門は大袖付き紺糸縅の胴丸を身につけているが、兜の代わりに引立烏帽子を戴いていた。

愛季は長岡城とは反対側の草原の西に建つ扇田神明社《しんめいしゃ》を背にして本陣を敷いていた。

赤や紺の布地に、白で檜扇に鷲の羽の家紋を染め抜いた旗幟が、米代川から吹いてくる川風にはたはたとなびいている。

黒布に金糸で「載舟覆舟」の四文字を刺繍した旗がひときわ目立つ。

愛季自身が在陣していることが独鈷城の則祐からもわかるように意図していることは言うまでもない。

本陣は、米代川を背に負っている。まさに背水の陣である。この細長い草原で敵勢に押し返されたら、愛季の逃げ場はない。

餌釣館、山館の砦を落とした際にも、あえて敵兵を逃がした。物見も出しているはずであるし、浅利方が愛季自身の侵攻をとっくに摑んでいて当然である。

愛季が大軍を率いて比内領に攻め込めば、臆病な則祐は、サザエのように独鈷城に引っ込んだまま動かない恐れが強かった。

よい武将はどこかに臆病な気質を持っている。気位が高いため、勝頼一派をはじめとする家中を治め切れていないところがあるが、則祐は決して愚将ではなかった。

独鈷城は、長岡城とは比較にならぬほどの堅固な造りである。

援軍のない籠城《ろうじょう》戦は、時をかければ勝てる見込みは高いが、味方の損失も大きなものとなる。また、田畑の農作物を不用意に荒らすことにもつながる。

さらに、もし南部家が援軍を派してきたら挟撃される。檜山勢は壊滅的な打撃を受ける恐れが強い。

そうなれば万事休すである。

しかし、則祐は兵数の少ない檜山勢を必ずや侮るはずであった。さらには愛季自身が戦場に出てきたことで、これを討つ好機と考えるに違いない。

千五百という小勢で攻め込んだのは、こんな筋読みから、愛季と宗右衛門の二人で立てた軍配（作戦）であった。

つまりは愛季自身が囮《おとり》となるわけである。

「浅利勢は、ざっと二千五百だな」

「さよう。我が軍勢の倍近くはおりましょう」

宗右衛門は静かに答えた。

檜山勢本隊は、長岡城の北から東側にかけて千二百の兵力を配置して長岡城を囲んでいた。率いるは侍大将の分内平右衛門である。鎌田惣兵衛に劣らぬ勇猛の士であった。

「宗右衛門、勝頼の返り忠は、則祐には知られておるまいな」

「は……まずはご懸念なく。鎌田惣兵衛の中野城への訪《おとな》いの際に、これを伝えに独鈷城へ走った則祐の間者がおりました。が、我が手の者が始末しました。しばらく、則祐方には気づかれることはないかと存じます」

「それは重畳……いつにない暑さが気になる。独鈷城から則祐が長岡城に押し出してくるまでは動けぬが、いまの陽ざしは士卒の気勢を削《そ》ぐ」

「そう長いことではありますまい」

陽を浴びた甲冑の表面は、手で触れられぬほどの熱さに焼ける。

己の身体から発する湯気が、胸板の奥で逃げ場がなく蒸している。出羽侍にとって慣れぬ暑さに体力を奪われてゆくことは愛季自身が痛感していた。

戦いが始まれば、生命の瀬戸際となり、暑いも寒いも感じなくなる。異常な興奮状態は肉体の苦痛を忘れさせるのだ。

士卒にとって、いちばんつらいのは待つことである。

赤い幟を背にはためかせた使番が前方から走ってきた。

「浅利則祐、十数騎を率いて長岡城に着陣っ」

物見についている士からの伝令である。

旗指物《はたさしもの》で大将の着陣は遠方からでもわかる。

「大儀、戻ってよい」

使番は一礼して去った。

「則祐め、出て参りましたな」

宗右衛門が微笑んだ。

「目論見のひとつは図に当たったようだな」

愛季は唇を引き締めた。

ここで則祐が長岡城に入ってくれなければ、此度の戦略は失敗に終わるところであった。比内攻略、はじめの一里塚は越せたと言ってよい。

とは言え、敵方は倍以上の兵数を繰り出している。ひとつ采配が狂えば、愛季自身が生命を落とす羽目に陥る。きわめて厳しい戦いになることは間違いなかった。

檜山、浅利両軍の旗が小刻みに揺れている。

気合いがみなぎってきた証である。

「機は熟したようだな」

「御意……」

愛季は立ち上がって采配をさっと振った。

檜山勢本隊先鋒の楯兵を掻き分けるようにして大兵の鎧武者が進み出た。

強弓を引く瀬河甚左衛門であった。

甚左右衛門は箙《えびら》から矢を一本抜きだし、大弓につがえて目いっぱい引き絞る。

ひゅーっという古風な鏑矢《かぶらや》の音が川辺に響き渡った。

この地にはまだ、鏑始という古い戦のしきたりが残っている。

浅利陣からもがっちりとした胴丸姿の武士が進み出た。

弓の腕に覚えのある士なのであろう。

大兵の敵の士は答《とう》の矢を射る。
戦いの火蓋が切って落とされた。
青空に弧を描くように無数の矢が飛び交う。
当たる矢はほんのわずかであるし、鎧を通す力はない。
それでも、草原にはうめき声が響き、檜山、浅利双方の兵が倒れてゆく。
逆光で矢を避けにくい北東側から攻め寄せた檜山の兵に犠牲が多い。
「攻め太鼓を打たせましょう」
宗右衛門が張りのある声で進言した。
愛季が采配で指図すると、かたわらで威勢のよい陣太鼓が鳴り始めた。
ドンドンドンッという節度のある音色が空気を震わす。
同時に乙音《おつおん》の法螺《ほら》が川面に低く響き渡った。
「者ども、掛かれえいっ」
怒号を上げながら、分内平右衛門が北の陣を飛び出していった。
後ろに続く先鋒の騎馬侍百十数騎がいっせいに浅利勢に襲いかかった。
浅利勢は槍兵を隙間なく並べて自陣を守る。
平右衛門が槍衾《やりぶすま》を突き崩そうと、風を巻き起こし馬上槍を振るう。
檜山の騎馬侍たちは平右衛門と並んで奮戦している。

だが、浅利勢は強い。

騎馬武者の数も檜山勢の倍に及ぶだけに、勢いも盛んである。

すべての兵に気合いが満ち満ちている。

「とりゃあぁっ」

気迫を込めて槍を使う平右衛門ですら、浅利の槍衾を少しも突き崩せない。

むしろジリジリと押し返されている。

このまま先陣の騎馬武者たちが崩されれば、背後の檜山兵は浅利騎馬武者の蹄に蹴散らされる。浅利勢は愛季の本陣まで一挙に攻め寄せてこよう。

「宗右衛門、そろそろだ」

「御意……」

愛季はふたたび、陣太鼓を打たせた。

犀川右岸沿いに進ませていた鎌田惣兵衛率いる三百の別働隊が西側から浅利勢に襲いかかる。

「者ども、参るぞぉっ」

白い歯を見せ、風を切って惣兵衛が飛び出した。

「兜首を狙うな。槍衾を崩せえいっ」

槍衾を作っていた浅利兵の真横から、別働隊の槍が襲う。

浅利勢は思いも寄らぬ敵兵の出現に大混乱を来《きた》した。

「うりゃーあっ、死ねやぁっ」

惣兵衛が馬上槍をぶんと振り回す。

槍の端に掛かった雑兵が、次々に飛ばされてゆく。

血しぶきがそこかしこに上がる。

「ほぼ互角か……」

「いえ、我が軍勢に勢いがありまする。鎌田勢は疲れておりませぬゆえ」

宗右衛門の言葉に違《たが》わず、浅利兵は、長岡城が建つ台地真下まで追いやられ始めた。

＊

長岡城主郭前の杉林に囲まれた本陣には、十本骨扇の陣幕が風に揺れていた。

数人の旗本に囲まれ、浅利則祐は将几に座って戦況を見下ろしていた。

弟の勝頼とは違って色白で品のよい顔立ちの武将である。顔中を覆う無骨な髭が似つかわしくない。

「な、なんだっ。あれは」

則祐は叫び声を上げた。

眼下で北の檜山勢と戦う浅利の将卒に、西側から檜扇に鷲の羽の幟を掲げた軍勢が怒濤《どとう》のように押し寄せている。

浅利勢はくさび形に斬り込まれ、一挙に崩れ始めた。

「檜山勢は兵力を二つに分け、伏兵としておいた一隊が犀川沿いに攻め寄せたようです」

かたわらに座る重臣の片山大膳《かたやまだいぜん》がうなり声を上げた。こちらは五十を越している。

「そんなことはわかっている。敵兵に誰も気づけなかったと申すか」

「城の北の森に、巧みに兵を隠しておいたものと思われまする」

大膳は口惜しげに答えた。

「ええい、愚か者たちめっ」

いったん崩れた浅利勢は、急に力を失った。

浅利勢は長岡城の大手口へどんどん押しまくられている。

「どうしたものか……」

則祐は将几から立ち上がって、まわりの旗本たちに交互に顔を向けた。

「殿、このまま突き崩されて、この城へ攻め込まれたらひとたまりもありませぬぞ」

「げにも、長岡の城はあまりにも守りが薄うござる」

武将たちは口々に退却をうながした。

則祐の額に汗が噴き出した。

「よし、独鈷城まで兵を引くぞ」

「さ、殿、早く搦手口へ」

一人の武将がうながしたところへ、若い家臣があわただしく駆け込んできた。

「殿……犀川の向こう岸は……民部さまの兵であふれております」

「おお、民部の兵が加勢に参ったか」

勝頼が中野城から一千の兵を率いて駆けつけてくれたのだ。

搦手口からの退却はたやすいこととなろう。

「いえ……それが……」

注進に来た家臣の顔は引きつっている。

「民部さまの兵たちは我が軍勢に矢を射かけ始めました」

「なんだとっ」

則祐の声が響き渡った。

「民部さまは、檜山勢に同心しているものと思われます」

「くそっ、勝頼の奴めっ」

則祐は軍扇を床に叩きつけて、地団駄を踏んだ。

「この城は全方位から囲まれており申す。もはや、逃れる道はござらぬ」

大膳の声は凍っていた。

「こんな馬鹿なことが……安東勢は我らの半分ほど、愛季を討ち取って檜山と野代を手に入れる好機と申したのは、そのほうたちだぞ」
則祐はいらだちを、幕僚たちにぶつけた。
「返す言葉もございませぬ」
大膳も、ほかの旗本たちも肩を落としてうなだれた。
犀川を渡って攻め寄せた勝頼勢は、勢い盛んに攻め立ててくる。
則祐の将卒は台地の下で次々に骸《むくろ》と化してゆく。
「少しでも兵を温存しませぬと」
大膳が苦い顔で進言した。
「わかっておる。退《の》き鉦《がね》を叩かせよ」
則祐は眉間にしわを寄せて命じた。
甲高い退き鉦が草原に響いた。
則祐の軍勢は大手口から城に戻ってゆく。
生き残っている将卒を収容すると、粗末な木の城門は閉ざされた。
檜山勢と勝頼勢はなぜか追撃してはこず、長岡城を囲んで静観する構えをとった。
草原にはしばしの休戦が訪れた。
だが、敵が総力で攻めかかれば、いくばくもなくこの城は落ちる。
「独鈷へ戻るには、馬を疾駆させ、襲いかかる敵を突きまくって血路を開くほかなかろう」

覚悟を決めた則祐の声は険しかった。

大手口の近くでざわめきが起こった。

崖下を見おろした大膳が告げた。

「おお……檜山方から使者が参ったようです」

則祐が見下ろすと、大手門前に数人の槍兵を従えた甲冑姿の武士が黒毛の馬に跨《また》がって控えている。

家臣が背後から駆け寄ってきた。

「殿……安東勢から使者が参りました」

「疾《と》く通せっ」

しばらくして、陣幕のなかに入って来たのは、奥村宗右衛門だった。背後に数人の兵を従えている。宗右衛門は立ったまま一礼した。

「檜山安東太郎の使いで参り申した。側役の奥村宗右衛門と申す。安東太郎の言葉をお伝え致します」

「うむ、申せ」

「安東太郎は、浅利則祐どのにご隠居頂ければ、すべての兵を引くと仰せです」

「なにっ、隠居だと」

則祐は小さく叫んだ。

「さよう。もとより、安東に浅利どののお生命を害する気持ちはありませぬ」

「それで、我が領地はどうなる」

「弟御の民部どのに御家を譲られなさいませ」

「あの裏切り者に渡せと申すか」

則祐の声は怒りに震えた。

「なにとぞ、浅利どのにはお堪《こら》え頂きたい」

宗右衛門はゆっくりと諭すように言った。

「それで、檜山どのは我が身柄をどう扱うおつもりか」

探るような目で則祐は訊いた。

「貴公の御身柄は、民部どのにお預けになるとのことです」

宗右衛門の答えに、則祐の顔に血が上った。

「まっぴらご免だ」

板床につばを吐いて、則祐は言葉を継いだ。

「う、裏切り者の……勝頼の……め、囚人《めしうと》として生きるなど、が、我慢ならぬ」

則祐は将几から立ち上がると、やおら太刀を抜いた。

「この期《ご》に及んで愛季に生命乞いなどできるか。おまえを斬る」

「戦陣の慣《なら》いを破られるご所存か」

光る刃にも宗右衛門は顔色も変えず少しも動じなかった。

「拙者を斬れば、城内にいる者は一人残らず、討ち滅ぼされますぞ。浅利どのは非礼、無慈悲と誹《そし》られましょう」

宗右衛門は静かに答えた。

「ええい、小癪《こしゃく》なっ」

宗右衛門の頭上に太刀を振り下ろそうとする。

「おやめ下さい。御使者を斬っては、我らは滅ぶしかありませぬ」

背後から大膳が則祐を羽交い締めにした。

「なにをする、大膳。離せっ。離さぬかっ」

まわりで固唾を呑んでいた浅利家の重臣たちがいっせいに立ち上がった。

「殿、ご覚悟を」

一人の三十くらいの家臣が脇差を抜いて、だっと踏み込んだ。

「なにをす……うわっ」

兜を被っていない無防備な則祐の喉輪を脇差が突き刺した。

血汐が喉元から噴き出し、則祐の頬や額に血糊が飛び散る。

「ぐおふっ」

血の滴があごひげからしたたり落ちた。

またたく間に則祐の顔から血の気が失われた。

「芳賀《はが》……おぬし……何を……」

大膳は呆然とした顔で、羽交い締めにしていた則祐の身体を離した。

音を立てて則祐は前のめりに倒れ伏した。

「往生際の悪いお方だ……我らは負けたのだ。檜山さまに従うほかないのだ」

芳賀と呼ばれた武士は、悪びれるようすもなくうそぶいた。

亡骸《なきがら》のまわりを取り巻いて立ち尽くす家臣たちも、誰一人として芳賀を責めようとはしなかった。

則祐の意地や怒りで宗右衛門を斬られ、巻き添えを食うのは武士の本分ではない。

武士たる者は自分の身と本領を安堵してくれる力ある者に従うしかないのだ。

「南無釈迦牟尼仏《なむしゃかむにぶつ》……」

宗右衛門は倒れ伏している亡骸に向かって手を合わせると、則祐の旗本たちに向かって厳《おごそ》かに命じた。

「早速《さそく》に、この城を民部どのに明け渡されよ」

大膳が進み出て、丁重に頭を下げた。

「かしこまりました。主だった者を束ね、民部さまをお迎えに上がるでござろう」

「爾後《じご》、そこもとらは、すべて民部どのの指図に従うのだ。よいな」

「刀槍を捨てて、お指図に従いまする」

「しかと相違ないな」

「仰せの如くに」

旗本たちはいっせいに頭を下げた。

本陣には則祐の血の臭いが漂っていた。

＊

愛季の本陣には、檜山安東家の主だった武将が集まっていた。

白木の三方《さんぽう》に則祐の首が載せられていた。

則祐の家臣たちが亡骸から切りとって、愛季の陣に持ち込んだものだ。

片山大膳をはじめ、降伏した武士たちが神妙な顔で、三方の側に控えていた。

陣幕が揺れた。

黒ひげを震わせ鼻息荒く入って来た鎧武者は、民部勝頼だった。

勝頼は大股に、本陣の中央まで歩みを進めると、則祐の首に黙禱《もくとう》した。

顔を上げた勝頼は鋭い目つきでまわりを見まわした。

「兄を……則祐を斬ったのは誰だ」

勝頼の低くかすれた声が響いた。

「拙者でござる」

則祐を斬った芳賀は、さも心外と口を尖らせた。

「なにゆえ、則祐を斬ったぁ」

勝頼の怒声が響き渡った。

「戦陣の慣いを破って、無道にも安東さまの御使者を害そうとなさったゆえにござる」

芳賀は憤然と答えた。

勝頼はやおら太刀を引き抜いた。

「そこへ直れ。俺が成敗してくれる」

「ご無体っ」

芳賀は一歩飛び退くと、脇差を抜き放った。

だが、だっと踏み込む勝頼の太刀筋は鋭かった。

空《くう》を切った刃が芳賀の首筋を掻き切った。

「ぐええっ」

血しぶきが噴き出して、芳賀の屈強な身体は背後に向けて倒れた。

「思い知ったか。不忠者めっ」

肩で息をしながら、勝頼はうそぶいた。

愛季は、一瞬に起きた出来事を信じられぬ思いで見ていた。

腹違いの上に反目していた二人だが、やはり血のつながった兄弟の情はあるのだろうか。

それにしても、勝頼の気性の激しさには危ういものを感ずる。

「誰ぞ、亡骸を取り片付けろ」

宗右衛門が命ずると、数人の雑兵が芳賀の身体を陣幕の外に運び出した。

「民部どの、こたびの働き、嬉しく思いますぞ」

少しでも場を和ませようと、愛季は明るい声で勝頼をねぎらった。

愛季が座る場所へ数歩近づいて、勝頼は頭を下げた。

「いやなに、我と我が身を守っただけでござるよ」

からからと勝頼は笑った。

「盟約の通り、則祐どのの版図《はんと》は、そなたにお任せする」

「かたじけない」

「ただ、治政の大事については、向後はわたしにご相談頂きたい」

愛季はもっとも大切なことを念押しした。

「わかっており申す。万事、檜山どののお指図を仰ぐでござろう」

勝頼は笑顔で承諾した。

「比内の仕置き、なにとぞ頼みましたぞ」

「はっ。お任せあれ」

浅利家は檜山安東家に臣従したわけではない。

名目上は領主が則祐から勝頼に代わっただけである。浅利家臣団もそのまま維持されるであろう。

しかし、愛季は己の生命を懸けて勝頼に当主の座を与えた。檜山兵の犠牲も出た。

豊かな田地を持ち、良材の産地として知られる比内地方は、当主と立てた勝頼を実質上の代官として、愛季の支配下に入ったといってよい。

だが、檜山の威が衰えれば、勝頼はたちどころに南部に従うかもしれない。この頃の国人というものは誰しもが常に向背定かでない。そうでなければ家が滅びてしまう。

鎧の小札《こざね》を鳴らして一礼すると、勝頼はきびすを返した。

「勝頼。すべては我らの見込み通りに参ったな」

鎌田惣兵衛が、駆け寄って勝頼の肩を親しげに叩いた。

「則祐を死なせるまでもなかった」

勝頼は口惜しげに唇を噛んでうつむいた。

「まことに残念であったな……我らも予期できなかったわ」

顔を上げた勝頼は一転して明るい顔に変わった。

「したが、これからは惣兵衛とは気楽に飲めるな」

「おう、そうだな。これからは親しく酒を酌み交わそうぞ」

「さっそく飲むか」

「望むところだ。勝頼などには負けぬぞ。はっはっは」

二人は肩を組みながら陣幕を出ていった。

「宗右衛門、勝頼は気性が荒いな」

愛季はかたわらに立つ宗右衛門に静かに言った。

「は……と申すより、己が実の兄を裏切ったことを、やはり恥じているのだと思います。それゆえ、則祐を殺しては面目が立たぬと猛り狂ったのではありませぬか」

「我らの兵卒が血を流し、さらに則祐と浅利両家の兵卒の血で購った比内だ。すべての領民を豊かにすることに力を尽くさねばならぬな」

「御意……殿ならば必ずや比内の地を富ませることでございましょう」

檜山兵の犠牲は数十人に留まった。とは言え、残された家族の者たちの悲しみはいかばかりであろう。

檜山城へ凱旋《がいせん》し、家臣たちの報奨と、死者の弔いや遺族への手当を急がねばならない。

戦勝に誰もが明るい顔をしている陣幕の中で、愛季の心はふさいでいた。

＊

翌年の秋、佐枝が初めての子を産んだ。

愛季は文字通り躍り上がって喜んだ。

佐枝に面立《おもだ》ちの似たかわいらしい女児であった。

愛季は松《まつ》と名づけた。

日々、少しずつ変化してゆく松を眺める楽しみは、いままで知らなかったものだった。

ぷっくりとした松のあごを指で突《つつ》いたり、頰に自分の頰をこすりつけて泣かしたり……。

愛季はどうしても我慢することができなかった。

「殿さま、松が嫌がっております」

「そうか……だめか……」

「ほら。泣き出しました」

そのたびに佐枝に叱られるのであった。

いずれにせよ、子を得た喜びは、何にも代え難いものであった。

荘内から祝いに駆けつけた砂越也息軒は、朝倉家中の小林《こばやし》という武士を伴ってきた。

小林は鉄砲の扱いに慣れている男だった。

義景は、先年、戸立馬を贈った返礼として国友筒《くにともづつ》と呼ばれる火縄銃を贈ってきたのであった。

城内の馬場で試射をさせた愛季は、厚板の標的を砕くその力に瞠目《どうもく》した。

新規なものだけに、愛季は佐枝に見せたくなって、馬場へ呼んだ。

五人の侍女を引き連れて、佐枝が現れた。

「佐枝、おもしろいものを見せる。そこに立っておれ」

目顔で命ずると、鉄砲を構えていた小林が撃って見せた。

厚板はまたも砕け散った。

かなり離れた場所に立っていたが、侍女たちは口々に悲鳴を上げた。

「まぁ、恐ろしい」

佐枝は恐ろしげな声で言った。

「もとは南蛮渡来の鉄砲という。これ一丁で槍何本にも比肩する武具だ」

愛季は得意げに言った。

「火の力を使う武具なのでございますね」

「うむ、火薬という粉がいっぺんに燃える力を使って鉛の弾を飛ばしている」

「となりますと、雨に濡れたら使えないのでございましょう」

「そうだな……雨には弱かろうな」

問いかけられた小林は、ちょっと困ったような顔になった。

「はぁ、油紙などを用いて、雨を避ける工夫は致しますが……」

小林は言いよどんだ。

「仲秋には野分の雨が降り、冬の始めからは氷雨が多うございましょう。その頃は鉄砲には頼れないかもしれませぬ。便利な道具ほど、使えないときにあわてるものでございますから……」

さりげなく気楽な調子で佐枝は言った。

「そなたの申すとおりだ。使う時期を過《あやま》たず、天気によっては鉄砲に頼らぬ工夫が要るな」

「愚かな言葉をお聞き届け頂き、恐れ入ります」

佐枝は頬を染めて頭を下げた。

愛季は、鉄砲の威力に有頂天になっていて欠点を考えなかった己を恥じた。

佐枝の意見を大事にすべきと考える一方で、鉄砲を増やす算段を考えなければならぬと痛感した。

さらに愛季は、能登七尾の大名、畠山義綱《よしつな》にも使者を送り戸立馬を贈る。七尾の湊も北海航路の中継港として欠くことのできぬ存在であった。

ついに愛季は、蝦夷―野代―土崎―直江津―七尾―敦賀―小浜の各所に、完全な交易拠点を造ることに成功した。

この後、野代と土崎の湊はますます栄えることとなった。

清水治郎兵衛政吉の仕事は、長男の政家が手伝い始めてさらに進んだ。嵐による川欠にも、清水父子は何度でも粘り強く波止を築き直した。

織田信長に重用されたイエズス会の宣教師ルイス・フロイスが、インドに滞在している教父に送った永禄八年（一五六五年）二月二十八日付の書簡には、次のような記述が残る。「日本の極北にて、都より約三百リーグを隔つる所に一大国あり、野獣の皮を着、全身多毛、髪髭頗《すこぶ》る長き蛮人之に住す。……蝦夷に近きゲスエン地方に秋田という大市あり。彼等は多数此市に来りて貿易し、秋田人も亦《また》時々蝦夷に赴く」

フロイスの記述から、秋田が交易都市として栄えている「大市」であることと、この時期も盛んにアイヌなどとの北方交易が続いていたことが、永禄年間の京畿で話題となっていたとわかるのである。

秋田の名は古く天平時代の文献には登場する。北方対策として雄物川を見おろす高清水《たかしみず》岡《おか》に作られた出羽柵が天平宝字年間には秋田城として改められた。飛鳥時代に「齶田《あきた》」と呼ばれていたこの地が、秋田と称され始めた最初の記録である。

秋田城には秋田《あきた》城《じょうのすけ》介という国司次官が常置され、北出羽を治め、蝦夷をはじめとする北方に目を光らせた。

さらに平安初期には沿海州付近の渤海《ぼっかい》国からの使節が度々来航して、秋田は海の向こうに向かって開いた都市となった。

平安時代の後半には、秋田城の機能は薄れて廃止されてゆくが、古代日本にとっての秋田は、外国との交流拠点として特別な位置づけを持っている都市だったと言える。

それがため、秋田城介は名目だけとなった鎌倉時代以降も武家にとって名誉ある官職名となった。

時代は下り、愛季の尽力によって秋田の町は栄え、その名は西欧社会にまで届くこととなったのである。

第四章　浪岡御所《なみおかごしょ》に薫風吹く

一

永禄九年（一五六六）の春になっていた。愛季は二十八を数えた。
檜山城にも遅い桜が咲いていた。
北国の春には雪解けとともにいっせいに花が咲く。
生命の息吹が力強く感じられるもっとも美しい季節である。
だが、愛季の心は浮かなかった。領内の米不足が深刻だったのだ。
昨年、永禄八年の夏。出羽と陸奥の北部は六年ぶりの冷夏に見舞われた。
やませと呼ばれる冷たい風が東から吹き、山を覆う低い雲が陽ざしを遮り続けた。
稲の実りは薄く、せっかく実った稲も仁が小さい。
檜山領でも、愛季が実質的に支配する比内領でも各村を飢餓が襲っていた。

同時に治安も乱れはじめていた。

領内を通行する商人たちを飢えた農民が襲うという事態も発生していた。

盗賊は厳しく処罰していたが、それで済む話ではなかった。

檜山城下では窮民対策として炊き出しも行ったが、しょせんは焼け石に水であった。

年貢米を軽くする方策も採ることはできなかった。家臣を飢えさせるわけにはいかないのだ。

とくに白髪ヶ岳（白神山地）の山麓がひどいと聞き、愛季は家臣たちを調べにやった。

近習頭の石郷岡主馬が上申してきた。

「やはり、噂通りか」

「はい……冬の間に蓄えてあった作物を食い尽くした家が多く、コナラやらクヌギの実を食して生命をつないでいるようなありさまです。年老いた者や幼い者を中心に飢え死にする者も増え始めました」

「春には花は咲くが、実が成るには時を要するからな。百姓が蓄えている米や麦はいちばん少ない時季だ……」

若き日に一夜の宿を貸して貰った白髪ヶ岳山中の藤森佐兵衛が差配する村などはどうなっているのか。

「檜山や比内はまだましでございます。とにかくひどいのが津軽でして」

「はい、聞き及ぶところでは、飢餓のために人が死に絶え、一村まるきり消えたというような話もございまして」

「それほどまでにか」

「そうか……我らにとって何よりも恐ろしいものは飢えだな」

息を吐くと、愛季はしばし黙って考え続けた。

なんとかこの窮状を救わなければ、実りの秋までに領内で多くの餓死者が出る。

「宗右衛門、鹿角《かづの》を獲るぞ」

「殿、なりませぬ」

奥村宗右衛門は強い調子で言下に否定した。

南部領の鹿角は、西隣に接する比内よりもさらに豊かな穀倉地帯だった。備蓄されている穀物も多いはずである。

「だが、宗右衛門。わたしはもう領内から餓死者を出したくはないのだ」

「お気持ちはわかります」

「鹿角を獲れば、檜山、比内とまんべんなく米を行き渡らせることができよう」

「さよう。身どもも同じ考えです。鹿角の村々には数年分の米が蓄えられているとも聞いております」

「だからこそ、いまこそ鹿角へ兵を進めるべきだ」

「しかし、鹿角に兵を進めれば、南部家と真正面からの戦いになります。南部とて豊かな鹿角をむざむざと獲られたままにはしておきません。恐れながら、檜山には南部と戦い続ける力はございませぬ」

いっそう難しい顔になって宗右衛門は答えた。

「たとえ、苦しい戦いとなっても鹿角を獲る」

愛季の決断は固かった。

三戸南部氏は鎌倉以来の名門で、陸奥国である現在の岩手県・青森県と秋田県の鹿角地方に長らく覇を唱えていた。南部地方は名馬の産地として古くから知られ、南部家の騎馬軍団は強力だった。当時の鹿角地方は出羽国ではなく、陸奥国に属していた。

二十四代当主の南部大膳大夫晴政《なんぶだいぜんだいぶはるまさ》は、長牛城《なごし》を中心に夜明島川《よあけしまがわ》を挟んで、三ケ田《みかた》・石鳥谷《いしどりや》・長内《おさない》・谷内《たにない》などの諸城を配置し鹿角を守っていた。

「されど……殿……」

「いまは好機であろう。南部家中は揺らいでいる」

晴政は、家督を継いで以来、南部家の勢力を大きく伸ばした。すぐれた武将だったが、男子がなかった。

そこで昨年、弘前石川《ひろさきいしかわ》城主で津軽郡代の弟（叔父という説もある）の石川高信《いしかわたかのぶ》の子、田子信直《たつこのぶなお》（後の南部信直）を長女の婿にしたうえ養嗣子として三戸城に迎えていた。この後継者選びに不服を持つ者も家中にはいると聞いている。

「されど……信直という男も、名将である石川左衛門尉《さえもんのじょう》の子だけあって力を持つとのこと。後嗣に選ばれるだけのことはあるのでしょう。南部の力は侮れませぬ」

「宗右衛門、わたしの気持ちは変わらぬ」

愛季は腹をくくっていた。

「殿がどうしても鹿角へ出兵なさるというのであれば、献策したい儀がございます。檜山の兵はこの城と我が領分を守るために動かさぬが肝要かと」

「で、いかにして戦う」

「鹿角の地勢に明るい浅利勝頼の兵を出すことでござる。勝頼が殿にどれほど忠誠心を持っているか試す好機にございます」

「勝頼の奴めは返り忠したばかりだからな。鹿角に攻め入ったところで南部側に寝返られてはかなわぬな」

「さらに兵糧米を檜山から送らずとも済みます」

「なるほど比内の米を兵糧として戦わせる方策だな。されど、それだけでは兵力が足りぬぞ」

「さよう……さらに阿仁《あに》の嘉成常陸介《かなりひたちのすけ》を味方に引き入れることが肝要と存じます」

阿仁川沿いに村落が点在する阿仁地方は、檜山領の南に位置し、山がちな土地柄だった。

嘉成氏は葛西《かさい》氏の一族で、古く下総《しもうさ》から出羽に移住した。常陸介康清《やすきよ》は、嘉成一族の惣領家の当主で米内沢《よないざわ》城主である。

嘉成氏は木戸石《きどいし》城主の嘉成季俊《すえとし》など、庶家にもすぐれた武将が多かった。

「嘉成か……磊落《らいらく》な男と聞いているが間違いないか」

「は。表裏のない男であり、しかも思慮深くもあります。領内がよく治まっているのは、ひとかどの人物である証です。実はかねてより、嘉成を我が勢力に組み入れたいと考えておりました」

「うん。阿仁は森吉山《もりよしざん》の麓などから杉の良材が採れる。いまでも野代湊からたくさん西国へ送っている」

「耕地の少ない阿仁は檜山や比内以上に飢えに苦しんでいるはず。窮状を救う話には乗ってくるでしょう。殿の扱い次第によってはあっさり味方につくやもしれませぬ」

「さっそく出向いてみよう」

「殿おん自らですか」

宗右衛門は驚きの声を上げた。

「使いの者をやったのでは、常陸介の心にも届くまい。わたしが行く」

愛季は毅然として言い張った。

「お供いたします」

ひと言で宗右衛門は愛季の心根を理解したようだ。

「では、すぐに先触れを出しましょう」

主馬が張り切って言ったが、愛季は首を横に振った。

「いや、いきなり顔を見せよう。そのほうが常陸介も驚く」

「ははは、殿はかつて、身どもの侘び住まいも奇襲なさいましたな」

宗右衛門はおもしろそうに笑った。

「そこもとは、容易《たやす》くは会ってはくれなかったがな」

「いや、面目ない」

宗右衛門は頭をかいた。

「昔日を思えば、奥村さまが檜山家の要《かなめ》となっているいまが不思議に思えます」

主馬が懐かしそうな顔を見せた。

「では、さっそく出立致そう」

「兵はいかほどお連れになるのですか」

主馬がけげんな声で訊いた。

「警固は主馬、そのほうだけでよい。米内沢までは八里と少しだ。馬で参れば、昼過ぎには着けよう」

「殿、危のうございます。兵の二十はお連れにならないと」

「兵は連れて参らぬ」

愛季は繰り返し断言した。

「しかし……それでは……」

主馬は絶句した。

「案ずるな。嘉成常陸介もそれほど愚かな男ではあるまい。檜山を敵に回して何の得があると申すのだ。もし、常陸介がわたしに刃を向けてくるとしたら、そんな小人を頼みにしようとした己の愚かさを恥ずるばかりだ。よいな、米内沢には宗右衛門と主馬と三人で行く」

「はっ、殿のお心よくわかりました」

子どもの頃から側に仕えているだけに、主馬にも愛季の気持ちはすぐに伝わった。

阿仁川は二ツ井の先で米代川に注ぎ込んでいる。合流点から阿仁川沿いに遡ってゆくと、深緑の川面が大きく蛇行している左岸に川港が築かれていた。

杉材を筏《いかだ》に組んで下流へ流す男たちの掛け声が賑やかである。

これらの杉筏は、野代湊で北国船に積み替えられて上方へと運ばれ、寺社や城郭などの資材となるのである。

倉《くら》ノ山《やま》という低山の頂上から少し下がったところに米内沢城の櫓が夏の陽に光っている。

山に向かって真っ直ぐ延びた道沿いには、根小屋と思しき板葺きの家々が建ち並んでいた。

　商家も何軒か見られ、炊煙も立ち上っていて、人の行き来も盛んであった。

「存外に栄えているな」

「そうですな。山奥ゆえ、ここまで繁盛しているとは意外でした」

　宗右衛門も目を見張って通りの左右を眺めている。

「やはり古くから阿仁を統《す》べている嘉成の家だけのことはある。また、そのほうが申すようにに常陸介はすぐれた男のようだな」

　愛季たちは下馬して、馬を引きながら根小屋を奥へと進んだ。

　左手には瓦屋根を載せた寺もある。安昌寺《あんしょうじ》という名らしい。

　ふたたび馬上の人となった愛季たちは、寺の脇から急な傾斜の道を米内沢城へと登って行った。

　閉ざされた城門が目の前に現れた。

　二人の門番が槍を手にして立っている。

　檜山の安東太郎の来訪であることを主馬が告げると、門番は驚きの顔で城内に入っていった。

　ややあって音を立てて門が開くと、素襖《すおう》をきちんと着て折り烏帽子を頂いた若い武士が従者を連れて出てきた。

愛季たちはむろんのこと肩衣姿で烏帽子も被っていなかった。式服での丁重な出迎えに
は驚かざるを得なかった。

「常陸介の一子、嘉成播磨《はりま》と申します。檜山さまがわざわざお越しとは驚きました」

播磨は白い歯を見せて微笑むと一礼した。

「これは、わざわざのお迎え、痛み入ります」

愛季も丁重に答えた。

「本日はどのような御用向きでお見えでございますか」

覗き込むような目で播磨は愛季を見た。

「いやなに。隣におりながら、常陸介どのにお目に掛かったことがない。ごあいさつ致そうと思いまして」

愛季の言葉にうなずくと、播磨は手を門内に差し伸べた。

「さ、さ、お運び下さい」

愛季たちはそのまま城内に足を踏み入れた。

平服の三人での訪問だけに、とくに警戒されているようすはなかった。

やがて、主殿と思しき檜皮葺《ひわだぶ》きの建物に入り、板敷きの大広間に通された。

播磨と従者を伴って、四十代半ばくらいの素襖姿の男が板床を踏んで現れた。

口もとにも頬にも濃い髭をゴワゴワと生やしている。が、意外と品のよい顔立ちである

ことに愛季は気づいた。

「嘉成常陸介にござる。檜山さまにはようこそのお運び、まことに恐悦至極に存ずる」

座った常陸介は丁重に頭を下げた。

「檜山安東太郎でござる」

「お目に掛かりとうござった。阿仁はいかがでござろう」

「正直申して、根小屋が栄えていることに驚き入りました」

「いやいや、吹けば飛ぶような根小屋でござる。我が阿仁は貧しい土地……畑地が少なく、稲作には不向きな土地ゆえ」

「それは我ら檜山も同じこと」

「檜山さまの御領分には海がありましょう」

心底うらやましそうな常陸介の声だった。

「たしかに我ら安東の家は海とともに生きて参った」

「野代湊をお持ちの檜山さまは、我らにとってはとてつもなくうらやましゅうござる」

「されど、昨年の不作には野代湊だけではいかんともし難くてな」

「我らも窮しました」

「阿仁領でもやはり多くの餓死者が出たのでござるか」

常陸介はあいまいな笑顔を浮かべ、答えを返さなかった。

「膳部を用意させますゆえ、差し支えなければ、今宵はゆるりとご逗留願えれば」

「これはかたじけない」

愛季はゆっくりと時を掛けて、常陸介という人物を知りたいと考えていた。

まさか毒飼いなどはすまい。

檜山安東家臣団が攻め寄せてくる恐れを別としても、いまなら愛季たち三人を殺すのはいともたやすい。なにも毒などという迂遠《うえん》な手を使う必要はない。

夕陽が西に傾くなか、嘉成家の家士たちが塗り膳を運んできた。

料理の中でひときわ目だったのは、杉の台に載せられた鋳物の鍋だった。

蓋を開けてみると味噌の汁に黒い塊《かたまり》が、葱《ねぎ》とともにいくつも浮かんでいる。

「これは……なんの鍋でござるか」

「熊汁でござる」

正面に座った常陸之介はこともなげに言って、自らも蓋を取って汁を吹き冷ました。

「身どもは熊や猪、鹿の肉を日頃より食しております。もしよろしければ箸をお付け頂ければありがたい」

顔を上げた常陸介は興深げに愛季を見て微笑んだ。

愛季は迷った。

雉子《きじ》や鴨、山鳥は日頃から食べている。

精がつくように思うし、ことに鴨は好物でもあった。

だが、鳥はともかく、獣を食することは仏教上の教えから奈良時代以来、国禁となっていた。さらには食した者にはひどい仏罰が下ると信じられている。

（馬鹿な……）

愛季は心のなかで首を振った。

仏罰が当たるというのであれば、日頃から熊や猪を食べているという常陸介こそ、仏に見放されるべきだ。

もし、嘉成氏や阿仁の人々を味方に引き入れたいのであれば、彼らの日常を肯《がえ》んじなければなにひとつ始まらぬ。

思い切って箸を付けてみた。

白い脂が驚くほど分厚い。一寸ではきかないだろう。

目をつぶって口の中に放り込んだ。

肉は硬い。鴨とは違って味もあまりない。

脂も慣れぬものだけに喉を通りにくかった。

「ははは、さすがにお口には合いますまい。汁を召されよ」

常陸介は快活に笑って、自らも汁に口を付けた。

味噌味の汁をすすってみる。

「これは……」

愛季は驚きの声を上げた。

抜群に美味いのである。

味噌と熊の脂が溶け合ってなんとも言えぬ滋味を感ずる。

葱をたくさん入れてあるためか、臭みはまったく感じず、鴨汁とは違う荒削りな豊かさを覚えた。

「肉は苦手だが、汁は美味いですな」

正直な気持ちを述べると、常陸介は相好を崩して顔中に皺《しわ》を浮かべた。

「はっはっはっ。お気に召して頂いて嬉しゅうござる」

破顔の後、急に真顔になって常陸介はぽつりと言った。

「檜山さまは器量人でござるな」

「わたしが……」

愛季は箸を止めて常陸介の顔を見た。

真剣な目がそこにはあった。

「誰しも仏罰を恐れるのが当然のこと。されど、檜山さまは躊躇なく熊汁を召し上がった。すでに身どもや嘉成の家の者がどのような心根で生きて参ったかをおわかり頂いたようだ」

常陸介の声はわずかに震えていた。

「実を申さば、我らも日頃は熊汁などはそれほどは食しませぬ。されど、阿仁の民が山の恵みによって生きていることを片時も忘れたくはござらぬ。それゆえ、かような宴席では必ず熊か猪、鹿を膳部に上らせまする」

「領民を支える大事な恵みでござるからな」

常陸介は大きくうなずいた。

「さよう……我が阿仁は、田畑が少なく、物成りも芳しくありませぬ。したが、森吉の山には豊かな山の幸がござる。我らは古くより山の恵みを大切にして参った。それゆえ、阿仁では餓死者は少ないのでござるよ」

「なるほど、山の恵みが救いの神でござるか」

「言葉を換えれば、山の幸を当てにしなければ生きてゆけない土地柄でござる」

常陸介は小さく肩をすくめた。

「我ら安東は海とともに生きる。嘉成どのご一党は山とともに生きる。人は生まれた土地との宿縁を離れられぬ」

「おお、これはよきお言葉を伺った」

常陸介は膝を叩いた。

熊汁に舌鼓を打つなごやかな時が流れた。

やがて飯が出てきて晩餐は終わりに近づいた。

愛季が持参した荘内の酒や干しアワビが膳部に載って運ばれてきた。

これから酒宴に移ろうというときになって、常陸介はかたちを整えて座り直した。

「檜山さま、お願いがござる」

常陸介は真っ直ぐな目で愛季を見据えた。

「なんでござろう」

「我ら嘉成一党、本日ただいまより檜山さまの『載舟覆舟』の旗の下に参じたい」

「おお、では、安東と盟約を結んでくださるか」

常陸介は口元に笑みを浮かべてうなずいた。

案ずるより産むが易《やす》し。

愛季は心の底で快哉を叫んだ。

「ありがたい。すでにおわかりだろうが、本日はそのためにまかり越した次第」

「嘉成の家を麾下《きか》にと見込んでくださって嬉しゅうござる」

「浅利勝頼どののように、阿仁の仕置きに我らの口添えをお許し下さるか」

常陸介は静かに首を横に振った。

「いいえ、身どもは檜山さまの一手として戦いとうござる」

「我が帷幄に加わってくれると申すか」

さすがに愛季は驚いた。常陸介は被官として臣従するというのだ。

「お目に掛かって、その意を強くしました」

愛季の言葉に、常陸介は上気して言葉を続けた。

「檜山さまさえその気であれば、この米内沢に兵を差し向け、嘉成一党を滅ぼすことも少しも難しくはございますまい。嘉成の家は浅利則祐どののように攻め滅ぼされるだけでござる。されど、檜山さまは我らへ兵を向けるどころか、二人のご家来だけをお連れになってこの地へ見えた。我が心根もすでにお見通しだったのでしょう」

「初めから嘉成どのを攻めようなどとは思ってはおらぬ。ともに手を携えて、お互いの領土を富ませようではござらぬか」

「ありがたい。正直申せば、我らも野代の湊から入る品々がなければ暮らせませぬ」

「我ら檜山領の商人《あきうど》にとっても阿仁の杉は大事な産物でござる」

「しかしそれよりも何よりも、我ら北出羽の領主はそれぞれ鼻息が荒い。群雄割拠といえば聞こえはよいが、小勢分立というありさま。由利郡の十二頭などよい例でござろう。それゆえ、陸奥の南部家や角館の戸沢家、南出羽の大宝寺家や小野寺家を恐れねばならぬ」

「常陸介どのお言葉の通りだ」

「出羽国を統べる人物が現れることを、身どもはずっと願っており申した。いま、檜山、比内の二郡を統べ、湊家を通じ秋田郡の多くの地を治める檜山さまこそ出羽を統べるべき人物に相違ござらぬ」

　常陸介は強い調子で言い切った。

「買いかぶられてはおるまいか。南部を恐れることについては貴公と変わらぬ」

　だが、常陸介は大きく首を横に振った。

「いや、本日、檜山さまとお話しして、その意を強めました。少なくとも北出羽一円を檜山さまが治めねば、南部家がどんどんその版図をひろげて参りましょう。さすれば、この阿仁の地も、我が嘉成の家もやがては南部に攻め滅ぼされましょう」

　愛季の心も熱くなっていた。

　嘉成が従ってくれることはむろん嬉しい。

　しかし、それ以上に北出羽の有力領主の一人が、自分に掛けている思いは、愛季にとって大きな喜びだった。

（領主たちのためにも、領民たちのためにも、わたしは出羽国を統べなければならぬ）

　心は震えていた。愛季はしばし黙って心を静めねばならなかった。

　やがて愛季は、静かに思いの丈を伝えた。

「わたしは亡くなった師から『一即一切』という教えを受けています。一は多であり多はまた一である。盧舎那仏の智慧の光があまねく照らすこの世は、すべてが縁でつながっているという理でござる。檜山の家と嘉成の家もまた、縁でつながっているものと存ずる」

「向後は嘉成の家も檜山さまとのご縁を大切にして参りたいと思いまする」

常陸介は両手を差し出した。

愛季は自らの手で覆うように握りしめた。

嘉成家との盟約は成った。

さらに宗右衛門は、鹿角の豪族で、阿保《あほ》三人衆と呼ばれる柴内相模《しばないさがみ》、大里備中《おおさとびっちゅう》、花輪《はなわ》中務《なかつかさ》を内応させる調略を献策した。

愛季は大高筑前をひそかに鹿角に派し、阿保三人衆から内応の約をとることに成功した。

八月。比内の浅利勝頼勢と阿仁の嘉成勢を先鋒として、安東軍は五千の兵力で鹿角に攻め込む。

愛季は、大館から犀川峡谷を経て巻山峠を越えて郡内の長牛城と石鳥谷《いしどりや》城に、阿保三人衆の軍勢は北から長嶺城と谷内城に攻めかかるという南北からの挟撃作戦を採った。

南部晴政は、岩手の田頭《でんどう》、松尾、沼宮内《ぬまくない》、一方井《いっかたい》の諸勢を鹿角に送ったが、狭隘《きょうあい》な山道で進軍も思うに任せなかった。

石鳥谷城と長嶺城は安東勢の猛攻にたまらず落城した。

南部勢が主城の長牛城に立て籠もって防戦に努めるうちに、予想を超えた早い降雪が訪れ、愛季は軍を引くことになった。

朝倉家から送られた鉄砲の威力を痛感していた愛季は、この戦いの後、安東家敦賀屋敷代官の大浦《おおうら》伝内智忠《ともただ》に命じて畿内から三百丁の鉄砲を取り寄せた。

後年、織田信長が武田騎馬軍団を打ち破った長篠《ながしの》の戦いで使った鉄砲は三千丁といわれている。別の説では千丁だったともいう。

愛季が手にした三百丁は、奥羽の大名としては考えられぬほどの数であった。

愛季は、鎌田惣兵衛を指南役（総指揮官）として、鉄砲隊を編制する。大規模な鉄砲隊の編制は、出羽では初めてのことだった。

＊

翌十年二月、愛季自ら雪をおかして六千の兵で長牛城に襲いかかった。

城主一戸《いちのへ》友義以下は城外で戦った。相次ぐ苦戦に南部晴政は一族の重臣ら大量の軍勢を救援に繰り出した。愛季はこの知らせを受けて素早く兵を引き、長牛城は落城を免れた。

雪解けを迎えた檜山城では、佐枝が念願の嫡男を産んだ。

愛季は躍り上がりたい心を抑えて、奥向きへ向かった。

通りかかる家来たちが、次々に廊下の端に身を引いた。

かえって気難しく見える顔つきをしていたのかもしれない。

佐枝は安らかな寝息を立てていた。

かたわらには産湯を使ったばかりの赤子が寝かされていた。

「佐枝、よくやった。惣領を授かったぞ」

静かに語りかけたが、佐枝は眼を開いた。

「男子《おのこ》でようございました」

佐枝は起き上がろうとした。

「いや、起き上がってはならぬ」

愛季はきつい声で叱った。

「抱かせてもらえまいか」

「あなたのお子ですから」

佐枝は微笑んでうなずいた。

侍女が産着にくるまった赤子を渡した。

赤子はぴくりと動いた。

かすかな鼓動が産着を通して伝わってくる。

愛季はあたたかな気持ちと将来への希望に包まれた。

小さな生命は、安東の家を継ぐ宝なのである。

「六郎と名づけたいと思う。わたしの太郎も惣領の幼名だが、古くは六郎という惣領名を持つ祖先も何人もいるのだ」

「結構でございますね」

「六郎が家を継ぐときには、出羽国すべてが安東のものとなる」

「無理を仰せになっては……」

「そんな気概でいたいという話だ」

愛季は六郎と名づけた赤子を侍女に渡した。

「佐枝……寝たままで聞いててくれ」

「なんでございましょうか」

佐枝はけげんな顔で、愛季を見た。

「鹿角をな……手に入れた後、どのように治めるかで悩んでいる」

「まぁ、殿さま」

佐枝はあきれた声を出した。

「もう、まつりごとのお話でございますか」

「詮ないことだ。いままでそなたは子を産むのに忙しく、相談できなかったのだからな」

愛季は宗右衛門に尋ねても答えが見つからぬときには、必ず佐枝に相談していた。

佐枝は、三度に一度はよい知恵を授けてくれるのだった。

「なんでもお話し下さいませ」

佐枝はあきらめたように微笑んだ。

「力攻めするほかないのだが、あの地はむかしから陸奥国だ。手に入れても民は出羽人であるわたしを嫌うに決まっている」

「領民に嫌われては、国は治まりませんね」

　佐枝は額を曇らせた。

「そうなのだ。なにかよい策はないか」

　しばらく考えていた佐枝が、小さく口を開いた。

「鹿角の民が大切にしているものがございましょう」

「大切にしているものか。調べさせればわかるだろう」

「その大切にしているものを、さらに大切になさいませ」

「なるほど」

「きっと、民のこころはほどけて参りましょう」

「わかった。そなたの言葉はいつも正しいからな」

「そんなことはありませぬ。まことは殿さまはお答えをご自分のなかにお持ちなのです。わたくしは殿さまのお考えを映し出す鏡に過ぎませぬ」

「そんなことはない。そなたはわたしの考えてもいないことを教えてくれる」

「わたしはただ、人のこころに沿うことを考えるだけでございます。民の気持ちに立って考えているだけでございます」

「そうか……よくわかった。起こしてすまなかった。眠るがよい」

佐枝はほほえみながらうなずいた。

檜山安東家の将来を担う存在である六郎を得た愛季は、喜び勇んで鹿角攻略への意欲を燃やし始めた。

十月、十分な軍備を整え直した愛季は、ふたたび鹿角に侵攻した。

まず谷内城を難なく落とし、ついで主城長牛城を襲った。鉄砲隊の威力もあって城兵は一方的に攻め立てられ、長牛城は全滅に近い形で落城した。

城主の一戸友義は、辛うじて三戸に逃れた。

鹿角は南部氏から愛季の領土となった。

愛季は舞楽で有名な鹿角の大日堂に、若狭国金谷で鋳造した豪奢な梵鐘《ぼんしょう》を寄進し、鹿角領民の鎮撫をはかった。佐枝の献策がかたちとなったものであった。

二

暦は翌十一年の三月となった。

待ちに待った檜山の雪解けが始まって十日ほど経った頃のことであった。

中庭の泉水べりの梅の木からウグイスの声がのどやかに響いている。

愛季は主殿の書院で宗右衛門と碁を打っていた。

静けさの中に碁石が鳴る。

「奥は、起きて参ったか……」

だが、愛季の心のなかは近頃、床に就きがちな佐枝のことで占められていた。

六郎を産んで以来、佐枝は肥立ちが悪く、日々痩せ衰えていった。

佐枝の病状は瀬河弦州《げんしゅう》という若い医者が診ていた。愛季の父、舜季の死を看取った弦斎の長子である。

弦州は腕のよい医者だったが、この冬の寒さに佐枝の弱った身体は痛めつけられていた。

ひどい咳が続くかと思うと高い熱を発するような日も多かった。

濡れ縁を踏み鳴らす音が聞こえ、主馬があたふたと足を運んできた。

尋常なるざる事態が起きたに相違ない。

目の前で平伏する主馬の背中を愛季は嫌な予感で見た。

顔を上げた主馬の顔はこわばっていた。

「申しあげます。鹿角からの急使が参りました」

「なにがあった」

「鹿角が……南部に獲られました」

愛季と宗右衛門は顔を見合わせた。

「南部大膳大夫晴政が世子信直とともに率いる軍勢が来満《らいまん》峠越えで三戸鹿角街道沿いに大《お》湯《ゆ》に着陣しました」

「詳しく話せ」

「なにっ、晴政本人が出陣したのか」

思わず腰が浮きそうになった。

「はい。さらに親族の九戸《くのへ》左近将監《さこんしょうげん》が率いる軍勢が保呂辺道を通って三ヶ田城に入りました」

「九戸左近将まで出陣したと申すか」

愛季はうなり声を上げざるを得なかった。

九戸城主の九戸左近将監政実《まさざね》は、南部一族の中でも勇猛で器量の大きい武将として知られていた。

「北と南から鹿角を挟撃したのでござるな」

宗右衛門の声もかすれた。

大湯は鹿角の西北にあり、三ヶ田城は鹿角の南、八幡平の北麓に位置する。

南部家は総力を挙げての鹿角奪還に出たのだ。

「南部がまさかここまで本気で攻め寄せるとは……」

予期していなかった自分を愛季は悔いた。

「それで……いま、鹿角はどうなっている」

「はぁ……鹿角郡の諸将は、片っ端から大湯へ参陣しているようです」

「諸手を挙げて降参か」

「無理からぬことでしょうな。南部の主力が兵を進めてきたのですから、少なく見ても五千。鹿角の小領主たちがかなう相手ではありませぬ」

宗右衛門は腕を組んで顔を曇らせた。

「して……阿保の三人はどうした」

先の戦いで檜山安東家に内応し、鹿角奪取の大功労者であった阿保三人衆は、南部家から見れば大悪人である。一番先に首を狙われたはずだ。

「柴内相模、大里備中、花輪中務のお三方は、なんとか郡外に逃れたとのことです」

「生命を拾えたのであればよかった」

三人が檜山城へ逃れてくれれば、むろん厚遇するつもりであった。

「さて……善後策を講じなければなりませぬ」

「もはや鹿角はあきらめるよりほかないか」

愛季は唇を噛んだ。

二年も掛けてようやく豊かな土地を手に入れたが、南部との正面衝突となれば多くの将兵を失うことは目に見えている。

残念ながら両家の総力戦となれば、南部家に勝てる見込みはない。下手をすれば、檜山安東家そのものが滅んでしまう。

涙を吞んであきらめるしかなかった。

「それどころではございませぬ。鹿角まで晴政が攻め寄せてきたということは、次なる南部の狙いは比内でございます」

「うむ……となると、最悪の絵図は勝頼の寝返りだな」

南部が現在の布陣から大攻勢を掛けてくれれば、浅利勝頼は、ひとたまりもない。愛季を裏切って南部につかなければ滅びることになる。

「勝頼が裏切れば、鹿角に続いて、大切な比内を南部に奪われまする」

「比内を失ったら、領内の米が足りなくなる……なにか方策はないか」

「晴政がこれ以上、檜山安東家と戦えないようにするほかはありませぬ」

「そんな手があるか」

愛季の問いに宗右衛門は顔をしかめた。

「ひとつだけ……しかし、殿はおそらく首を縦には振らないでしょう」

「もったいぶらずに話せ」

「浪岡御所《なみおかごしょ》と縁戚を結ぶのです」

「なに……北畠《きたばたけ》の御所さまか」

村上源氏の北畠家は南北朝時代に南朝の重臣として活躍した家柄である。権大納言の北畠顕家《あきいえ》は鎮守府将軍として陸奥国に下向し足利尊氏《たかうじ》との戦いで敗死した。その末裔とされ、津軽の浪岡に根拠を持つ公家大名が浪岡氏である。陸奥国で唯一、侍従まで昇進する家柄であった。

奥羽では古くから浪岡御所、北の御所として諸家からの尊崇を集めていた。

いまの十代当主は北畠（浪岡）弾正顕村《あきむら》であった。

「先代の式部大輔具運《ともかず》さまは永禄五年に家督と領地争いのために庶流の河原御所に殺されました」

「長牛城の戦いで比内が我が麾下に入った年であったな……親族骨肉相争う。まことに悲しき話であった」

永禄五年初春、具運の叔父で、河原御所こと北畠具信《とものぶ》は年賀の挨拶に浪岡御所を訪れ、応対に出た具運をいきなり刺殺した。

かたわらにいた具運の弟である顕範《あきのり》がその場で誅殺《ちゅうさつ》したが、この内乱で、浪岡御所の家運は大きく傾いた。後に言う「河原御所の乱」である。

「現当主弾正さまは、叔父に当たる顕範どのの後見によって家督を継いでおります。が、まだ元服したばかりの十四に過ぎませぬ」

「わたしが檜山の家を継いだのと同じような歳だ。もっともわたしには後見してくれる者もなかったが……」

愛季は父の急死で家督を継ぎ、気を張り続けていた若き日々を思い出していた。

「殿はあのお若さで、すでに一族の長の風格をお持ちでござった。されど、並みの人物では十四で家を束ねることは困難な話。当主が若年ゆえに、北畠家の一族郎党が抱えている不安は大きいと存じます」

「いや、あの頃の我が家の家来どもも、不安に脅えておったのではないか」

愛季は声を立てて笑った。

鹿角が奪われて笑うどころではなかったが、暗く沈んでいても事態は少しも好転するわけではない。

「決してさようなことはございませぬ。『載舟覆舟』の旗の下、檜山の家臣の心はひとつになっておりました」

「そこもとも我が帷幄に加わってくれたしな」

「身どもは殿に口説き落とされましたからな」

宗右衛門は静かに微笑んだ。

「身分は尊貴ながら、永禄五年このかた、浪岡御所の力は衰えるばかりだな」

家運の揺れ、一族の浮き沈み……愛季には身につまされる話であった。

「さよう。それゆえ、浪岡御所は、我が檜山安東家が後ろ盾となることを望んでおります」

「よくわかった。だが、縁組みが南部への抑えとなるのか」

「もともと南朝方の流れを汲む南部家は、古くより浪岡御所に対して尊崇の念を抱き続けております。もし、檜山安東家が浪岡御所と縁戚となれば、我らが領土に容易には攻め込んでこられないはず……」

「言葉は悪いが、我らは富と武の力を供し、代わりに、浪岡御所の家名の威勢をお借りするという策か」

宗右衛門は黙ってうなずいた。

愛季はこの策が南部の比内侵攻を押し留める大きな力を持つことを確信した。

武士は家名を尊ぶ。

天文年間に小田原の北条氏綱《うじつな》が自分の娘を、第四代古河《こが》公方である足利晴氏《はるうじ》に嫁がせているのも、同じような理由からであった。これにより、氏綱は関東管領を名乗ることを許されている。もっとも、これは室町幕府から任命された正当な管領職ではなかったが。

「実は身どもが考えた策ではござらぬ。以前より蝦夷の蠣崎若狭どのより話がございましてな。浪岡御所さま後見役の顕範どのが、檜山安東家と結びたいと願っておられる由」

安東家西蝦夷奉行の蠣崎若狭守季広は、高齢ながら覇気ある人物であった。

いまのところ愛季に忠実な被官であるが、一方で自分の娘たちを奥羽の諸大名家に輿入れさせている。いつかは独立したいという野心を感じさせる男でもあった。

「そう言えば、季広は三男の慶広《よしひろ》を御所さまに臣従させていたのだな」

「はい。慶広どのは将来、蠣崎の家督を継ぐことになりましょう」

「そうであった。蠣崎若狭は長男と次男を長女に殺されているのだったな」

不幸なことに、長子と次子は二人とも、家臣の南条広継《なんじょうひろつぐ》に嫁いだ実の姉である長女に毒殺されていた。この頃の諸家は親族が骨肉相争うのがふつうのことになっている。

浪岡家といい、蠣崎家といい、愛季は末法の世の訪れを感じざるを得なかった。

南条広継と長女は成敗されたが、家督は三男の慶広が継ぐことになろう。

「蠣崎若狭どのもあの内紛で気弱になっており申す。浪岡御所さまと檜山安東の御家を結びつければ、蠣崎の家にとってもなにかと都合がよいと考えたようです。さらに申せば、ご当主浪岡弾正さまは温厚なお人柄と伺っております」

「よくわかった。されど……」

愛季は悩まざるを得ない。

浪岡御所との縁戚を築くとは、すなわち愛季長女の松を弾正の正室に送り込むことにほかならなかった。

滅多に吐かぬため息を漏らしながら、愛季は言葉を継いだ。

「松はまだ七つだ……」

「御意……」

宗右衛門の声は大きく震えていた。

「七つ上ということであれば年回りもよい。されど、年端《としは》も行かぬ松を、遠い津軽の浪岡で暮らさせるのはあまりに不憫《ふびん》だ」

浪岡へは比内の大館を通って津軽の南端の大鰐《おおわに》に出て、さらに北へ上る。檜山城からは三十里（一二〇キロ）弱はある。四日は掛かる道のりを隔てている。

「身どもも同じ思いでございます」

「淋しくなっても、すぐに檜山に帰ってくることはできぬ」

「一の姫さまにはあまりにお気の毒なお話でございます。かようなお話を持ち出した己を恥じるべきと思うております……」

この非人情な策を伝えなければならなかった宗右衛門の苦衷は、愛季にはよくわかっていた。

「しばらく考えることにいたす」

「はい。これ以上は家臣たる身どもが申しあげることはなにひとつございませぬ」

宗右衛門は静かに目を伏せた。

陽が高くなった頃、愛季は奥向きの佐枝のもとに向かった。

佐枝は縁側で侍女に髪を梳《す》かせていた。

「調子はどうだ」

「とんだところをお目に掛けました。嫌でございます。突然にお越しでは」

童女のようにはにかんで笑うと、佐枝は後ろへ流した髪を侍女に束ねさせた。

「茶でも淹《い》れてもらおうか……」

「はい、ただいまお持ち致します」

「いや、四半刻ほど二人にしてくれ」

侍女はけげんな顔で一礼して去った。

愛季と佐枝は縁側に向かい合って座った。

（ますます痩せたな……）

もともと痩せぎすの佐枝だが、頬の化粧では隠しようのないやつれが見える。

陽の光に透けるような青白い肌に愛季は不安を覚えた。

二人きりになったところで、愛季は思いきって切り出した。

「実はな……苦しい話をせねばならぬ」

「なんでございましょう」

佐枝の頬がこわばった。

「鹿角が南部に奪い返された」

「それは……」

「豊かな土地だけに口惜しいのよ」

「殿さまがずっとご苦労をなさっておりましたのに」

　佐枝の声も沈んだ。

「だがな、懸念はそれだけではない。南部は当主の大膳大夫自らが大湯まで出兵して陣を敷いた。このままでは比内すら奪われてしまう」

「比内も失えば、領内の民は困りましょう」

「そうなのだ。不作が続けば、また餓死者が増える」

「恐ろしいことでございます」

　佐枝の顔はこわばった。

「わたしは領内に餓死者を出したくはない」

「殿さまのお気持ちはありがたいことでございます」

「比内を守る術が一つだけある……ただ、そなたはうなずかないことと思う」

　不安な面持ちで佐枝は眉を寄せた。

「お話し下さい」

　愛季もさすがに言い淀んだ。

「浪岡御所との縁組みだ……」

　佐枝の青白い顔から血の気が引いた。

「松を嫁にやると仰せですか」

愛季は黙ってうなずいた。

「そんな……」

佐枝は顔を伏せた。

「浪岡家の当主である北畠弾正どのはまだ十四でな。温厚なお人柄と聞いている。松の相手として不足はない」

「でも、松はまだ七つの子どもでございます」

「むろんわかっている」

愛季はわずかでも強い声を出した己を恥じた。

「だが、北奥羽の諸家から尊崇を集める浪岡御所への輿入れであれば、松の将来にとってもめでたい話と考えている」

「浪岡はあまりに遠うございます」

「わたしもそのことは不憫《ふびん》に思う。されど、これよりほかに比内を守る手はないのだ」

「なにゆえでございますか」

叫ぶような佐枝の声に負けじと、愛季は強い口調で言葉を続けた。

「南部はもともと南朝家臣の家柄。浪岡御所に対して特段の敬意を抱いている。もし、松が弾正顕村どのに嫁せば、わたしはその岳父ということになる。南部家は滅多なことでは比内をはじめ我が領土に兵を進めたりはせぬ」

佐枝を説得するつもりでここへ来たのではなかった。

悩む気持ちを打ち明けたかったのだ。

しかし、話しているうちに、比内を守る策はほかになく、松にはどうあっても浪岡へ嫁いで貰わねばならぬという気持ちに変わっていた。

「比内を守る術《すべ》はわかりました。わたくしたち大名家の女は、いざという時には己が身を殺してでも国や領民のために生きねばならぬと思うております。わたくしが殿さまに嫁ぐときもそのような覚悟で船に乗りました。遠い檜山に参るときには荘内の野や山の見納めと思っておりました」

永禄四年に十七で嫁してきてから七年。佐枝は一度も檜山城下から出たことはなかった。

「わかってくれるか」

だが、佐枝は大きく首を振った。

「ただ、それは大人の話でございます。年端もゆかぬ松に、遠い浪岡で暮らさせるわけには参りませぬ」

佐枝の瞳は大きく潤んでいた。

「そなたの同意はやはり得られぬか」

「せめて、あと三年。十を数えれば、まだしもと思いますが」

「三年も待っておれば、比内は南部のものとなってしまうのだぞ」

「殿さまは松がかわいくはないのですか」

佐枝の声が尖った。

「馬鹿を申すな。松はわたしにとって初めての子だ。かわいくないわけがなかろう」

「それならばなぜ、このような情にもとるお話をなさいます」

佐枝の頬は引きつった。

「だがな……。わたしもそなたもただの人ではないのだ」

「ただの人ではない……」

佐枝は絶句した。

「わたしたちの喜び悲しみはわたしたちのものではない。『載舟覆舟』の船頭がわたしだ。この船に乗る者すべての喜び悲しみについて、わたしは責めを負わなければならぬ」

肩で大きく息をついて愛季は言葉を継いだ。

「わたしに嫁したそなたも、わたしたちの娘としてこの世に生を受けてしまった松もまた、その責めをともに負わねばならぬ。我らは己を空しうしても家臣や領民のために生きねばならぬのだ」

佐枝は唇を嚙んで視線を板床に落とし、しばらく黙っていた。

泉水べりでヒタキらしき小鳥がひゅるりと鳴いた。

やがて顔を上げた佐枝は、真剣な顔で愛季を見据えた。

「殿さまのお心根、よくわかりました。松の母として申したいことは申しあげました。檜山城主安東太郎の室として申すことは何もございませぬ」

「そうか。わかってくれるか」

「ただ、もし輿入れがかなったおりにはわたくしも浪岡に参りとう存じます」

「山道を歩き続け、数日もかかる道のりであるぞ」

「婿となれば義理の息子でございます。浪岡御所さまに拝謁し、その人となりを知らぬでは母として納得が参りませぬ」

「されど、そなたは身体が本当ではないのだから」

愛季はとにかく佐枝の身体が心配だった。

「どうか浪岡行きをお許しください。わたくしの心よりのお願いでございます」

佐枝はすがりつくような目で言った。

愛季にはもはやあらがう気持ちはなかった。

「あいわかった。すぐに宗右衛門を浪岡に派す。縁組みが成ったおりには、そなたとともに浪岡に参ろう」

愛季は苦しい気持ちを覆い隠すように、あえて明るい声で告げた。

佐枝は硬い面持ちでうなずいた。

——わたしは、森羅万象に対して「一即一切」の教えを忘れず、万民には「載舟覆舟」の心で接し、さらに危急のおりには「枉尺直尋」の理によって果断を為して、この檜山を治めて行こうと考えます。


若き日にいまは亡き安祥和尚に向かって誓った言葉が脳裏に蘇った。

あれから十数年、愛季は常住坐臥、寝ても起きてもこのときの誓いを忘れた日はない。

悩んだとき、この三つの理がどれほど助けとなったか。

なかでもいちばん厳しい「枉尺直尋の理」。

小の虫を殺して大の虫を助けること……大きな利益のために小さな犠牲をよしとする『孟子』の教えである。

（まさか我が娘によって「枉尺直尋の理」を行うことになろうとは……）

愛季の胸を鉛のように重苦しいものがふさいでいた。

三

さわやかな夜風が浪岡城内館の主殿を吹き抜けている。

松姫が輿入れして三日目の今宵、浪岡城では親族と北畠家の主立った家臣たちへのお披露目の宴が始まろうとしていた。

舅、姑がいない上に、年端もいかぬ松姫の輿入れということもあって、常にはないかたちで愛季と佐枝も祝宴に連なることとなった。

さらに言えば、この祝宴は安東・北畠両家の絆をつくる大切な場でもあった。

浪岡城は、北出羽ではあまり見ぬ平城であった。

二重の堀で囲まれた曲輪内には、新館、東館、猿楽館、北館、内館、西館、検校館と七つの館が扇のようにひろがっている。

ひとつのひとつの館が小領主の居館並みの広さを持っている。その広壮で雅やかなたたずまいは御所の名に恥じなかった。

このうち顕村の居所である内館は城の南側に位置し、中土塁を持つ二重堀の向こうは急峻な崖で、浪岡川と正平津川《しょうへつがわ》が流れて天然の要害となっていた。

(だがしかし……もし南から大軍に攻められたらひとたまりもないな……)

濡れ縁で遠く響く瀬音と蛙の声に耳を傾けながら、愛季は思っていた。

浪岡城のゆるやかな造りは、険阻な地形で防御力の高い檜山城とは大違いである。

また、城の縄張りは、街道の通る北に重きを置いている。

南の浪岡川側から攻め立てることができれば、この城を落とすことは難しくはない。

この地は津軽の要所であった。南部領の糠部郡《ぬかのぶ》から津軽に入る位置にあり、また、蝦夷に渡る地である外ヶ浜（津軽半島北部の陸奥湾沿岸一帯）に通ずる街道沿いにあった。

津軽は浪岡に北畠家、南の平賀郡《ひらか》に南部一族で大光寺《だいこうじ》城主の大光寺家、西の鰺ヶ沢《あじがさわ》には南部庶家である久慈《くじ》氏の流れを汲む種里《たねさと》城主大浦氏の勢力が拮抗《きっこう》していた。

（いまの奥羽でこの城に兵を進める者はおるまい）

河原御所の乱で勢いが衰えたとは言え、大光寺、大浦の二氏は南部家の庶流なので、北畠家を脅かすような恐れはなかった。

たくさんの雪洞《ほんぼり》であかあかと照らされた主殿には、数十人の素襖姿の武士たちがずらりと並んでいた。

上座の金泥に芍薬《しゃくやく》を描いた豪奢な屛風の前には、男びな女びなのように新郎新婦が座る。

（さすがに貴種は面立ちからして違う）

目の前に座る立烏帽子で直垂姿の北畠弾正顕村は、背も高く目鼻立ちがすっきりときれいで、村上源氏の血を引くだけの美貌の若者であった。

隣に紅花色の小袖に白い打掛姿の松姫が座る。

我が娘ながら、小作りな顔立ちは佐枝の若い頃よりも秀でていると思う。

だが、こうしてきちんと化粧させて、大人の女の装束で座っている姿は、背も伸びきらぬ七つの童女だけに痛ましくて見ていられなかった。

「いやいやめでたい。なにしろ安東どののご先祖は、我らが祖の顕家公に殉じて下さったのでござる。その誠忠の家との縁戚となったは、我が北畠にとって何よりの良縁。両家の弥栄《いやさか》は増すばかりでございますな」

顕村の後見人である四十年輩の顕範はひげ面《づら》に快活な笑いを浮かべた。

愛季の遠祖である安藤貞季《さだすえ》は、津軽十三湊に根拠を持ち、福島城を築いた傑物であった。

この貞季は、顕村の祖、鎮守府大将軍北畠顕家に従って足利尊氏軍と戦い、ともに和泉国石津《いしづ》で討ち死にしていた。鎌倉時代末期の話であるが、その意味で、北畠家は安東家に借りがあるのである。この時期、安東氏は安藤と名乗っていた。

「我ら安東の家は此度の慶事を機に浪岡御所さまを力を尽くして守《も》り立てて参ります。岳父となりましたからには、御所さまを我が子以上に大切に致す所存」

愛季は堂々と言い放った。

身分の尊貴さでは奥羽随一の顕村に対して、庇護者としての立場を宣明したのである。

北畠家家臣団の中に緊張が走った。

愛季の言辞を屈辱的な言葉ととっている者が少なからずいるに相違ない。

顕範はしきりと黒い口ひげをひねっている。

だが、顕範も真っ向から苦情を口にするわけにはいかないようだ。安東家の後ろ盾を欲したのは北畠家なのである。

「義父上、何分にもよろしく頼みます」

顕村の涼やかな声が響いた。

はっとした顔で顕範は顕村を見た。

かすかに顕村はうなずき返した。

「さ、さよう……檜山どのは御所さまには岳父。向後は御所さまと我が北畠の家を存分に守り立てて頂きたい」

顕範のこのひと言は、浪岡御所の権威が愛季の力に屈した瞬間を意味していた。

「しかと承知しました」

愛季は重々しい声であごを引いた。

表情を明るいものに変えた顕範が、ひげを振り振りあえて陽気な声を上げた。

「さぁさぁ、今宵は、上方の銘酒を存分に召し上がってくだされ」

北畠家の家士たちが酒を注いでまわり、祝宴はなごやかに始まった。

愛季と佐枝が新郎新婦の前に進んだ。

祝いの盃を交わすためだった。

もちろん、松は酒など飲める歳ではない。

すべてはかたちだけだった。

輿入れから二日間は、親族は会えないのが典礼である。

同じ浪岡城内にいても、愛季夫婦と松との対面は二日ぶりであった。

「北畠の家の女として、しっかりやるのだぞ」

唇を嚙みしめ、黙ってうなずく松の姿は痛ましい。愛季は不憫でならなかった。

「松……そなた……」

佐枝は松の顔を見つめて、言葉を途切れさせた。

松は言葉を発してよいかがわからぬらしく目を、ぱちくりとさせて黙っている。

嘆きの表情を見せていないのは、自分が父母と遠く離れてしまうことを、頭ではわかっていても実感が薄いのであろう。

「松、母上にごあいさつしなさい」

いたたまれず愛季は声を掛けた。

「母上さま、松は淋しくありませぬ」

「そうか、淋しくはないのですね」

佐枝の声がかすれた。

「御所さまはおやさしい方です」

「よかった……まことに……」

佐枝は松の肩に手を掛けて声を震わせた。

そのままうつむいて黙りこくっている。

下手に言葉を発すれば、泣き出してしまいそうなのだろう、そう愛季は思った。

祝いの席で笑いは縁起がよく喜ばれるが、涙は不吉なものとして忌み嫌われる。

「はははは、これはいい。北の方は御所さまをお気に入りのようだ」

その場を取り繕うように顕範が大笑いした。

笑いは婚儀の席ではめでたいものとして喜ばれる。

だが、広間には気まずい沈黙がひろがった。

誰しも松姫が幼すぎる花嫁であることを痛ましく思っているのである。

武家では、家同士の都合で大人にならぬ者が婚姻することは珍しくもないが、さすがに七つは幼すぎる。

だが、男子であれば、七歳で人質に出されることも珍しくはない。いまの世の武家の家族は家を保つためには、人情など捨て去らねばならない。

「お泣き遊ばされても一向に差し支えございませぬ」

若々しいよく通る明るい声が響いた。

中ほどの席に、素襖折り烏帽子姿の武士が口もとに笑みを浮かべて座っていた。

まだ若い。二十代の半ばといったところだろう。

目が怜悧《れいり》で、いかにも切れ者といった雰囲気を持つ、品のよい顔立ちの男であった。

「記紀にも万葉にも、はたまは風土記にも、婚儀に涙を避けるような話はございませぬ。

ずっと新しい習いかと存じます。お気になさることはございませぬ」

賢しらげにも聞こえるが、温かい言葉だった。

「まことさようであるか」

「はい、檜山さま。いにしえの人々はもっと素直だったのでございましょう」

「これはよいことを伺った。古式によれば泣いてもよいそうだぞ」

愛季は佐枝に向かって笑いながらうながした。

「何を仰せですか。泣きたいのは松のほうでございましょう」

さすがに佐枝は恥ずかしそうな顔で席へ戻った。

「いいえ、母上。松は少しも悲しくありませぬ」

きょとんとした顔で松が口にした言葉で、場になごやかさが生まれた。

(なかなかすぐれた男であるな)

「お手前のお名を伺いたいが」

「これは失礼を。手前は南部弥左衛門《やざえもん》と申します」

「ほう、南部のご一族でござるか」

「庶家ではございますが、父祖代々、浪岡御所さまの臣でございます」

「記紀や万葉をよく諳《そら》んじているとは恐れ入る」

「手前の家は、代々文事を以て御所さまにお仕えしております。京への使いにも参る役柄ゆえ、お公家衆との交際もせねばなりませぬ。それゆえ、幼い頃より万葉などに親しんで参りました」

「なんと、京へも」

「はい、たびたび。はじめは苦手だった船にもすっかり慣れました」

弥左衛門は明るい声で笑った。

（この男、手に入れたい）

愛季は檜山安東家をさらに栄えさせるためには、中央の有力者と結ばねばならぬと考え続けていた。

これから京畿の公家や室町幕府とのつきあいをする上で、京畿に通じた家臣はどうしても必要となってくる。

檜山家の知恵袋は奥村宗右衛門である。その知謀は数々の場で愛季を扶《たす》け導いてきた。しかし宗右衛門は、もとは八龍湖の北岸にある森岳の小領主であった。愛季が出羽人を頼ったためである。他国、まして京畿のことにはそれほど明るくはない。

そこで、いままでは佐枝の父である砂越也息軒が檜山安東家の代わりに、他国との交通（連絡の意味）役になってくれていた。

しかし、也息軒のつきあいは越州の上杉氏が限界で京畿には及んでいない。さらには高齢であって気安く遠国へ行き来できるはずもない。

　弥左衛門のように文字に明るい上に公家とのつきあいもあり、おまけに若く優れた男は、奥羽ではそうたやすく見つかるものではなかった。

「南部宮内少輔《くないしょうゆう》は当家にとって欠くことのできぬ臣。檜山どのに奪われてはかないませぬ」

　愛季の内心を見透かして、顕範が牽制してきた。宮内少輔を自称しているらしい。

　ここははっきりと気持ちを伝えるべきであろう。

　顕範を無視して愛季は顕村に請うた。

「御所さま、南部弥左衛門どのを檜山へ住まわせては頂けないでしょうか」

「なんのために弥左衛門を檜山へ置くのか」

　顕村の涼やかな声が響いた。

「この浪岡城は実に素晴らしい城です。されど、正直申して浪岡は京畿には遠うござる。弥左衛門どのには檜山に住んで頂き、御所さまと檜山安東のために京畿へ往還して頂く。両家が栄えるためには京畿と親しく結ぶことが肝要と存じます」

「しかし、檜山どの……」

　顕範は大ひげを震わせて眉根を寄せた。

「弥左衛門の気持ちはどうか」

　顕村は静かに訊いた。

「やつがれは檜山さまのお言葉に従いとうございます。外ヶ浜から船に乗って野代まで参るだけでも難儀なのです。少しでも京に近い檜山や野代におれば、御所さまのお役に立つことが、いまよりもずっと多くできましょう」

弥左衛門は熱っぽい調子で答えた。

「よくわかった。では、弥左衛門を婚儀の祝儀返しに義父上に差し上げまする」

顕村は微笑んであごを引いた。

「御所さま、よろしいのですか」

諫める顕範に、顕村はゆったりとした調子で答えた。

「顕範、そもそも弥左衛門の才は南部や大浦、大光寺などとのつきあいだけでは勿体《もったい》ない。義父上のお手元に置いて頂いて、存分にその才を活かしたほうが、ずっと両家のためになるではないか」

「はぁ……かしこまりました」

不承不承に承知した顕範に笑顔でうなずいて、弥左衛門に顔を向けた。

「よいな弥左衛門」

「この南部弥左衛門季賢《すえかた》、喜んで檜山さまにお仕え申します」

弥左衛門は板床に手をついた。

季賢という諱《いみな》を口にしたことでも、弥左衛門の臣従の意志が明らかとなった。諱は通常は主筋や家族以外には口にしないものだ。

「頼むぞ。弥左衛門。檜山ではそこもとに任せたい仕事が山とある」

「はっ、力を尽くしまする」

顔を上げた弥左衛門は、頬をわずかに紅潮させていた。

河原御所の乱以降、衰えはじめた浪岡御所よりも、力を出せる舞台を求めているのに相違ない。

（弥左衛門はきっと檜山のために大きな力になってくれよう）

弥左衛門の面持ちを見て、愛季はたしかな予感を感じていた。

祝宴はめでたくお開きとなり、愛季たち夫婦は客殿として用意された猿楽館の瀟洒《しょうしゃ》な建物へと移った。

開かれた蔀《しとみ》の向こうに舞台が見えている。

寝所として案内されたこの建物は、本来は当主が客を招いて猿楽を観るために造られた建物なのだろう。絵や書をよくする愛季だが、猿楽には暗かった。

金泥に四季の花を描いたふすまを持ち、なんと畳まで敷いてある。

畳は八代将軍足利義政の頃から京畿では流行っていると聞く。だが、奥羽の地ではあまり見掛けることはなかった。

贅を尽くした居室で、愛季は佐枝と向かい合って酒を飲んでいた。

「そなたとこうして二人で、しみじみ向かい合うのは久方ぶりだな」

「嫌ですわ。わたくしの顔をそんなにご覧になっては」

頬を染めた佐枝は、嫁に来たあの夜のような初々《ういうい》しさを失っていなかった。

すでに松と菊、さらには嫡男の六郎を産んだわけだが、糟糠《そうこう》の妻と言うにはほど遠かった。もっとも、佐枝はまだ二十四を数えるに過ぎなかった。

なんとなく照れくさくなって、愛季は話題を変えた。

「よい縁組みだったな」

「はい……」

佐枝はうつむいた。答えを探しているようだった。

「御所さまは、すこぶる美男ではないか。松との取り合わせはよい」

「それよりも、やさしく賢いお方であることに安堵致しました」

顔を上げた佐枝はわずかに微笑んだ。

「うむ……わたしが南部弥左衛門をほしいと言い出した時の振る舞いなど見事であった」

「尊貴なお生まれなのに、人の心をよくわかっておいでで、人を思う心もお持ちで、わたくしは嬉しゅうございます」

「そなたがこの縁組みを喜んでくれてよかった」

「されど……やはり松は幼すぎます。これからの日々、この遠い浪岡の地で一人で過ごさねばならぬと思うと、不憫でなりませぬ」

「もう繰り言を申すな。しかし、孫の顔を見られるまでには十年はかかろうな」

愛季のこの言葉に、佐枝の顔が翳った。

「殿さま……松の輿入れを見届けたいという、わたくしのわがままをお聞き届け頂き、浪岡までお連れ下さいましてありがとうございました」

見当違いの答えに、愛季は戸惑った。

「そうでなければ、納得できぬと申したのはそなただぞ」

「松とはもう会えぬ気がしたのでございます」

「なにを申すか。不吉な……」

「申し訳ありませぬ。戯《ざ》れ言《ごと》でございます。和子《わこ》の顔を見るまでは、何があっても気張って生きて参ります」

佐枝はあわてて言葉を打ち消した。

だが、愛季はいいようのない不安に包まれるのだった。

中庭でけらの鳴く声が、愛季の耳には淋しく響いた。

翌朝、愛季と佐枝は多くの安東家家臣に守られて、浪岡城を後にした。

佐枝は静かに輿に乗っている。

騎乗の愛季の後に続く馬の背で、南部弥左衛門が誇らしげに手綱を引いていた。

右手を振り返ると、遠く岩木山がぼうとかすんでいる。

遠ざかる平野に、松を置いてゆかなければならぬ淋しさのなか、愛季は津軽を後にした。

四

数日後、愛季は無事に檜山城へ帰還した。

長旅にもかかわらず、佐枝は出発前よりも元気を取り戻しており、愛季は息を吐《つ》くことができた。

翌日、家臣一同に南部弥左衛門を紹介し、とりあえずは愛季の馬廻りとして抱えることを宣明した。

昼過ぎに、愛季は書院に奥村宗右衛門と南部弥左衛門を呼んだ。

「あらためましてごあいさつ申しあげます。南部弥左衛門でございます」

弥左衛門は、板床に手を突いた。

愛季の股肱《ここう》の臣であり、檜山安東家の重臣である宗右衛門には恭敬な態度を見せている。

「奥村宗右衛門と申す。向後はよしなに」

宗右衛門は愛季に向き直って微笑んだ。

「浪岡御所がよく手放しましたな」

「無理やり貰い受けて参ったのだ」

愛季は声を立てて笑った。

「こんにちの京畿は混迷にあるやに聞き及ぶが」

宗右衛門は真顔になって問うた。

「京都さまを追い払って京畿に台頭していた三好家が衰えた後は、覇を握ろうと有力大名が争い続けておりまする」

「どのような大名家が台頭しているのだ」

愛季の問いかけに弥左衛門は堰《せき》を切ったように話し始めた。

「これがお答えするのが難しいのです。年々刻々と力を持つ者が変わってゆきます。近国では越後の上杉家でございますな。永禄四年に上杉弾正少弼（謙信）どのが山内上杉家の家督と関東管領職を継いでから、名目上は奥羽の諸大名も上杉家の仕置きに従わなければならぬわけですから」

関東管領は室町幕府の制度上は、東国の束ねであった。

宗右衛門が得たりとばかりにうなずいて言葉を発した。

「当家も越後上杉とは誼を通じておる。それどころではない。永禄四年の武田との戦いには、援兵まで送っている」

「その方策はまことに正しかったと存じます」

「越後上杉、能登畠山、越前朝倉の三家とは厚誼を重ねなければ、北海の舟運《しゅううん》を続けられぬからな」

それぞれが北海沿いの大きな湊を領有する大名家である。

「たしかに、敦賀湊を押さえている越前朝倉氏もまた強大な力を持ちます。北海の富は、上杉家の持つ直江津から関八州など東国へ流れます。が、それ以外のほとんどが敦賀に集まり近江海《おうみのみ》（琵琶湖）を経て京畿へ運ばれるわけでございますからな」

「うむ、それゆえ、当家も古くからつきあいのあった朝倉氏とは、永禄五年以来、ふたたび使者を送り厚誼を重ねている」

「ただ、上杉どのは甲斐の武田、小田原の北条、越前の一向一揆衆との戦いに明け暮れざるを得ず、京畿に兵を進めるゆとりがございませぬ。その間に出頭人となったのが尾張の織田尾張守《おわりのかみ》でございます」

弥左衛門は愛季と宗右衛門の顔を交互に眺めて言った。

「織田……尾張斯波《しば》氏の家臣から出て、岐阜まで勢力をひろげた出来星大名であるな」

宗右衛門は意外という顔をした。

九年前の永禄三年、織田尾張守信長が駿河守護の今川義元を尾張国桶狭間《おけはざま》で倒し、尾張から美濃へと勢力をひろげていることは愛季も知っていた。

だが、織田尾張守が京畿の出頭人と呼ばれるほどに成長しているとは思ってもいなかった。

「一昨年、織田尾張守は足利義昭公を擁して入京し、義昭公は十月に将軍宣下を受けて第十五代の公方さまとおなり遊ばされました」

「それはまことの話か」

愛季も宗右衛門も身を乗り出した。

「やはり出羽には半年以上を経ても伝わっておりませぬか」

「それは、当家がいままで京畿に人を派していなかったためだ。最上や大宝寺は知ってるに違いない」

宗右衛門の言葉を聞きながら、愛季は内心で舌打ちしていた。

（湊家もすでに知っていよう）

京との交流は湊安東家の役目というのが昔からのしきたりだった。しぜん京畿の説は集まってくるはずである。

だが、三浦兵庫頭盛永や豊島大和守重村らの重臣は、大切なことは檜山には一切伝えてこない。檜山家に対する反感だろう。

弟の茂季にも詳しい説を伝えていないものに違いない。

もし、義昭の第十五代将軍就任を茂季が知っていれば書状をよこすだろう。

「それまで義昭公をお支え申していたのは、朝倉左衛門督《さえもんのかみ》（義景）どのでした。ところが、左衛門督どのは義昭公の再三の上洛のお気持ちを聞き容れませんでした。これがため、義昭公は明智十兵衛《あけちじゅうべえ》(光秀)という朝倉家家臣とともに越前を去り、尾張の織田尾張守どのを頼ったのです。つまり、朝倉家は掌中の珠を織田家に取られたわけです。そのためか、左衛門督どのは昨年あたりから政《まつりごと》にも倦《う》み、酒色に耽《ふけ》っているそうです」

「朝倉家にも翳りが生じているわけか」

愛季は山奥の奔流のように速い京畿の時の流れに驚いていた。

「いまのところ織田尾張守は、ようやく尾張と美濃を平定したばかりです。公方さまの供《ぐ》奉《ぶ》衆に過ぎないと考えている都人も多いのです。が、昨年の二月に尾張守は泉州堺を押さえてしまいました」

「なんと、堺を……」

宗右衛門がうなり声を上げた。

「はい。もともと堺は室町幕府の御料所の代官を今井宗久《いまいそうきゅう》という納屋衆がつとめておりましたが、宗久の代官職を安堵するかたちで堺を手に入れたのです」

「織田尾張守は畿内中の富の集まる堺を手に入れたのか」

宗右衛門は珍しく頬を上気させていた。

「それればかりではございませぬ。本邦で鉄砲を作っているのは薩摩《さつま》国の坊津《ぼうのつ》と肥前《ひぜん》国平戸《ひらど》のほかでは泉州堺だけです。さらに堺には火薬の原料となる硝石が南蛮から入ってまいります。織田尾張守は畿内の鉄砲を独り占めしたといってもよいのです」

「鉄砲の力を手に入れた織田は怖いな」

愛季は大きく息を吐いた。

鎌田惣兵衛に率いさせている鉄砲隊で、新しい武器、鉄砲の力は痛感していた。

「甲斐の武田、相模の北条、安芸《あき》の毛利《もうり》……いずれも京から遠い土地に根城を持ちます。近江の浅井はそこまでの力を持ちませぬ。直江津を持つ上杉弾正少弼か、敦賀を守る朝倉左衛門督か、堺を押さえた織田尾張守のいずれかこそが次代を担う覇者となる男ではないかと考えます。しかし、朝倉家はこのままでは衰えざるをえないようにも思います」

弥左衛門は張りのある声で答えた。

湊を支配した者しか覇者となれぬ。この考えは愛季と同じである。

北海の富が集まる直江津と、西国の富を集め南蛮船も入港する堺とどちらに軍配が上がるのか。

「もっとも、中国路に覇を唱える毛利家はやはり大きい。西国の動きにも意を払う要はございましょうが……」

弥左衛門は考え深げに言い添えた。

「とりあえずは上杉家と並んで織田家と誼を通じたいものだな」

「御意……。なんとかならぬか、弥左衛門」

宗右衛門の問いかけに弥左衛門は冴えない顔で首を振った。

「残念ながら、やつがれは織田家には知り人がおりませぬ」

「そうか……無理か」

愛季の顔を見た弥左衛門はしばし考え込んでいた。

「手はないわけでもありませぬ」

「話してくれ」

「先に申した明智十兵衛は、いま足利家と織田家に両属しております。十兵衛はもともと公家衆とのつきあいが広い男です。公家衆から十兵衛を通して織田どのに謁することがかなうやもしれませぬ。時を要することとは思いますが……」

公家を仲介役と立てて織田信長と会おうというのだ。

「弥左衛門は公家とはつきあいがあるのか」

愛季は意外に思って訊いた。

「はい。山科《やましな》権中納言《ちゅうなごん》（言継《ときつぐ》）さまとはいささか」

「どのような人物だ」

「中どころの羽林家《うりんけ》で有職故実《ゆうそく》や笙《しょう》を生業《なりわい》とする家柄ですが、多才なお方で歌道や蹴鞠《けまり》、医術などにも通じておられます。それよりも内蔵頭《くらのかみ》として諸大名とのつきあいが盛んで献金を募り、朝廷の財を富ませることに尽力なさっています。尾張を訪ねるなどして織田家とも親しくおつきあいなさっておいでです」

「それは得がたい公家だな。弥左衛門はどうして謁を得たのだ」

「中納言さまは陸奥出羽の按察使《あぜち》にも任じられております。それゆえ、最初は浪岡御所の臣として拝謁しました」

按察使は朝廷にあって諸国の政を監察する職掌である。むろん、いまの時代、まったく実態はないが、弥左衛門が拝謁するための名目は立つだろう。奥羽一、朝廷に近い浪岡御所として現況を知らせるという理屈は通る。

「もはや還暦を過ぎておいですが、まことに気さくなお人柄でございます。やつがれが京に上ったおりには歌道や笙などを何度もお教え頂きました」

むろん束脩《そくしゅう》（入門料）をはじめ、北畠家から多額の金品を贈ったのだろう。いずれにしても弥左衛門の交際は好都合だ。

「京畿の動きを見逃してはなりませぬ。畿内で力を持つ者と結び、いざというときに備えなければ」

宗右衛門は眉根を寄せた。

「いざというときとは……」

「かたちの上でも室町幕府をしのぐ者が現れ、この出羽まで力を伸ばしてくるやもしれませぬ」

宗右衛門の答えは愛季の考えていることと同じであった。

「たとえば上杉や織田が覇者となるやもしれぬということか」

ゆっくりと宗右衛門はうなずいた。

「つまり、新たな公儀が生まれるかもしれぬというわけだな」

南朝と北朝がお互いの公権力の正当性を主張するために公儀という言葉を使いはじめた。室町幕府に代わる公儀が生まれる日もくるかもしれない。

新しい時代が来て新しい秩序が生まれるとしたら、いままでの武家の社会は大きく変わるだろう。

「さよう。もし新しい公儀がこの奥羽を治めようとしたときには、安東家の地位を安堵させねばなりませぬ」

「陸奥探題の伊達《だて》家にも出羽探題の最上《もがみ》家にも手出しできぬ、我が安東の蝦夷管領としての立場を認めさせるというわけだな」

「仰せの通りでございます」

「たしかに手をつかねているわけにはゆかぬな」

「うかうかしていると、大きなうねりに呑み込まれてしまう恐れすらございます」

「よし、京に弥左衛門を常駐させよう」

愛季の言葉に弥左衛門は目を輝かせた。

「ありがたき幸せでございます」

弥左衛門は板床にひれ伏した。

「まぁ、山科卿を通じても、織田家に誼を通ずるのには二年や三年は掛かるとお考え頂いたほうがよいとは存じます。あまり早く動くと山科中納言さまの御意を損ねますので」

「そのあたりは、宗右衛門と書状をやりとりしてくれ。あるいは織田家もそこまでの力を持つとは限らぬ。来年には落ちぶれて朝倉家が力を取り戻すやも知れぬ。まずは山科中納言卿に安東の家を売り込むことが先だ」

「心得ましてございます」

「近く敦賀へ向かって船を出そう。中納言卿にはできるだけのことはしたい。宗右衛門と弥左衛門で考えてくれ」

「御意」

「かしこまりました」

宗右衛門と弥左衛門は声を一にして叫んだ。

「敦賀に着いたら、敦賀屋敷代官の大浦伝内という男を頼るがよい」

「万事お指図の通りに致します」

弥左衛門はふたたび板床に伏した。

その月のうちに、弥左衛門はたくさんの贈り物とともに軍船に乗って敦賀を目指した。

秋風が吹き始める頃、敦賀から商い船が弥左衛門からの便りを運んできた。

山科中納言は、弥左衛門を歓待し、愛季にくれぐれもよろしくと伝えてきた。

愛季の京畿枢要とのつながりの第一歩が築けた。

五

季節は移り、暦は八月となっていた。

さわやかな秋晴れの日だった。

高い秋空には、綿毛にも似た白雲がぽつりぽつりと浮かんでいた。

朝飯を終えた愛季は、泉水べりに出て色づきはじめた紅葉を眺めていた。

「殿さま……」

石郷岡主馬が近づいて来た。

「弦州先生が折り入ってお話があるとのことで、伺候しておりますが」

「そうか……いま行く」

愛季は暗い気持ちで答えを返した。

この数日、佐枝の加減がよくない。

夏のおわり頃から、佐枝は腹の奥に大きなしこりができて、時おり激しい痛みに襲われていた。ますます痩せ衰えてきた姿を愛季は案じ続けていた。

書院に戻ると、瀬河弦州が冴えない顔つきで座っていた。

「まことに申しあげにくいのですが、奥方さまのご容態が芳しくございませぬ」

「そうか……いつくらいまで保《も》ちそうだ」

愛季は苦しい言葉を口から出した。

「それが、その……」

坊主頭に手をやって弦州は言い淀んだ。

「はっきり申せ」

弦州は愛季の目を真っ直ぐに見つめた。

「人の寿命は医師には計れぬものではございますが、あと十日は難しいかと」

「そんなに悪いか」

愛季の声は乾いた。

「はい……奥方さまには白粥や水菓子（果物）を擂《す》り下ろしたものなどを召し上がって頂いておりますが、ほとんど喉を通らなくなって、はや三日でございます」

「わかった。そのほうの見立ては信じておる」

「恐れ入りまする。いま病間に参りましたところ、奥方さまが殿さまにお目に掛かりたいと仰せでございました」

「そうか。すぐに見舞う」

愛季は奥向きへと続く渡り廊下を重い気持ちで進んだ。

陽当たりのよい東向きの病間へ入ると、薬湯の匂いが鼻を衝《つ》いた。

じっと天井を眺めていた佐枝は、愛季の姿を見ると起き上がろうとした。

だが、身体を起こすこともつらそうだった。

「よい。そのまま寝ておれ」

「相済みませぬ」

布団のかたわらに愛季は座った。

透き通るように青い佐枝の顔に、愛季は不吉な予感を抑えられなかった。

「弦州が案じていた。少しはものを食べねば身体に障る」

愛季は佐枝の小さな右手を両手で握った。

意外にも佐枝の手は温かかった。

その温もりをいつまでも失いたくないと愛季の心は激しく痛んだ。

「殿さま……」

佐枝は両の瞳に涙をにじませた。

「早く元気になれ。春になったら、松に会いに浪岡に参ろう」

「もうよいのです……もう……」

「なにを申すか」

愛季が尖った声を出すと、佐枝はかすかに微笑んだ。

「殿さまにはお詫びを申しあげたくて、ご足労頂きました」

「なにも詫びることなどないぞ。そなたは松と菊、さらには六郎を産んでくれた。立派に内としてのつとめは果たした」

佐枝は小さく首を振った。

「いえ、家政を取り仕切り、財を築くことに、少しも力を果たせませんでした」

御用商人とつきあい財政を取り仕切るのは、大名正室のつとめではあった。

嫁してきたときに清水治郎兵衛に才を認められた佐枝だった。だが、三人の子どもを産むことに忙しく、佐枝は今までその才を発揮する暇《いとま》はなかった。

「病を治して元気になれば、これからいくらでも力を出してもらえよう」

「もはやお役に立つこともかなわず……」

「気弱なことを申すな」

励ましの言葉は、愛季の内心でただただ空しく響いた。

「ですがわたくしは幸せでございました」

「ほう、そうか」

「『載舟覆舟』の旗の下、いつも領民を慈しむ殿さまとすごすことができ、武家の女として、かほどの幸せはございませんでした」

見開かれた両の瞳は、七年前に荘内からやってきたときの初々しい乙女のように澄んでいた。

「そなたの温かさは、わたしにとっていつも励ましとなっているぞ」

佐枝は力なく笑った。

「殿さま……」

愛季の手を握る力が強くなった。

最後のあいさつのように思えて、愛季はあわてて言った。

「もう眠るがよい……」

佐枝は静かにうなずいて瞳を閉じた。

五日後に佐枝の容態は急変した。

弦州からの知らせで愛季が駆けつけたときには、もはや意識もなく眠り続けていた。

庭の紅葉の色が映るのでないかと思うほど、頼りなく白い頬が息を吸う度に小さく動く。

まばたきも忘れて愛季は佐枝の顔の動きを見つめていた。

すーっと息が止まった。

はっとして弦州の顔を見る。

弦州があわてて手首を取った。

「奥方さま、ただいま息を引き取られました。ご臨終です」

重々しい声が響いた。

「佐枝……よく頑張ったな」

愛季は佐枝の頬に軽く手を触れた。

温もりが指先から伝わって愛季の心は激しく締めつけられた。

五つになる菊が佐枝の身体にすがりついた。

「ははうえさまっ」

菊は大粒の涙をこぼして泣き始めた。

三つを数えたに過ぎない六郎は何が起きたのかわかってはいない。

だが、菊の泣き声に驚いて、火がついたように泣き出した。

「六郎はもうよかろう」

無言で頭を下げて侍女が泣きじゃくる六郎の手を引いて次々に廊下へ出た。

しばらく菊を泣かせておいて、泣き疲れた頃に声を掛けた。

「母上は極楽浄土に向かっているのだ。そんなに嘆いては菊を気遣うて迷うてしまう」

「だって、おちちうえ……」

愛季は菊をしっかりと抱きしめた。

「さあ、あちらへ行って美味《おい》しい柿を食べておいで」

こくんとうなずくと、菊はとぼとぼと病間を出て行った。
「親子は一世、夫婦は二世の縁と申す。来世でもそなたと添い遂げたいぞ」
愛季は、佐枝が生きているもののように語りかけた。
かたわらに控えていた侍女たちがいっせいにすすり泣きをはじめた。
内心で佐枝の身体を抱え上げて、泣き叫びたかった。
だが、そんなところを、弦州や侍女たちに見せるわけにはゆかない。
張り裂けそうな心を抑えて渡り廊下へ出た。
いつの間にか雲が消え、大空いっぱいに瑠璃《るり》色の輝きが広がっていた。
「そなたが嫁いで参った日もこんな風に晴れていたな」
愛季はかすかに菊の香りのする風を思い切り吸い込んだ。
天に昇る佐枝の残り香を嗅げるはずもなかった。

第五章　湊城に硝煙巻き起こる

一

濡れ縁から桂花《もくせい》の香りを乗せた風が吹き渡っていた。

土崎湊城の奥まった一室には宿老の三浦兵庫頭盛永を筆頭に、豊島城主の豊島大和守重村、川尻城主の川尻中務、下刈館主の下刈右京ら、川辺郡周辺に領地を持つ湊家被官の国人領主たちが集まっていた。

さらには鬼嵐、赤林、五平といった愛季に反感を持つ湊家家臣も参集している。

この場に当主の茂季はいない。今日は愛季を出迎えに八里ほど離れた八龍湖東岸の鯉川《こいかわ》村まで出向いている。

明日、愛季をこの湊城に迎えるために、湊家被官の国人たちも集まっているのである。

「おのおの方に伝えておきたいことができた」

三浦盛永が苦渋に満ちた顔つきで口火を切った。

一同はいっせいに盛永を注視した。

「檜山さまは京に家来を送り、公家衆とのつきあいをはじめたそうな」

「まことかそれは」

豊島重村が坊主頭に太い眉を上げて目を剝いた。

数年前に僧籍に入り、休心《きゅうしん》入道と称している。

「なんでも浪岡御所から貰い受けた南部弥左衛門という男を京に遣わして山科中納言卿の屋敷に出入りさせているそうな。当家が京に置いている臣が文をよこして参った」

その場にざわめきが生まれた。

「檜山さまは山科中納言家に取り入ろうというのか」

川尻中務が甲高い憤りの声を発した。

「京とのつきあいは、古来、この湊安東家がもっぱらに担って参った。それを奪うとはなんという無体な……」

下刈右京が低くかすれた声を出した。

重村は右手の掌で板床をどんと叩いた。

「檜山さまは、湊家の力をむしり取ろうとなさっているのだ」

声を張り上げる重村を、盛永はかるく手を上げていなした。

「いくらなんでもそれは考えすぎであろう。檜山さまも京畿の説を欲しがっているだけのことではないのか」

「いや、いつか、この湊家の力をすべて奪うおつもりだ。手をつかねておれば、我らは潰される」

重村はいきり立ったが、盛永は穏やかに言葉を続けた。

「いずれにしても、軽挙妄動は慎まねばならぬ。身どもが貴公らに言いたいのはそれだ。かようなときこそ、湊家はひとつにならねばならぬ」

盛永は眉を震わせて殊勝げに言った。

「兵庫頭どのは人物でござるな」

吐いて捨てるような重村の口調だった。

「この湊家は茂季さまが御当主となられたそのときより、半分は檜山さまに奪われたようなものではないか」

重村の言葉に、盛永は険しい顔つきに変わって答えた。

「だから申しておるではないか。軽挙妄動は慎めと。湊家中がばらばらでは近隣諸侯につけ込まれる隙を与えるだけぞ」

「大宝寺と戸沢か……」

右京がうなり声を上げた。

南側に勢力を持つ荘内尾浦《おうら》城主の大宝寺義氏《よしうじ》と、東側に隣接する角館《かくのだて》城主の戸沢盛重《もりしげ》は湊家にとっては二つの脅威であった。

大宝寺氏は代々羽黒山の別当職をつとめる名族で、荘内一の豪族である。先代当主の義《よし》増《ます》は有能とは言い難い人物で、名目上は臣下となっていた上杉謙信と、武田信玄との対立に対して武田側に与《くみ》して、謙信に攻められ降伏していた。嫡子の義氏《よしうじ》はおよそ一年間、春日山城へ人質として送られていたが、昨年、荘内に戻された。

義氏は十九を数える若さだが才気煥発な男だった。謙信は父の義増を蟄居《ちっきょ》させて今年、義氏に家督を継がせた。勢いを取り戻した大宝寺家は湊安東家にとって最大の脅威といってよかった。

「とにかく不満に思うことがあっても、まずは家中の和を乱してはならぬ。檜山さまも厄介だが、大宝寺や戸沢が、この土崎に攻め寄せてきたらどうする。二家の力は強い。ことに大宝寺家は富も豊かで多くの兵を養っている。我らは檜山さまの後ろ盾なくしては跳ね返す力を持たぬのだぞ」

「うぬぬぬっ……」

重村は眉を吊り上げてうなった。反論ができないのだ。

「もっとも……」

狐に似た顔にあいまいな笑みを浮かべて、盛永は言葉をゆっくりと継いだ。

「大宝寺家が我が湊家を守り立ててくださるというのであれば、別段の話よの」

「そこもと……なにを……言われるのだ……」

重村は怖いものでも見るかのように、盛永の顔を見て言葉を途切れさせた。

「あっはっはっ。たとえ、陽が西から昇ろうとさようなことはあるまい。まさか、貴公がさような邪思を持っているはずもなかろうが」

盛永の高笑いに、重村は腕を組んで鼻から大きく息を吐いた。

「なぁ、川尻どの。そうであろう」

盛永は川尻中務の顔を覗き込むように見て目を細めてにやっと笑った。

それまで黙って話を聞いていた中務は、とつぜんに顔色を失った。

右京は痩せた身体を揺すってそっぽを向いた。

家臣たちのさまざまな思惑を包み込んだ湊城に西陽が当たり始めた。

その頃、愛季は八龍湖の上を滑るように進む船の上で、かたわらに座る茂季相手に酒を飲んでいた。

船頭の小気味よい艪音が秋の陽ざしに染まりはじめた湖水に響き渡る。

「姉上には残念なことでございました」

「人の定命とははかないものだな。あれが嫁に来たときには若く元気いっぱいであった。まさか、七年でこんなことになるとは」

愛季は力ない声を抑えられなかった。

「お痩せになられましたな。兄上、あまりお気を落とされませぬよう」

「わたしはあれに頼っていたのだ。佐枝がいなくなって、心に穴が空いたような気持ちに苦しめられている。されど、そんなところは宗右衛門にすら見せられぬ」

「お気持ちを分かつことができますれば……」

「弟だからこそ、そなたには言えるのだ」

「恐れ入ります。わたしも油断ならぬ家臣たちに囲まれて難儀しております る。いつも兄上だけにはなんでも話せます」

茂季は気弱に笑った。

血の通う兄弟とはいいものだなと、あらためて愛季は思った。

「それはそうと三浦兵庫の城はなかなかと険阻な立地にあるな」

愛季は東岸の後方の浦城を振り返ってつぶやいた。

岸辺から田圃をはさんで東西に長く延びた尾根上に、いくつかの曲輪が見えている。

そこここに立つ旗が湖を渡る風に揺れている。

ことに南側の崖は急峻で、一見して攻めるに難い地形だった。

「はい、湊家家臣の城のなかでもいちばん堅固ではないかと存じます。高岳山《たかおかさん》を頂上に東へ続く険しい崖上に八つの曲輪を設けております。これがため、たとえば三千の兵を以ても容易く攻めることはかないますまい」

「ところで、三浦兵庫はよく仕えておるか」

「檜山の城近くまで領地を持つだけに、湊家でももっとも重きをなしておりまする」

「だが、あの男は心根がわからぬ」

「いまだ信じられませんか」

茂季は愛季の顔をじっと見つめた。

「謀反を起こせば、檜山城から最初に掃討できる位置にある浦城主だ。まさかそんな考えは持っておるまいが、どうも腹の底が読めぬ」

「意を払って兵庫のことを見ておりましょう」

「常にその心得でいるがよい……ところで、明日は湊家の家臣たちに陀羅尼助《だらにすけ》を飲ませることになる」

愛季は厳しい面持ちで告げた。

陀羅尼助は強い苦みを持つ胃腸の薬である。

「良薬は口に苦し、と申しますが、どのような」

不安げに茂季は眉を寄せた。

「良薬などではない。これは毒だ。実はかねてより考えていた施策があってな」

愛季は茂季の耳もとに口を寄せて囁《ささや》いた。

茂季はさっと青ざめた。

「家臣たちの恨みを買う懸念はあろう。したが、細作《さいさく》（間者）から入っている説によれば、豊島重村、下刈右京の二人は春日山城から戻った大宝寺義氏に使いを何度か送っているとのことだ」

「そんなまさか……」

茂季は絶句した。

「大和と右京は大宝寺と結び、湊家を離れようとしているのだ。まずは二人の力をもぎとる」

「されど、彼らはいっせいに反旗を翻しませぬか」

愛季は確信を持って首を横に振った。

「大宝寺義氏は家を継いだばかりで、家臣団のとりまとめや領民の安堵などに大わらわだ。いますぐに出兵などはしてこぬ。大宝寺の後ろ盾なくして、重村らの謀反は絵に描いた餅だ」

「仰せの通りです」

「したが、義氏にゆとりが生まれてその気になれば、重村を筆頭に雄物川流域の国人領主たちがいっせいに反旗を翻すおそれがある。その前に彼らの力をできるだけ削いでおくのだ」

「たしかに鉄砲など仕入れられては後が面倒ですね」

「その通りだ。彼らを肥えさせてはならぬ。そのためにはあえて劇薬でも遣わねばならぬ。この策は明日、湊家家臣たちが揃ったところで、そなたから告げよ」

「兄上からのほうが押しが効きます」

茂季は戸惑いの色を見せた。

「いや、いかん。それでは湊安東家当主としてのそなたの面目がなくなる。さらに言えば、かたちの上だけでも檜山からの押しつけとはしたくないのだ」

「相わかりました。必ずや兄上のご期待に沿うて見せましょう」

茂季は真っ直ぐな目で愛季を見て頼もしげに答えた。

湖南端の岸辺が見えてきた。

船越水道が狭い入口を開けている。

水道基部の西岸には「船越の船入場」と呼ばれる細長い入江がある。ここは八龍湖水運の起点となっている。一時期衰えていたものを茂季の命で整え直した。

今日は東岸の潟上《かたがみ》から陸へ上がるつもりだった。

右手に見える船入場の出口からは、いまも荷を積んだ艪船が漕ぎ出してきていた。

枯れ葦《あし》が黄金色に輝いて風に揺れるさまが愛季の目に沁みた。

＊

翌日も好天は続いていた。

朝早くから湊城の大広間には湊家家臣一同が揃っている。

肩衣姿の愛季と茂季が衣擦《きぬず》れの音を立てて姿を現すと、大広間の一段高い上座に二人並んで座った。

「一同、出迎え大儀である」

ははっと家臣たちは平伏した。

「このたびの檜山さまのご来駕、家臣一同に成り代わり祝着を申しあげまする」

盛永がひたすら恭敬に慶賀を述べた。

「さて、湊安東家を支える忠臣たちの力あっていよいよ繁栄、めでたきことこの上ない。そこで、本日は当主茂季より、新たな施策を伝える」

愛季が目顔でうながすと、茂季は家臣一同を見まわして頬を紅潮させた。

「土崎湊に於ける他国船との商いに関する定めを変える。従来は定額の冥加金《みょうがきん》を支払えばその荷商いの量についてはそのほうたちの随意に任せていた。向後は、年の初めに商いの量そのものを、米麦が何石というかたちで届け出ること。余が直々にこれを見て適当な量を裁可するであろう」

茂季は思い切った表情で告げた。

「お待ちください」

いきなり重村が立ち上がった。

「あまりにもご無体なことを仰せある」

重村の浅黒い顔が赤く膨れ上がっている。

「何が無体だと申す」

茂季は表情を変えずに答えた。

「出荷する船荷に縛りを掛けられては、我ら雄物川沿いの領主たちは日干しでございます」

握った両の拳を震わせて、重村は抗った。

「日干しになるはずはあるまい。雄物川流域は豊かな土地柄だ。昨秋の実りもよかったと聞いている」

平然と答えた茂季に、今度は下刈右京が立ち上がった。

「お言葉を返すようではございますが、我々は余剰の米を上方に売り払うことで、薬種や布、刃物に鍋釜と、暮らしに欠かせぬ品々を得ております。それに縛りを掛けられては領民たちも暮らしが立ちゆかなくなり申す」

茂季は強い口調で答えた。

「家中には、領内の民が飢えても一向に構わずに、米や麦を他国へ売っている者があるそうな。湊家の領内では一人も餓死者を出したくない」

「さ、されど……」

右京は青い顔をさらに青くして言葉を濁した。

図星なのであろう。右京は静かに座った。

「殿は我らの手足をもごうとなさっているのではないのか」

代わって重村が叫ぶように詰め寄った。

「愚かなことを申すな。領民たちのためを思えばこそだ」

茂季は毅然として言い放った。

「いいや、我らの力を少しでも弱めようとお考えだ。とうてい承服できませぬ」

重村は無礼にも足を踏み鳴らした。

「城に籠もるか。休心入道」

愛季は静かな声で呼びかけた。

「なんですと」

重村はハッとした顔で愛季を見た。

「兵たちを集め、いつでも豊島城に籠もるがよい」

冷たい愛季の声に、重村の血の気が引いた。

「ぐぐっ……わかり申した。万事お指図に従うでござろう」

重村は力なくへたへたと座り込んだ。

「檜山さま」

盛永が猫なで声を出した。

「なんだ、兵庫」

「土崎湊の荷の扱いについては、鉄船庵さま以来、いまの定めとなっており申す。急におかえになるのはいかがなものかと懸念致しますが」

目を細めて盛永は意見した。

「その儀は茂季に尋ねよ。湊家の仕置きは茂季に任せてある。ただ、もし主を主とも思わぬ者がいれば、安東の宗家として黙っているわけにはゆかぬのだ」

愛季が重村と右京の顔へ目をやると、二人はあわててうつむいた。

「よいな。茂季に対して無礼の振る舞いを為す者は、このわたしが誅伐《ちゅうばつ》する」

大広間は森閑と静まった。

「兵庫よ。繰り返しになるが、この施策は領民のためだ。ここ数年、何度か不作の年があり、湊家領内でも餓死者を出したではないか。二度とそのようなことを起こさないために、他国への米麦の流出を抑えることは急務なのだ」

茂季は噛んで含めるように告げた。

「まことにありがたき思し召しでござる。土崎湊から出荷する者は、なべて正月のうちに届け出るでございましょう」

満面に笑みを浮かべた盛永が湊家家臣を代表して答えた。

家臣一同はいっせいに頭を下げた。

雪解けを待って土崎湊に北国船が出入りするのは、早くて四月である。正月に届け出を受ければ春までに出荷量を決めることはできる。実際の細かいことは清水治郎兵衛父子に差配させればよい。

あらためて愛季は湊家家臣たちの顔を見た。

茂季に忠義心の篤い湊摂津守氏季は大きくうなずいている。一方……。

(雄物川から土崎湊に荷を出している者たちは不満たらたらだな)

謀反を起こす気のある者は動き出すであろう。これは湊家に大なたを振るい、茂季に忠義なものとそうでない者を選り分ける好機ともなる。

「話はそれだけだ。一同大儀であった」

茂季の言葉で、家臣たちはふたたび頭を下げた。

近臣を除く者たちは退出しはじめた。

大柄な重村は大股に、瘦身《そうしん》の右京は静かな足取りで、二人とも憤懣やるかたない顔で廊下へ出て行った。

盛永は氏季と並んで、何やらにこやかに話しながら部屋から去った。

（それにしても盛永はなかなか尻尾を出さぬな）

愛季はあらためて、盛永の老獪《ろうかい》さを感じていた。

湊城には今日も桂花の香りを運ぶ薫風が吹き渡っていた。

二

翌朝まだ明け切らぬうちに湊城を出た愛季は、土崎湊で待つ小早船に乗り込んだ。

合羽《かっぱ》（甲板）で待ち受けていたのは、肩衣姿の深井彌七郎だった。

背後には二十人ほどの弓兵と同じくらいの水主がずらりと居並んでいる。

「檜山の殿、久方ぶりでございます」

彌七郎はなつかしげに頭を下げた。

「おぬしとは二年ぶりか」

「はい、いつぞや殿さまのお使いで、檜山城に参りましたとき以来でござる」

彌七郎は湊家の臣である。そうたびたび檜山城に顔を出せるわけではない。

がっしりとした体軀は昔に変わらない。

だが、初めて会ってから十一年が経ち、三十代の半ばを越えた彌七郎はぐっと貫禄が出ていた。

さらに、ただの砦番だった彌七郎は、いまは脇本水軍の束ねである。

いつも海に出ているわけではないが、顔の色もすっかり潮焼けしてたくましい。

脇本水軍は小鹿島の入口と船越の船入場を守り、関銭を集めるためのものであった。

脇本城の大規模な改修には、いまだに手を着けてはいない。

湊家中が落ち着くまでは、豊島重村らを刺激するだけだからである。また、改修には湊家にも大きな負担を課すことになる。

それでも脇本には波止を設けて軍船を置いていたわけである。水軍の水主や兵が寝泊まりする小屋もいくつも城内に建てた。

いつかは必ず、脇本城を檜山城以上に立派な城にしてみようと考えていたからにほかならない。

これらはすべて茂季の命で湊家が行った施策だが、愛季の考えであることは言うまでもない。

「檜山さま、今日は戸賀の砦をお訪ねになるのですな」

「そうだ。久方ぶりに相川弾正に会いに行く」

「弾正はよくつとめておりまする。四之目潟はもともとよい入江でございましたから、商い船もそれは多く寄港しております」

「うむ、船道前や関銭をずいぶんと集めていることは聞き及んでいる」

「十三里ほどですが、今日は波も静かゆえ昼過ぎには戸賀湊に着けます」

彌七郎は胸を叩いて請け合った。

相川弾正は檜山家の被官ではあったが、一種、独自の立場だった。

四之目潟に設け直した戸賀湊と、戸賀水軍の整備は檜山家で行った。

小さいながらも戸賀には館を設け、船川二兵衛を代官として置いている。

二兵衛はもともと脇本城近くの船川の地侍だった船川家の出だが、父親の代から檜山家の直臣《じきしん》となっている。二兵衛の下には檜山家の家臣を五人ほど常駐させている。

しかし、戸賀水軍はすべて弾正の家人たちで成り立っていた。

二兵衛の仕事はおもに船道前や関銭の徴収であり、水軍の束ねは弾正が行っているのだ。

独立性を保っている比内の浅利勝頼と、家臣の列に加わった阿仁の嘉成常陸介の中間の立場と言ってよかった。

だからこそ、弾正と戸賀水軍への求心力を高めるために、今回は愛季自身が顔を見せようと考えたのであった。

舫いが解かれ、多くの艪が波を切り始めた。

雄物川河口にある土崎湊がどんどん遠ざかってゆく。

北小鹿島へ向かう愛季の心中は複雑だった。

（あれから十一年だ……）

十一年ぶりに汀に会う。

一夜をともに過ごしたあと、汀は二度と顔を見せるなときつく言った。

思い出すと心がうずき、愛季は会いたい思いに責め立てられる夜もあった。

だが、何度、文を書いても梨のつぶてだった。

無理押しして会いに行かなかったのは、佐枝への遠慮があったからだ。

遠慮というよりも、童女のようなところのあった佐枝を悲しませたくなかったのだ。

だが、その佐枝ももういない。

汀の父、相川弾正とは何度か会っている。最後は二年前、彌七郎とともに檜山城へ来た。

汀がつつがなく暮らしていることは弾正から聞いていた。

すでに二十代半ばを過ぎている汀がどのように変わっているのか。

弾正の話ではいつまでも独り身を守って男を寄せ付けないという。

汀はいったいどんな気持ちで、この十一年を過ごしてきたのか。

（気性の激しい汀だけに、どんな顔で迎えるものか……）

小早船の合羽で心地よい潮風に吹かれながら、愛季の心は戸惑いに満ちていた。

「戸賀湊が見えて参りましたぞ」

湊城で作ってくれた頓食《とんじき》を食べ終わった頃、彌七郎の声が響いた。

「これは……」

岸辺を見た愛季は、目の前にひろがる光景に息を呑んだ。

差し渡し十町（一キロ強）ほどの入江に変わりはない。

陸に近い浅瀬が秋の陽を浴びて薄藍や青丹に光っているところも、浜辺の白砂もむかしと同じだ。

だが、入江の左右には、いくつもの立派な波止が造られ、大きな北国船も泊まっている。ことに左手の波止には、小早船が十隻も、舳先をこちらへ向けていた。

背後には二十戸以上の人家が見られる。

粗末な波止と吹けば飛ぶような網小屋しか見られなかった十一年前とは、まさに桑田滄《そうでんそう》海《かい》の違いである。

「風が強いときや、夕暮れ時はもっと多くの北国船が波止に泊まっております」

かたわらで彌七郎の誇らしげな声が響いた。

戸賀湊は彌七郎が束ねるわけではないが、同じ小鹿島の繁栄は嬉しいのだろう。

「見事なものだ」

「あれが檜山家の戸賀館でございます」

彌七郎の指さす小さな谷戸の先に、浜辺ではひときわ大きな板屋根の建物が見えた。

とは言え、檜山城下の侍屋敷ほどの大きさに過ぎない。

艫で翻る湊家の旗印を見て、何人かの侍と小者が波止に歩み寄ってきた。

さらには漁師やその家族と思しき、浜の民も集まってくる。

船が波止に着くと、相川家の二人の小者が駆け寄ってさっと舫いを取った。

(兵たちの仕込みが行き届いている。戸賀水軍は強かろう)

きびきびとしたその姿が愛季には心地よかった。

「檜山の殿がお見えだ」

舳先に立った彌七郎が声を張り上げると、人垣の中から肩衣姿の船川二兵衛が進み出た。

「殿……いきなりのお越しで驚き申した」

二兵衛は長い顔に驚きの表情を浮かべたままあいさつした。

品のよい顔立ちの男である。年は愛季より少し下だったはずだ。

「これは檜山さま、ようこそのお越し、嬉しゅうござる」

かたわらで六尺はあろうという大男が銅鑼声を張り上げた。

「そこもとは……あのときの……」

十一年前、采女と名乗っていた汀の右腕として愛季を相川館に連れ去ったあの大柄の武士だ。鎧姿ではなく肩衣を身につけているのと、髪にも白いものが交じっているが、髭だらけの豪傑風の姿を見忘れようはずもない。

「工藤弥九郎でござるよ。お見忘れとは情けなや」

たもとを顔に持っていって、弥九郎は泣く真似をした。

こんなにひょうきんな男であるとは知らなかった。

「十一年のむかし、弓矢で出迎えてくれたあの弥九郎だな。忘れるものか」

「あのおりのことを言われますな。浜辺ゆえ、隠れる穴を掘るのも難儀でござる」

弥九郎は大きな身体を小さくして見せた。

まわりにいた者たちが大声で笑った。

「殿、まずは館に」

「いや、相川弾正に会いに来た」

二兵衛の言葉を掌でいなして愛季は告げた。

「それは嬉しい。さ、手前が案内《あない》いたしまする」

「弾正は息災か」

「はい、殿も采女さまもいたってお元気でござる」

汀は無事でいるらしい。愛季は胸をなで下ろした。

「そう言えば、采女の姿が見えぬな」

「我らに攻めかかる者がいなくなって、采女さまは鎧を脱がれたのでござるよ」

弥九郎はいくぶん淋しげに顔を曇らせた。

「それで……いまはなにを」

「弾正さまに代わって家中を束ね、また家政を司っていらっしゃいます」

「なるほど、それは重畳だ」

弾正もいい歳になっているだろうし、また、正室のいない相川家では家政を見る者も必要には違いない。

「ところで、館越のあの山城を通って参るのだな」

難儀な道のりは覚悟してきた。

「いいえ、尾根に上がったところから真っ直ぐに下る山道を新たに造り申した。もはや隠れて住まう必要もありませぬゆえ」

弥九郎は小さく笑った。

「どれほどの道のりだ」

「およそ二里ほどでございます。山道ですので一刻はかかりましょう」

「それなら、日暮れ前にはじゅうぶんに着ける。早速に出かけるとしよう」

「拙者もお供を致します」

二兵衛が申し出たが、愛季は相川家の者だけと山越えをしたかった。

「いや、二兵衛はつとめに戻ってくれ。弥九郎が案内してくれる」

「あいわかりました」

「うむ、彌七郎、今宵は二兵衛に馳走してもらえ。明日の昼までに戻る」

「はい、船越までお送り致します」

彌七郎は得たりとばかりに答えた。

「頼んだぞ」

揃って頭を下げる二人を残して、愛季は浜の東側から山に続く細道へと歩み始めた。

相川家の家士たち数人に囲まれるようにして、愛季と弥九郎は落ち葉の香ばしい匂いのする山道を歩いて行く。

弥九郎の言葉どおり、半刻ほど歩き館越城へ続く尾根の鞍部《あんぶ》まで登ると分岐点が見えてきた。

「ここから下るのでござるよ」

草深い急な斜面を降りてゆくと、やがて雑木林が切れ、なつかしい城門が現れた。むかしに変わらず、釘隠しの乳金物《ちかなもの》一つ見られない素朴な造りだった。だが、丸太組みの塀の上を見て愛季は声を上げた。

「おお、旗指物があがっているではないか」

板組の物見台にまわりに白地に違い鷹の羽の紋を染め抜いた旗指物が風に揺れている。

「ははは、荘内より取り寄せました」

機嫌よく弥九郎は笑った。

相川家も荘内と取引をするようになったことに、愛季は感慨を禁じ得なかった。

物見台にはあのときと同じように数人の弓兵が見張りに就いている。

「なんと、檜山安東さまがわざわざお見えだ。殿にお伝えせよ」

弥九郎は見張り兵に向かって声を張り上げた。

あわててうなずいて一人が消えた。

しばらくすると、門扉が軋みながら開かれた。

明るい空が見える。

二十人ほどの人影がずらりと居並んでいる。

愛季は瞬時、汀の姿を探したが見当たらない。

中央に藍色の肩衣を身につけた相川弾正が立っていた。

髪もひげもすっかり白くなってしわも増えた。

だが、彫り深い顔の中で輝く瞳の力強さは健在であった。

「檜山さま、こんな山奥までわざわざお越しとは、弾正まことに恐悦の極みでござる」

弾正は満面に笑みを湛えて会釈した。

「堅固で何よりだ。弾正」

「海の物を喰らっておれば、病など致しませぬよ。はっはっはっ」

快活に笑った弾正は急に真顔になって訊いた。

「して……本日はどのような」

「なに、そなたの顔が見たくて参ったのよ。ひと晩厄介になりたいのだが」

「もとより大歓迎でござる。さ、さ……奥へお運び下され」

「世話になる」

門から一歩入ると、美しい谷隠れの里が眼前にひろがった。

小さな盆地の右手には黄金色の稲穂が風に揺れて斜めに射す午後の光に輝いていた。

建ち並ぶ家々のまわりには、萩の花がこぼれ、柿がぽつぽつと橙色の実をつけている。

渓流が水車をまわすのどかな音もむかしに変わらなかった。

「相川の里は変わらずに美しいな」

愛季の言葉に弾正は相好を崩した。

「この里の民を守ることだけが、やつがれの天命にございますれば」

「天命か……」

弾正の言葉は、愛季の胸に響いた。

愛季の天命も安東領の安寧を守ることにしかない。

自分は天命を果たしているだろうか。

愛季は自問に答えることが難しかった。

弾正のこの里に比べて、愛季が守るべき領土はあまりにも広い。その土地に暮らす人々の幸福を願いつつも、愛季が越えなければならない山は多すぎた。

「汀……いや、采女は変わりないか」

何気ない調子で愛季は尋ねた。

「はい、おかげさまで元気に暮らしております。幾つになっても婿を取ろうともせずに本当に困っております。が、やつがれの代わりに相川の家を支えております」

弾正はとろけるような顔で答えた。

やはり自慢の一人娘なのだろう。

翳りのない弾正の顔から、愛季と汀のあの夜のことに気づいているようすは感じられなかった。

人並み外れて気が強い汀のことである。己の選んだ生き方を父親にあれこれ伝えるとは思えなかった。

東端の小高い台地に建つ弾正の居館が近づいて来た。

二間幅の戸口もむかしに変わらない。

式台に紅色の華やかな小袖を身にまとった女が頭を板床について座っている。

女は顔を上げた。

(これが汀か……)

愛季は目を見張って汀の顔に見入った。

抜けるように白い彫りの深い顔立ち。
青みがかった高麗白磁のような肌の色。
忘れもしない。あの夜、重ね合わせたふっくらと厚い唇。
何よりも強い力を放つ黒目がちの瞳の輝きが汀その人であった。
だが、なんという艶《あで》やかさであろう。
古風な下げ髪に絹小袖姿で化粧しているからではなかった。
肉置《ししお》きが豊かになり、肩の線などどえも言われぬ色気がある。
十一年の時を経て、硬いつぼみは大輪の牡丹《ぼたん》と咲いていた。
汀は澄んだ声で呼びかけてきた。
「檜山さま、遠路無事のお越し祝着至極に存じます」
我に返った愛季は震える声で答えた。
「采女か……」
「はい、お懐かしゅう存じます」
汀は口もとに笑みを浮かべた。
ぱっとあたりが明るくなったような錯覚を覚えた。
あのとき汀はまだ十代の半ばだった。今年は二十六を数えるはずだ。
女の盛りを過ぎた歳なのだが、まさに臈長《ろうた》けた輝きをみせていた。

母親譲りの東韃人の血のせいなのかはわからないが、なんとも鮮やかな艶やかさだった。

「ささ、どうぞお進み下さいませ」

奥へと誘《いざ》なう手振りも言葉つきもやわらかく、あの頃の若武者たらんとしていた角の立った雰囲気はどこにもなかった。

半分、男のようだったいびつさが消え去った汀に、逆に淋しさを感ずる愛季ではあった。

海の幸が満載の弾正の心づくしの宴には、武家ではまず見られないことだが、汀も連なった。

弾正が老いれば相川の家は、誰か養子をとるまでは汀が中心とならざるを得ない。女城主たらんとする心構えの表れなのだろう。

愛季としては、自分のことがなつかしく、その場を離れがたかったと考えたかった。

飯が終わり、酒宴となった。

「いや、檜山さまのお力で、我ら相川の家はすっかり人がましい暮らしができるようになり申した」

「ほう、どのようなことだ」

「何よりも、沖から来る船を恐れ、迎え撃とうとする日々から解き放たれ申した。沖の船を喜んで迎え入れる心持ちでいられることは、この里の日々を安らかに致しまする」

沖の船を襲う戦いを覚悟した日々は気疲れも多かったろう。時には水主や兵が生命を落としたこともあるに違いない。船に乗り組む者の家族たちも、ともに平穏な日々をすごせるようになったはずだ。

「さらには来港する船はこの里を富ませるな」
沖を通る船からの関銭や、入港する船が支払う船道前は、五分五分で檜山家と相川家に入る。

「さよう。北国船の船頭たちは関銭をきちんと納めますし、風待ちで湊に入る船も船道前を嫌がることはありませぬ」

「そんなことをすれば、野代湊にも土崎湊にも入れなくなるからな」

「岬のあたりに隠れて船を襲っていた連中も、皆、我が家人《けにん》となり誇りを持って生きております る」

上機嫌で弾正は大盃を干した。

相川家の安寧を支えているものは北出羽の覇者となりつつある檜山安東家と秋田郡の商いに深く関わっている湊安東家の持つ「力」である。

（やはり領民のこころに安らぎをあたえるものは力しかないのか）

愛季はあらためて、重苦しい宿命を自覚させられた。

「さらに、他国他領からもたくさんのものが入って来るようになり申した」

「采女の着物も他領のものだな」

愛季はほれぼれと汀の小袖姿へ目をやった。

北出羽ではこんなに鮮やかな紅色はまず見ることはできない。

「はい、荘内の紅染でございます。わたくしには贅沢に過ぎるかと思って袖を通しませんでしたが」

汀は言葉を呑み込んだ。

自分のために着てくれたかと思って、愛季は心が弾んだ。

「よく似合っている」

「ありがとう存じます」

汀はわずかに頬を染めた。

「檜山さまご無礼でなければ、笛などをお聴かせ申したいのですが」

「采女は笛を吹くのか」

この山奥で誰から習ったかという不思議が、愛季の顔に出たらしい。

「一時、この館に客人として泊まっていた旅絵師から習いました。なんでも神職をしていたときに覚えたとか」

「ぜひ聴かせてくれ」

汀は錦の袋から黒漆で塗り固めた横笛を取り出した。

雅楽で使う龍笛《りゅうてき》のように見受けられた。

「失礼仕ります」

汀が構えて唇に当てた途端、玲瓏《れいろう》とした音色が響き渡った。

音韻の高下が激しく、強く心に訴えかけてくる調べを聴くうちに、愛季の両眼になぜか涙があふれ出た。

曲が後半に入ると、長く尾を引く音色が続いた。

まるで一人の女人がむせび泣いているかのような音曲に、愛季には感じられた。

ひときわ高い空から舞い降りるように音が下がって曲は終わった。

「なんとも見事だ」

心に豊かなものが湧き上がってたまらず、愛季はかえって素っ気ない言葉しか出せなかった。

「恐れ入ります。ほんの手慰みでございます」

汀は静かに頭を下げた。

「なんという名の曲か」

「申し訳ございません。平調《ひょうじょう》の曲としか知りませぬ」

困ったように汀は答えた。

平調は雅楽の六調子のうちのひとつだが、曲の名ではない。心に染み入る素晴らしい曲だったので、愛季は残念に思った。

気づいてみると、弾正は酔い潰れて大いびきで寝ていた。

あたりを夕闇が包み始めた。

「檜山さま、ご寝所にご案内します」

汀が先に立って廊下を進み、東の外れの客間に通された。

忘れもしない、十一年前のあの部屋だった。

「板戸を開けてくれないか」

「お寒うはございませぬか」

「庭を見たいのだ」

刺客のように汀が忽然と現れた庭を無性に見たくなった。

汀は小さく笑って板戸を引いた。

「おお、月が出た」

稲穂が揺れる田圃の奥に延びる杉森から月が半分くらい顔を出していた。

あの晩はたしか小望月だったが、今宵は望月のはずである。

「きれい……」

汀の少し低めの芯のある声が耳に心地よかった。

「汀よ」

縁側に立つ汀の背を愛季は後ろから抱きしめた。

汀の身体の温かさが心地よく、愛季の胸に伝わってきた。

「会いたかったぞ」

愛季は汀の耳もとで告げた。

「わたくしはお目に掛かりたくありませんでした」

愛季の腕の中で汀は静かに答えた。

「なぜだ。わたしが嫌いか」

「殿は相川の家を奪われましたゆえ」

言葉は似ているが、あのときとは違って汀の声はやわらかかった。

「あのときもそう申しておったな」

愛季は汀から身体を離し、縁側に座った。

汀も膝をつき合わせるほど近くに向かい合って座った。

「子どもの頃からなにものにも縛られず、気ままに生きてきました。そんな暮らしをあなたさまは奪いました」

汀と愛季の視線が宙でぶつかった。

「申していることの意味はわかる」

「戸賀湊が整い、代官の船川どのまでが見えて、まことに悔しくてなりませなんだ」

「それで文を出しても返事をよこさなかったのだな」

「はい、あなたさまの顔も見たくはございませんでした」

「これは手厳しい」

「わたくしはイルカやシャチのように生きていたかったのです」

汀は小さく笑った。月光に白い歯が光った。

「あなたさまはそんな生きざまを奪った。ですが、わたくしはこの里の長、弾正の娘です。檜山さまには感謝しております。民が穏やかで豊かに暮らせるようになったことはすべて殿のお力です」

「あれから十一年も放っておいたこと、恨んではおらぬのだな」

「はい、わたくしはあなたさまに会いたくなかったのですから」

ふたたび汀は小さく笑った。

「今宵は正直に申しあげます。四之目潟でひと目見たときから、わたくしはあなたさまに強く惹かれていました」

思い切ったように汀は告白した。

「そうだったのか」

武張ってとげとげしい態度は、乙女らしい照れから出ていたというのか。

「やさしく強く清らかなお方。そう見えてならなかったのです」

「だから、あのおりは、わたしを無理やりここへ連れてきたのか」

「嫌なお方さま」

黒目がちの瞳が愛季を睨んだ。

「ははは、戯《ざ》れ言だ……しかしあの晩は刺客に襲われたと思ったぞ」

汀の頬が染まった。

「もうおっしゃらないで。あの頃の汀はまだ子どもだったのです」

子どもにしては大胆な迫り方をしたものだが。

「汀よ」

愛季は正面から汀を抱きしめた。

「いや……」

汀は童女のようにいやいやをした。

「なぜだ」

「わたくしはあのときの采女ではありませぬ」

「あのときは硬いつぼみだったが、すっかり美しく花開いたではないか」

「もう若くもございませぬ」

愛季は無言で汀を押し倒した。

首筋に唇を寄せると、汀はまぶたを閉じた。

月光が汀の顔を蒼く照らしている。

弾むような張りのある身体は、あのときとは違った。

汀の唇がわずかに開いて白い歯が光った。

深い思いを込めて愛季は汀をかき抱く両腕に力を入れていった。

*

まどろみから気づくと、汀は座って襟元を直していた。

「起きていたのか」

「なつかしい太郎さまのお胸に包まれて嬉しかった」

汀ははにかむように微笑んだ。

「朝までここにいてはくれぬのか」

「父や家来たちの目もありますし、恥ずかしゅうございます」

起き上がった愛季は、汀の両手をとって心をこめて請うた。

「汀、檜山の城に来てくれ」

しばらくの間、汀は黙ってうつむいていた。

遠くから水車の回る音が聞こえてくる。

「それはできませせぬ」

やがて顔を上げた汀はきっぱりと言い切った。

「なぜだ。わたしはそなたを愛おしく思っている。今年、妻を病で亡くした。いまは一人きりだ。誰にも遠慮することはない。継室として檜山家に入ってはくれまいか」

汀は必死の目で愛季を見た。

「わたくしはこの里を守ってゆかねばなりませぬ」

「されど……」

「父も老いました。あと十年経てば、士卒を束ねることも難しくなりましょう。わたくしがおらねば相川家はどうなりましょう」

「ではなぜ婿を取らぬ」

断られた愛季の胸は痛んでいた。つい酷なことを聞いてしまった。

「初めてお情けを頂いた日から、夢に何度もあなたさまが出て見えました。そのたびにわたくしは泣きました。わたくしは太郎さまをお慕い申しています。初めてお会いしたあの日からずっと……」

汀は唇を嚙んだ。

「宴のおりに吹いた笛の曲の名ですが……」

「知らぬと申しておったではないか」

「申しあげにくかったのです。まことは『想夫恋《そうぶれん》』という曲です」

「もしや、平家物語にまつわる曲か」

「はい、仰せの通りです」

高倉帝の寵姫《ちょうき》だった小督局《こごうのつぼね》は、中宮建礼門院徳子の父、平清盛に厭われて宮廷を出る。小督を失った悲しみに、高倉帝は側近の源仲国《みなもとのなかくに》に命じて京中を探させる。仲国はある月の夜に嵯峨野《さがの》で見事な箏《そう》の調べに出会う。その曲が『想夫恋』と気づいた仲国は、箏の名手だった小督が弾くものと断じて近づいた。はたして小督は粗末な小屋に隠れ住んでいた。

仲国が高倉帝の使いとして会いたいと言っても小督は頑《かたく》なに拒む。仲国は笛を吹いて小督の心を開き、帝《みかど》の下に連れ帰る。二人はひそかに逢瀬《おうせ》を重ねるが、やがて清盛に知られて小督は出家させられてしまう。

立場に阻まれて帝への思いを押し殺して生きざるを得なかった小督局に、汀は自らを重ね合わせてあの曲を選んだのだ。

月光を浴びて座る愛季の心は震えた。

「相川の里の差配は、弾正の指図のもとで船川二兵衛につとめさせればよい。わたしは汀を側に置きたいのだ」

愛季は愛季で懸命だったが、汀は激しく首を振った。

「どうかお許し下さい」

「どうしても駄目なのか」

汀は硬い表情でうなずくと、愛季の瞳を真っ直ぐに見つめた。

「太郎さまの御側にお仕えできればどんなにか幸せなことでしょう。でも、これが領主の一人娘として生を受けた者の定めでございます」

あまりにも淋しげなその顔を見て、愛季はあきらめざるを得なかった。

「そなたの覚悟は痛いほどわかった。もうわがままは言わぬ。だが、何か困ったことがあればいつでも檜山の城に使いをよこせ。わたしは汀のためになりたいのだ」

「ありがとう存じます。お言葉に甘える日も来るかもしれませぬ」

「ああ、いつでもかまわぬぞ」

「殿さま」

汀の顔には懸命の思いがありありと浮かんでいた。

「なんだ」

「女は、ただひと晩の思い出にすがってでも生きて参れるものでございます」

汀は張り詰めた声で言うと、肩から力を抜いてほっと息を吐いた。

「領民のために生きなければならぬそれぞれの運命《さだめ》を、悲しく思うばかりだ」

「いいえ、汀は三国一の果報者にございます」

襟元を直して立ち上がると、汀は一礼して廊下へと出て行った。

紅色の小袖の背中が、いつまでも愛季の心に残った。

翌朝早く、愛季は相川の里を去った。

城門の前に並んだ弾正と汀の親子は、いつまでもいつまでも手を振り続けていた。

戸賀湊へ越える峠道で立ち止まると、瑠璃色に澄んだ空が高かった。

豊穣の季節は駆け足で通り過ぎようとしていた。

三

地吹雪《じふぶき》のうなりは今日も檜山城にまとわりついている。

「あまり積もらぬとよいな」

書院で火鉢に当たる愛季は、かたわらで鉄瓶のようすをみている主馬に声を掛けた。

「嫌になるくらい降り続けておりますな」

「里の者が難儀せぬとよいのだが」

「御意。春が待ち遠しいです」

出羽の雪は湿って重く、積もりすぎると屋根を潰す。人々は大雪が止《や》んだら、待ったなしで雪下ろしに励まなければならない。

「冬将軍は、南部よりも怖い……」

愛季は詠嘆するような声を出した。

「まことに暖かな国がうらやましくなります」

主馬も大きくうなずいた。

積雪が始まると、まず兵を出そうという領主はいなくなり、民百姓は戦に駆り出されることもなくなる。出羽国の大地に戦火は上がらなくなる。

しかし、奥羽の民にとって冬は、生命《いのち》懸けで雪と戦う季節にほかならなかった。戸外へ出ることも難しく、雪がやんで表へ出ても食べ物も薪も得られない。雪が降る前にじゅうぶんな備えをしておかなければ、民百姓は座して死を待つことになる。

ひどい降雪は、民のみならず領主たちの苦しみでもあった。

雑兵は領内の民百姓なのである。春を迎えたら、兵力が半分に減っていたというような悲劇があってはならない。

雪に追い詰められた者にはできるだけ手を差し伸べたいと愛季は思っていた。自らも冬と戦う覚悟を領主が持たなければ、春はとてつもなく恐ろしい季節となってしまうだろう。

永禄十三年（一五七〇）が明けた。

雪解けが近くなった頃に石郷岡主殿介が急な拝謁を願い出た。

「殿、一大事でござる」

苦虫をかみつぶした顔で主殿介は告げた。

「なにが起きたというのだ」

「御家の面目を潰されました」

主殿介は頭から湯気を出さんばかりの勢いで憤っている。

「怒ってばかりおらずにさっさと申せ」

「当家には今年は羽黒山の御神札《ごしんさつ》が届いておりませぬ」

「そうだな。羽黒山でなにか差し障りが起きたのか」

新年にあたって、羽黒山別当をつとめる大宝寺家は、出羽国中の大小名に武運長久の神札を例年送るのが慣わしだった。ところが、今年は羽黒山の使僧が現れていなかった。

「なんと、浅利勝頼や豊島休心入道のところへは、使僧の智賢坊《ちけんぼう》が例年通り、神札を配って歩いたのでござる」

「なんだと」

愛季は我が耳を疑った。

安東家宗家の自分を除き、隷下である浅利や湊家被官の豊島には配ったというのか。

「紛れもなく、檜山安東の御家の体面を汚《けが》す行いでござる」

主殿介は憤懣やるかたないといった顔でうそぶいた。

「なにゆえ、智賢坊はさような無礼な振る舞いを為したのだ」

「間者の集めてきた話によると、豊島城に立ち寄った智賢坊に、休心入道が土崎湊の商いの届け出の話など檜山の御家への不満をぶちまけたそうです。そこで、智賢坊が檜山城には立ち寄らぬとか申したそうです」

　重村はじめ雄物川流域の領主たちからは、正月のうちにきちんと届け出があった。いま、清水治郎兵衛と息子の政家が精査している。

　だが、重村はまさに面従腹背の態度を取っていたわけだ。

「休心め、つまらぬことをたくらみおって」

　愛季は吐き捨てた。

「つまらぬことではございますが、豊島重村の謀反の意は明らかでございますな」

　かたわらで話を聞いていた宗右衛門が眉根を寄せた。

「その通りだ。したが、こんな大それたことを、一介の使僧が決められるわけはない。間違いなく、我が安東家を攪乱《かくらん》しようという大宝寺義氏のたくらみだな」

「さよう、義氏は弱冠十九歳という若さにもかかわらず、当主となってたった一年余で、家中の心服を得たほどの男。安東家の内紛を煽《あお》ろうとそれくらいの悪計は考えつくでしょう。大宝寺家はついに湊家へと色気を出して参りましたな」

「放っておくわけにはゆかぬか」

「かような噂は、大宝寺や豊島の間者によって世間に広められてゆくはずです。ここで甘い顔を見せていては、ほかの被官たちに示しがつきませぬ」

「わかった。今年のうちに豊島を攻めよう」

愛季にはやらねばならぬことが山積みであった。

「は、急ぐことではないとは身どもも考えますが」

宗右衛門は同意したが、主殿介の鼻息は荒い。

「一日も早く休心入道をとっちめてやりとうござる。さもなくば、この甚六《じんろく》は気が晴れませぬ」

「主殿介どの、まぁそういきり立たれるな。これは湊家の不忠者をあぶり出す好機とも考えられる。しっかりと計を練りましょう」

「宗右衛門はいつもそうして沈着だな。堪忍袋が大きいのでござろう」

主殿介は鼻から息を吐いた。

「ともあれ湊家とその被官たちへ張り付ける間者を増やそう。細かな動きでも油断なく見てゆく」

「さっそく手配致します。くそっ、休心の蛸坊主めっ」

主殿介は板床を踏み鳴らして廊下へ出ていった。

軒先から雪解け水がしずくとなってしたたり落ちるのどやかな音が響いていた。

だが、事態は愛季や宗右衛門が考えるよりも差し迫っていた。

季節は暑い盛りの六月半ばに入っていた。

廊下を近づく人の気配に、愛季は目を覚ました。

寝入ってすぐの頃だろう。

今宵は望月のはずだが、まだ、月の出はない。

杉の青葉を燃やす蚊《か》遣《や》り火の匂いが漂っている。

「誰だ」

愛季の寝所に近づける者は限られている。

「御寝を騒がし、まことにご無礼を仕ります。石郷岡主馬でございます」

いくぶん緊張気味の主馬の声が響いた。

「湊城の湊摂津守氏季どのより、早馬の密使が参りました」

「何ごとか起きたか」

嫌な予感が走った。

「豊島休心が謀反でございます。休心を筆頭に、川尻城主川尻中務、下刈館主下刈右京ら川辺郡の国人たちと、湊家家臣の一部の者たちが湊城を乗っ取りました」

「なにっ」

愛季は布団の上に置き上がった。

「して、茂季は無事か」

「使者の口上では休心と重氏の親子に捕らえられたとのことでございます」

「敵の兵力はいかほどだ」

「はっきりはしませんが、およそ千五百前後と思われまする」

それぞれ自分の領地を守ることに重きを置き、すべての兵を湊城に出してはいないということだ。当然の判断だろう。

それなら茂季を救う手はある。

「陣鉦を鳴らせ。兵を集める。鎌田惣兵衛をここへ呼んで参れ」

「御意。直ちにっ」

四半刻の後、愛季は胴丸姿で檜山城の大手門前にあった。

奥村宗右衛門をはじめ、石郷岡主殿介、主馬の父子、分内平右衛門ら誰しも甲冑姿で馬に跨がっている。

愛季の兵力はおよそ三千。雑兵が黒蟻《くろあり》のように参集している。

昇り始めた望月が、人々の影を黒々と地に映していた。

「すでに鎌田惣兵衛を大将とする異風（鉄砲隊）三百を先発させた。我らが土崎に着く頃には、惣兵衛らによってすでに湊城の乱は平定されているであろう」

愛季は、声を励まして将兵に告げた。

檜山城から土崎城まではおよそ十五里はある。

歩兵は移動に時間が掛かる。

そこで、愛季は八龍湖北岸にありったけの船を集めさせ、鉄砲兵たちを分乗させて南岸の船川へ送った。

　脇本城へ早馬を飛ばして、脇本水軍の小早船を船川に結集させ、土崎までは軍船で海路によって兵を運ぶ手はずを組んだ。

　いま頃、惣兵衛たちは月下の八龍湖を南下していることであろう。歩くのに比べて体力の消耗も少ない。船に乗っている間は、安心して居眠りもできる。

　深更に湊城に着いた鉄砲兵たちは思う存分の働きを見せてくれるはずだ。

「我らの戦いは、湊城の奪還のみに非ず。豊島休心ら謀反の輩を一掃することにあり。皆、心して土崎へ向かうのだ」

*

　月が西に傾き始めた頃、土崎湊から上陸した鎌田惣兵衛率いる少数精鋭部隊は、湊城に音もなく迫りつつあった。

（敵の主力が寺内の城に籠もられていると、攻めるのに時を要するが……）

　平山城の寺内の城は、むかし愛季が治政に向かぬと断じて、茂季に整えさせなかった。

　茂季は土崎館をひろげて、堀も造り直し、城塞としての構えを整えた。いまは湊城と呼ばれている。

　寺内の砦はいまも湊城に比べると大切にされてはいない。

居住性が悪い寺内の城ではなく、豊島休心父子らはこの湊城に本陣を敷いているに違いない。そう愛季も惣兵衛も踏んでいた。

「晴れていてよかったぞ……」

馬上の惣兵衛は、落ちかかる月を見て独りごちた。

続けて、湊城表門までの十町ほどの範囲に目を凝らす。

湊城から土崎湊へ続く目抜き通りには、何百人という敵の雑兵の姿が見られた。

皆、道端にしゃがんで眠りこけている。

茂季の急を襲ったわけだから、ほとんど戦いはなかっただろう。

だが、この深更である。

あたりには火縄の燃える甘い匂いも漂っているが、気づく者はいなかった。

遠く館の門前には、館内に入りきれない数十頭の馬が、急場しのぎに作られた柵につながれて鼻を鳴らす音が響いている。

望月の明るい夜とあって、篝火《かがりび》はわずかしか焚かれていなかった。

数人の槍兵が、立哨に着いていた。

「火縄を掛けろっ」

後ろに続く三百人の鉄砲隊に惣兵衛は手真似も合わせて下命した。

惣兵衛の指揮を一心に待っていた兵たちは、誰しも息を吹きかけ余分な火縄かすを飛ばし火縄を火ばさみにつけた。

　惣兵衛は采配を手にした。

「狙いは銀杏《いちょう》近くの一隊だ」

　二十間ほど先の銀杏の木の回りに固まって寝ている百人ほどの雑兵たちの一団があった。

「一番組、放てえいっ」

　大音声の号令とともに采配を振り下ろす。

　百丁の轟音が響き渡った。

「なんだっ」

「ぐおっ」

「うわわぁっ」

「ぎゃああっ」

　あちらこちらで悲鳴が上がる。

　硫黄《いおう》の燃える匂いが鼻を衝き、硝煙が漂うなか、数十人の兵が次々に倒れてゆく。

「敵襲だっ」

「逃げろっ」

「生命がないぞっ」

　残りの兵たちはわめき散らして逃げ始めた。

「兵どもに告ぐ。逃げる者は追わぬぞっ」

惣兵衛がことさらに声を張り上げると、雑兵たちは槍も弓も放り出してあちらこちらへと駆けてゆく。

木柵につながれた馬が、いなないて暴れ始めた。

馬は繊細で臆病な動物である。訓練で銃声に慣れている軍馬であっても、事態の異常さには騒ぎ出してあたりまえだ。

馬を狙えば、敵の侍たちは逃げ足を失う。

だが、国人たちやその家来の馬なので、できればそのまま檜山家のものとしたい。

惣兵衛は馬を狙わなかった。

「生命が惜しければ疾くこの場より落ちのびよ」

ふたたび大声を出すと、敵兵たちは総崩れになった。

そんななかで、こちらを狙う勇敢な弓兵たちがあった。

「番《つが》え、引けっ、放てっ」

胴丸を身につけた若い徒武者《かち》が指揮している。

弓が夜空を飛んだ。

「うわっ」

何人かの味方の銃兵が矢に射られて倒れた。

「二番組、放てぇっ」

惣兵衛は采配を振るった。

弓兵たちはバタバタと倒れてゆく。

徒武者も被弾してその場に前のめりに倒れた。

表門が開いた。

十数騎の鎧をつけた騎馬侍が飛び出してきた。

「曲者《くせもの》めっ」

先頭にいるひげ武者は豊島休心だった。

「謀反人のくせに曲者呼ばわりとはしゃらくさい」

「うぬぬぬっ」

「檜山安東家侍大将、鎌田河内守これにあり」

ひるむ休心入道に、惣兵衛は誇らしげに名乗りを上げた。

「ええい、何をしておる。押し包んで討ち取れえいっ」

休心入道は声を張り上げて叫ぶが、雑兵たちはわらわらと逃げてゆく。

ものの弾みで転ぶものが出ると、折り重なって倒れる者たちもいる。

「よしっ、謀反人の騎馬武者を狙うぞっ」

惣兵衛は采配を振り上げた。

「放てえっ」

銃声が響き、硝煙がひろがる。

見事な手綱さばきで、休心は黒駒を竿立ちにさせて銃弾を避けた。

「ええいっ、敵を囲めっ」

休心入道は懸命に声を枯らすが、一度統率がとれなくなった雑兵たちは誰も耳を貸さない。皆が逃げるに懸命である。

「何をしている。早く敵を囲めっ」

いくら叫んでも混乱は収まらない。

「三番組っ、も一度、騎馬武者を狙うぞっ」

惣兵衛は采配を振り上げた。

「退《ひ》けっ、退けーっ」

利あらずと見たか、休心はそのまま黒駒を飛ばして南へと逃げ始めた。

ほかの騎馬武者たちもここを先途《せんど》と逃げてゆく。

徒武者や雑兵たちも遅れじと南へ逃げ去ってゆく。

ほんのわずかな間に勝負は決まった。

「お味方大勝利っ」

一人の鉄砲兵が叫んだ。

「えいおう、えいおう」

惣兵衛は拳を振り上げて声を張り上げた。

「えいえいおうっ」

檜山軍の鬨《とき》の声が深更の通りに高らかに響いた。

惣兵衛は下馬すると、大股に湊城に入って行った。

「檜山の鎌田惣兵衛だ。湊六郎さまはご無事かっ」

大声で叫ぶと、平装の小者たちが飛び出してきた。

「檜山さまのご家来衆でございますかっ」

「いったいどうなることかと思うておりました」

小者たちは歓喜の声を上げて惣兵衛を取り囲んだ。

奥の暗闇から肩衣姿の一人の老人がゆったりとした足取りで出て来た。

「おおっ、鎌田どのか。まことにありがたし」

すでに髪も真っ白になった湊摂津守氏季であった。

「摂津どの、すべては貴公の急報のおかげでござる」

「この館の構えを知らぬ豊島休心の目を盗んで、なんとか急使を出せたのが幸いでござった。つい先刻まで身どもも動きがとれなかったのでござるよ」

「で、湊さまは」

「ご安心召されよ。書院におわす。見張りについていた者たちが逃げ去ったので、退屈な
さっているだろう」

氏季はこんな時にも戯れ言を忘れない性質《たち》のようである。

「よかった。まことによかった」

惣兵衛は大きく息を吐いた。

つとめは完璧に果たせた。そう思うと、惣兵衛の心の底から喜びがこみ上げて来た。

「よいっとなぁ。やいっとなぁ」

惣兵衛はその場ででたらめな踊りを踊り始めた。

「おいおい、鎧踊りは後にして、殿に拝謁しよう」

氏季はあきれ声を出した。

小者たちが笑い崩れた。

愛季の電光石火の采配によって、湊城は謀反人たちの手から取り戻すことがかなった。

＊

翌朝、本隊を率いた愛季が到着した。

先触れを遣わしておいたために、湊城の表門前では茂季と湊氏季、鎌田惣兵衛らが出迎えた。

「六郎っ」

愛季は籠手《こて》をつけた両手で茂季の両手をとった。

「兄上、まことに以て面目次第もございませぬ」

悄《しょ》げきった茂季の姿を見て、愛季は思わず失笑した。

「よい。そなたが無事でおればそれでよいのだ」

「被官、家人どもを束ねる力がなく、また、昨夜のような事態の起きることを予見できなかった己の愚を恥じ入るばかりです」

「そんなに自分を責めるな。そもそも、湊家当主へそなたを置いたときから、いつかはかような日が来るとは思っておった」

「いえ、わたしに力がないがためです。わたしはこの館を去ります」

「なんだと……」

「この館は兄上にお渡しします」

「ならぬぞ。そなたはこれからも湊家を率いるのだ」

「されど……」

茂季の両眼にはあふれんばかりの涙が溜まっていた。

茂季が哀れで、愛季は話題を変えた。

「兵たちのなきがらは、湊福寺に運んで手厚く葬ってやれ」

近くの岱雲山湊福寺（現在の蒼龍寺《そうりゅうじ》）は、湊家の祖、安東鹿季《かのすえ》の建立で代々湊安東家の菩提寺であった。

「雑兵は皆、湊家領や川辺郡の百姓たちだ。死んだ者たちには気の毒をした。もし、遺族と名乗り出る者があれば、できるだけのことはしてやれ」

「あいわかりました。慈悲深いお言葉痛み入ります」

茂季は頭を下げた。

そのとき目抜き通りを馬を飛ばしてきた者たちがあった。

下馬して恭敬に頭を下げた先頭の男は三浦盛永であった。

「おお、殿もご無事で」

「兵庫、そのほうはいずこにおった」

「たまたま城に戻っておりました。土崎でまさかこんなことが起きているとは……変事を知らせた者があってすっ飛んで参りました」

「すべては片付いた。そのほうがいてくれれば、苦労はせずに済んだものを」

愛季の皮肉にも、盛永は表情を変えなかった。

「いや、運が悪うござった。それにしても豊島休心め、なんとも不埒《ふらち》な輩です。まったく以て許しがたい」

盛永は口を極めて豊島休心を非難した。

（まことにこの男は尻尾を出さぬな）

浦城という安全な場所に我が身を置いて、茂季と休心を両天秤に掛けたのではないか。

さらに戦いの後は、勝ったほうに与しようと思っていたのかもしれない。

「いずれにしても、一同のご無事、この兵庫、心より慶賀申しあげます」

狐に似た盛永の顔を、白けた思いで愛季は眺めていた。

湊城は何ごともなかったかのように、蟬時雨《せみしぐれ》に包まれていた。

＊

それから数日して、雉子山《きじやま》（現手形山《てがたやま》）において、檜山愛季軍と、豊島重村、下刈右京、川尻中務、新城氏たち川辺郡国人領主との合戦が始まった。

横手城主小野寺景道《かげみち》、角館城主戸沢盛安《もりやす》なども、豊島らに同調する動きを見せ、大宝寺義氏さえも由利郡へ侵攻したため、愛季は土崎湊城に軍勢を配し檜山に引き上げた。

戦いはその後も続いた。

二年が経ち、元亀三年（一五七二）となった。秋田平野のあちこちで繰り広げられた戦いは次第に愛季が有利に展開していった。

愛季は精鋭部隊を率いて豊島休心と重氏父子の籠もる豊島城を襲った。父子は攻勢に耐えかねて、重村正室の実家である仁賀保氏の領土へ逃げ去った。

主将を失った城兵たちは、まったく抵抗することなく降伏した。

もともとは湊家の陪臣たちである。むろんのこと、愛季は士卒をその場で赦《ゆる》し、茂季への忠誠を誓わせた。

戦いの後、愛季は主馬とともに豊島城を見分することにした。この城を治める上で、せめて外側だけでも把握しておきたかったからである。

主郭である奥御殿を見て回っているときのことだった。

主殿の裏の杉林の陰に人が隠れている。

愛季は大股に歩み寄っていった。

小具足姿の武将が鎧通しを手にして立っていた。

かたわらで鴇《とき》色の小袖をまとった娘がうなだれて座っている。

「何をしておるっ」

驚いて愛季は叫んだ。

「お見逃しをっ」

武将は鎧通しを振り上げた。

石つぶてが飛んだ。主馬が投げつけたのだ。

「うわっ」

武将は鎧通しを手から放り出した。

そのまま鎧通しは、地表に突き刺さった。

主馬は素早く武将に組み付き、背後から右手をつかむと逆手にねじ上げた。

「痛たたたっ」

武将は身体を強張《こわば》らせて悲鳴をあげた。

主馬は小具足術が得意であった。

「主馬、離してやれ」

「はっ」

武将はあぐらを掻くとほっと息をついた。

娘はうなだれたままで震えている。

「檜山の御屋形さまぞ」

主馬の言葉に、武将の声が震えた。

「なんと。ご宗主さまでござるか」

「そこもとは休心入道の家来か」

愛季はつとめて静かな声で尋ねた。

「畠山清信《きよのぶ》と申します。親族衆で宿老をつとめております」

四十前後か。怜悧そうな顔立ちの武将であった。

細面で鼻筋が通り、品のよい造作を持っている。

「そうか、休心は逃げ出したぞ」

「もはや覚悟はできております」

清信は肩を落とした。

「清信……もはや戦いは終わった。わたしには、そこもとらを害する気持ちは少しもない。休心は、長年、湊家に臣従しながら、当主を襲うような大悪人ゆえ誅伐した。それでも、わたしはあの男の生命を取らなかったのだ。なにゆえ、降伏したそこもとを害しよう。また以前のように、湊家に仕えてはくれぬか」

「かたじけないお言葉でございます」

涙声で清信は答えた。

「我らはもともと同じ安東の船に乗るものだ。これからもよく仕えてくれ」

「この畠山清信、ご宗主さまの御ために粉骨砕身つとめまする」

清信は地に手をついて深々と頭を下げた。

かたわらの娘はうつむいたままであった。

「娘御、顔をお上げなされ」

愛季はさらにやさしい声を掛けた。娘の身体の震えは止まっていた。

「はい……」

娘は顔を上げ、澄んだ声で答えた。

愛季は息を呑んだ。

父親似の細面だが、澄んだ両眼には明るい光と利発さが宿っている。

ふんわりとした唇は、笑っていないのに、どこか笑みをたたえているように見える。まわりの人々に愛されてきた者の持つやさしさを感ずる。

武家の名門、畠山一族の血が、よいかたちで出た顔立ちなのだろう。

「名をなんと申す」

抜けるように白い顔に戸惑いの色を浮かべて、娘はうつむいた。

女は親や夫などの親族以外に、本名を名乗るべきではない。

だが、愛季は知りたかった。

「小雪《こゆき》と申します。拙者の一人娘でございます。この春十七を数えました」

代わって清信が答えた。

「そうか、小雪か。安堵するがよい。もはや恐ろしい戦いは終わった」

小雪は黙ってうなずいた。

「二人とも下へ降りよう。何か食べ物があるはずだ」

父娘は呆然と愛季を見つめた。

戦塵収まらぬいまの場に、あまりにもふさわしからぬ言葉だと気づき、愛季は頭を掻いた。

「いや、腹が減っておらねばよいのだ」

小雪はくすっと笑った。

澄んだその笑顔に愛季は魅了された。

この娘はやさしい顔立ちからは窺《うかが》いにくい、明るく強い気性を持っているに違いないと感じた。

檜山に戻った愛季は、小雪を継室として迎えることにした。

後に瑞祥院《ずいしょういん》と諡《おくりな》される小雪は、愛季の二度目のそして最後の妻となった。

父の清信は大喜びで、湊家の臣として懸命に忠義を尽くし始めた。もともと文事に明るい男だったので、茂季の治政のよい助けとなっているようだった。

後の世で第二次湊騒動と呼ばれる一連の戦いにより、長年、湊安東家にくすぶっていた不満分子は一掃された（湊騒動については諸説ある）。

だが、湊家宿老の三浦盛永については、相変わらず定かではなかった。

戦勝祝いに、愛季は檜山八幡社の再興に多額の寄進をした。

この年、権大納言に昇進していた山科言継に対する愛季の働きかけもあって、男鹿本山の円隆和尚が権大僧正に昇進する。

こうして愛季は、亡き佐枝の進言を取り入れて神仏への崇敬の念を示し、領民の信頼を得続けたのであった。

四

元亀四年（一五七三）の春となっていた。

昨年迎えた小雪が女子を産んだ。

まるまると太った元気そうな赤子に、愛季は珠《たま》と名づけた。

檜山城は、浪岡御所に嫁いでいる松、次女の菊、嫡子の六郎業季《なりすえ》に加えて四人目の子を迎えて喜びに包まれた。

そんななか、一人の武士が檜山城を訪れた。

相川弾正の宿老格、工藤弥九郎であった。

「我が殿、弾正よりの使いで罷《まか》り越し申した」

この豪放な男には珍しく、暗く沈んだ声音であった。

「なにが起きたのか」

「采女さまが……大病に罹《かか》られて……医者の見立てでは、もはや治る見込みは薄いとのことでございます」

弥九郎は言葉を途切れさせた。

「なんだと……」

愛季の声はかすれた。

頭から血が下がってゆく気がした。

「我が主、弾正が、ぜひ、檜山さまにお越し願いたいと申しております」

弥九郎は板床に手を突いた。

あれ以来、采女こと汀には会っていない。

会えば、力ずくでも檜山へ連れて来そうな自分が怖かったからである。

だが、二度の逢瀬を弾正は知らぬはずであった。

なにゆえ、弥九郎を使いによこしたのか。

あるいは汀が、最後に愛季に会いたいとつよく弾正に願ったのか。

愛季の胸は痛ましさでいっぱいになった。

「采女は相川と女川《おながわ》のどちらにおる」

「はい、女川館に伏せっておいでです」

「わかった……見舞いに行こう」

「ありがたき幸せ」

初めて弥九郎は表情をゆるめた。

相川弾正基季《もとすえ》は、数年前、相川城から本拠を脇本城に近い女川館に移していた。

むろん、相川の里はそのまま弾正が治めているし、戸賀の水軍も束ねている。

だが、湊家の不満分子が一掃されたことで、小鹿島全体の緊張もゆるんだ。

昔年、湊家と対立していた相川安倍氏が大手を振って歩けるようになったと言ってもよい。それで、弾正は不便な相川のほかに、この女川の地に館を築いたのだ。地名から女川（尾名川）を名乗ることも多いと聞いている。

翌朝早く愛季は、小雪や宗右衛門たちには湊城へ行くと言って檜山城を出た。

珠姫誕生に沸く城内の喜ぶ者たちに、後ろめたさがあったためだった。

弥九郎と小者だけを従者として八龍湖を下る愛季の心は重くふさいでいた。

小雪は愛おしい。

子どもを産んでくれてますます愛おしさが増した。

だが、それは家族への愛なのかもしれない。

愛季にとって汀はただの女ではなかった。

言葉にはしにくいが、海神《わたつみ》の使いのように汀を思っていた。

ただの思い込みなのかもしれなかった。

だが、古来、女の中に宿る神を見いだし、その女と情けをかわすことで、神の持つ力を己に取り入れようという考え方がある。

愛季の心はそんな古い感覚に支えられていたのかもしれない。

いずれにせよ、汀を思い出す度に愛季の心はうずいていた。

船越で遣いの者を脇本城に送り、深井彌七郎に小早船の迎えを頼んだ。

海上、船越から女川は三里ほどのわずかな道のりである。

昼過ぎには女川の浅い入江が見えてきた。

右手に突き出している岬の上に女川館はあった。

岬には突端から三分の一あたりに大きな窪みというか小さな谷があり、付け根側に板屋根の棟がいくつか続いている。

「弾正はなかなか険阻な土地に館を構えたな」

愛季の讃辞に弥九郎は誇らしげに答えた。

「この場所なら容易くは攻められないと申しまして。別名双六館《すごろくやかた》とも呼ばれております」

「なにゆえか」

「古くからこのあたりを双六と呼んでいたそうです」

断崖の北端の磯に粗末な波止が設けられていた。

(まさか、すでに身罷《みまか》ったなどということはあるまいな)

急な斜面を登る愛季の心は逸《はや》っていた。

女川館は相川館よりもいくぶん立派だったが、板屋根の板壁で小領主の館としてはふつうの造りだった。

三つの曲輪の四隅に物見櫓を設けたり、空堀を掘るなど、砦と館の中間的な構造は、いかにも弾正の好みらしかった。

（だが、相川館とは違って、ここは隠れ里ではない。大軍に攻められれば長くは保《も》つまい）

愛季は思ったが、湊家を掌握したいま、女川館を攻める者がいるとは思えなかった。

「檜山さま、ご来駕でござる」

弥九郎が先に館に駆け込んでいった。

式台のところまで弾正と家臣たちが出迎えた。

「遠路お運び下さり、心より謝しますで」

疲れた弾正の顔は、汀の身体を気遣った日々を思わせた。

「采女は、采女の容態は……」

咳込むように愛季は訊いた。

「熱が高い日もござったが、今日はだいぶ落ち着いておるようでござる」

弾正の言葉に、愛季は全身の力が抜けそうになった。

汀の生命の火は消えてはいなかった。

「さっそく見舞いたいのだが」

「ありがたきことでござる。あ奴めもさぞかし喜ぶと思います」

弾正は大きな瞳に涙をにじませた。

東の離れが汀の病間だった。

渡り廊下を進むと、海に向いた建物が近づいて来た。

潮の香りが病間を満たしていた。

部屋の中央に布団が敷かれ、汀は眠っていた。

(こんなにやつれて……)

豊かだった頬は、面《おも》変わりするほどに痩せ細っていた。

化粧をしていないためもあったが、顔色が紙のように白い。

佐枝のいまわの際の顔色を思い出して、愛季は不吉な予感に責め立てられた。

寝息が早く苦しそうだが、生きている証に逆にほっとする。

「檜山さまがお見舞いに来て下さったぞ」

弾正が声を掛けた。

「え……」

ぼんやりと汀は目を開いた。

「汀、見舞いに来たぞ」

愛季はなるべく平らかな調子で告げた。

「申し訳もござ……」

起き上がろうとした汀は激しく咳き込んだ。

「そのまま寝ておれ」

「相済みませぬ」

「なにを申す。病人が寝ているのはあたりまえだ」

汀はかるくうなずいた。

「父上、しばらく、檜山さまと二人にしてください……」

汀の言葉にうなずいて、弾正は部屋を出ていった。

「本当に太郎さまなのですね」

大きな瞳を見開いて、汀は小さい声で訊いた。

「ああ……汀を励ましに参った」

「いま見ていた夢の続きのよう……」

「俺が夢に出てきていたか」

「はい、夢の中で、太郎さまを船でお迎えに行って……」

「十五年前もそうして出迎えてくれたな」

「そう……わたくし、あのときと同じ胴丸を着ているの」

「驚いたぞ」

「でも、違うのです。あのときとは違って安らかな気持ちなのです」

「ははは、俺は安らかな顔はしていなかったろう」

他愛もない会話を続けていると、愛季は四年前の夢の続きを見ているような錯覚に陥った。

愛季と汀は言葉少なに、最初の出会いと四年前の再会の時の思い出を語り合った。

しばらくすると、一人の侍女が廊下から声を掛けてきた。

「采女さま、和子《わこ》さまをお連れ致しましたが」

「こちらへ連れてきて」

若い侍女が左右の手で二人の幼児の手を握って入って来た。

藍色の筒袖の男児と、えび茶の筒袖を着ている女児だった。

二人とも同じくらいの背丈で、瞳の大きい愛くるしい顔立ちをしている。

(この子たちは、いったい……)

ちんまりと座った二人の子どもは脅えた目で愛季を見あげている。

「まさか……」

愛季の胸は激しく収縮した。

「あなたさまのお子です」

思い切ったように汀は告げた。

「まことか」

愛季は絶句した。

四年前の一夜の逢瀬でできた子なのか。

「まぎれもございませぬ。わたくしはほかに男の方を知りませぬゆえ」

汀は笑ったようだった。

二人の子は汀をぽかんとした表情で見ている。

「双子か」

男女の双子はあまり似ていないことが多いと言うが、たしかに同じ年頃に見える。

「安寿丸《あんじゅまる》と澪《みを》の兄妹です。この正月で四つを数えます」

「そうか……おいで」

愛季は両手を開いて迎え入れようとしたが、二人は黙って震えている。

見知らぬ愛季がよほど怖いのだろう。

ばつが悪くなって、愛季は腰の脇差を抜いた。

「安寿丸にはこれをやる」

黒呂塗で合口拵《あいくちごしらえ》の脇差だった。柄は鮫革。銘は相州廣光《そうしゅうひろみつ》、なかなかの名刀だった。

「澪にはこれだ」

薬入れとしてごく最近はやり始めた腰から下げる印籠《いんろう》だった。

金蒔絵《きんまきえ》で牡丹を描いたもので、京から南部弥左衛門が贈ってきたものだった。

「なにこれ」

幼い二人はそれぞれに受け取ったが、愛季の行いの意味がわかってはいない。目顔で侍女に請うと、一礼して二つの贈り物を恭《うやうや》しく床の間に置いた。

「太郎さまのお子と認めてくださるのですね」

「あたりまえだ。汀の言葉を信じぬはずがないだろう」

「お言葉、ありがたく……嬉しゅうございます」

汀は心底嬉しそうに笑った。

「なぜ、隠していたのだ」

汀はしばらく黙っていた。

やがて真っ直ぐな目で愛季を見て言葉を継いだ。

「太郎さまは、いまや北出羽の覇者でございます。ことに安寿丸は男と生まれました。檜山安東家の男子とあれば、重い責めを担わなければなりませぬ」

「そうかもしれぬ」

否定できなかった。安寿丸は六郎業季に次ぐ二人目の男子である。本来ならば、将来は業季に檜山城を、安寿丸には湊城を預けたいところだ。

「わたくしも弾正の一人娘と生まれたがために、あなたさまの御側に参れませんでした。この子たちにはそんな重いものを背負わせたくはありませぬ」

「領主の子はつらいな」

四年前に、檜山城へ来ることを頑なに拒んだ汀の姿が思い出された。

「安寿丸は安倍一族としてこの館の主をつとめることになるでしょう。されど、父も安倍一族で、すでに亡くなったものとして育てさせたいと思っております」

微妙な言葉のあやだが、汀の「育てさせたい」という言い回しに愛季は悲しみを覚えた。

生命の火が消えそうな汀は、二人の子の養育を誰かに託さざるを得ないのだ。

「それゆえ、二人が太郎さまのお子であることは、このまま隠しておいて下さい」

「しかし……それでは……」

「どうか、どうか……最後の汀の頼みでございます」

汀の顔に懸命の思いが表れていた。

「汀の気持ちはよくわかった。だが、俺にも言わせてくれ」

「何なりと」

「俺の子である限りは、父としてこの子たちを幸せにしなければならぬ。もし、二人が何か困ったときには、檜山の安東太郎を訪ねさせてくれ」

「かたじけないお言葉でございます……ヤスや二人を連れて行ってちょうだい」

「かしこまりました」

侍女は二人の幼児の手を握って廊下へ連れ出した。

「もう思い残すことはございませぬ」

汀は力なく微笑んだ。

「気弱なことを申すな」

「太郎さま……汀は幸せでした」

ほっと吐息を漏らすと、汀は安堵したように眠りに落ちた。

そのまま、愛季は病間で眠る汀の顔を眺め続けていた。

時々苦しげに息を吐くばかりで、汀は目覚めることはなかった。

汀の容態が急変したのは朝の陽が差し込み始めた頃だった。

顔から徐々に生気が引いていった。

生命を支えている力がどんどん身体から抜け出ているように愛季には感じられた。

若い医者も何もできず、手をこまねいていた。

汀の病を診させるために土崎から女川館に呼びつけ滞在させているという。

苦しそうな喘ぎが続いた。

くっと声を立てた後、汀が発するすべての音が消えた。

医者はあわてて汀の手首で脈を取った。

「お亡くなりになられました」

重苦しい声で医者は告げた。

呼ばれた二人の子は、ことの次第をわかっているのか、泣きじゃくるばかりだった。

やがて侍女に手を引かれ子どもたちは退出した。

愛季は一刻もの間、汀の死に顔を眺め続けていた。

だが、檜山城に帰らなければならぬ。

「弾正、汀を丁重に葬ってくれ」

側室でもないからには、愛季が弔いを出すわけにはゆかなかった。

「はい……」

弾正の大きな瞳から涙がぽろぽろとこぼれ落ちた。

「すまぬ。わたしはもう戻らねばならぬ」

「承知しており申す」

弾正はつらそうにうなずいた。

「二人の子を立派に育ててくれ」

愛季の声はかすれた。

「申すまでないことでござる。身どもの大切な孫たちゆえ」

「何かあれば、いつでも檜山城に参れ」

「ありがたいお言葉でござる」

「相川の家には、子どもたちのために糧米を送り続ける」

「かたじけない……檜山さま」

「なにか」

「汀を看取って下さって、弾正は心より謝します」

「気を落とさずつとめに励んでくれ」

「承知致しました」

女川から離れる船の上で、汀との不思議なゆかりを何度も何度も思い返した。

(まさに『一即一切』……この世は因縁生起《いんねんしょうき》、つまりは縁で動いている)

自分と汀の宿縁は、望ましいものであったのだろうか。

二人の子どもを授かった。

だが、汀は子どもたちを捨て置けと言い残した。

己自身を愛季から遠ざけたのと同じように。

自分は果たしてこの先、汀の遺志を守ることができるのであろうか。血のつながる父子の縁は、男女の縁と負けず深い。

小さくなる女川館の屋根を眺めながら、愛季は胸の奥に湧き上がるさまざまな思いと戦っていた。

こころを鎮めようと、愛季は大きく息を吸い込んだ。

小鹿島の潮風がいつになく苦いものに感じられた。

第六章　斗星の北天に在るにさも似たり

一

青葉が繁る頃、京から南部弥左衛門が帰ってきた。

「そこもとの帰りを待ちかねておったぞ」

「まことにお待たせ致しました。いや、もう世の中はめまぐるしく動いております。昨年の七月に織田弾正忠《だんじょうのちゅう》どのは公方さまを京から追い払ってしまいました。いまは紀伊国に逼塞《ひっそく》しています」

「そこもとからの文を見て驚いた。室町幕府は滅びかけているな」

「すでに滅びていると申しても過言ではありますまい。公方さまは、宇治の槇島《まきしま》城で織田どのと戦って敗れたのでございます。敗戦後、嫡子の義尋《ぎじん》さまをまだ赤子にもかかわらず、人質として尾張守どのに差し出しております」

「なんと……」

愛季は絶句した。

武家としては軍門に降《くだ》ったと断じてよい。足利将軍家は滅びたのだ。

「さらに八月には織田どのに攻められ越前国の朝倉義景どのが自刃、九月には小谷城《おだに》が落ちて浅井家が滅びました。河内国の三好義継《よしつぐ》どのも攻め滅ぼされました。かつて京で一番の力を持っていた三好氏もあえなく消えたのでございます」

今年覇権を握った者も来年は戦場の露と消えているかもしれぬ。

末世に生きる武将のはかなさを、愛季は痛感していた。

「織田弾正忠は、紛れもなく第一の出頭人といえるな」

弥左衛門は大きくうなずいて言葉を続けた。

「さすがに各地の一向一揆には手を焼いておられます。が、すでに北伊勢と越前は掃討し、越前は織田家の領分となりました。もはや織田どのは京畿周辺を完全に掌握なさったのでございます。織田どのは十年前に初めて従五位下弾正忠《だんじょうのちゅう》に補任《ぶにん》されたわけですが、官位は従四位下、正四位下と進み、この三月には、とうとう従三位参議に叙任されました」

「公卿《くぎょう》となられたか」

「はい、廷臣としても高位に立たれたわけです。殿、いまこそ」

「では、織田家とのつながりはできたのだな」

「山科権大納言さまから明智十兵衛どのをご紹介頂けました。いつでも織田どのに音物《いんもつ》は献上できます」

「織田どのは鷹狩りはお好きだろうな」

「ええ、それはもう。暇さえあれば鷹狩りにお出かけです」

「鷹を贈ろう。阿仁の鷹を黒沢蔵人《くろさわくらんど》に育てさせておいてよかった」

津軽は鷹の名産地として知られるが、嘉成常陸介が治める阿仁領も負けていないと愛季は思っていた。愛季自身は鷹狩りをそれほど好んではいなかったが、それでも黒沢蔵人という名の鷹匠を抱えている。蔵人は鷹を育てる名人であった。

「よいお考えと存じます」

「それから名馬だな。浪岡御所さまに頼んで戸立馬を送って貰おう」

戸立馬は陸奥の糠部郡産の名馬である。南部の馬でもことに優れていると、京畿での評判も相変わらず高かった。

「結構でございますね。織田どのは鷹と並んで名馬がお好きです。きっと御意に召しましょう」

「よし、弥左衛門。準備が整い次第、京へ戻ってくれ」

「かしこまりました」

その後は、宗右衛門も呼んで、越後の上杉家と甲斐の武田家、山陽の宇喜多家や毛利家、四国を掌握した長宗我部家などの話を詳しく聞くことができた。

（弥左衛門を京に常駐させてよかった）

遠い北出羽にいる愛季だからこそ、京畿の情勢は力を入れて摑んでいなければならない。

愛季は弥左衛門のつとめを、さらに大切に考えるべきだとあらためて感じ入った。

翌天正三年春、信長から丁重な礼状が愛季のもとに届いた。

続けて、よい鷹を求めたいので鷹匠二名を遣わしたいという書状が来た。

このような要請は、喜ぶべきことである。なぜならば、愛季とのつきあいを盛んにしたいという信長の気持ちの表れだからである。

もし、信長が愛季を取るに足らぬ武将と考えていたら、通り一遍の礼状が届いて終わりとなるはずだった。

信長は、決して鷹や名馬を喜んだだけではないと愛季は思っていた。おそらく、遠い出羽の地から自分をいち早く評価した愛季を、見所のある大名と見たものに違いなかった。

愛季はたしかな手応えがあったことに満足を感じて、さっそく承諾の返書を送り、黒沢蔵人に用意を調えさせることを決めた。

＊

翌天正四年の初夏、小雪が初めての男子を産んだ。

小雪の侍女が抱く赤子は産着の中で、すやすやとよく眠っていた。

「この子は、六郎よりも俺に似ているな」

目も開かぬ嬰児《えいじ》を抱きかかえて、愛季は小さく叫んだ。

愛季も三十八を数えていた。男子の出生はこの上なく嬉しかった。

「赤子の顔なのに、さようなことがおわかりですか」

産後、初めて化粧をした小雪は、床から起き上がってほほえんだ。

「六郎はいい男だが、骨相が華奢だ。この子は俺に似て骨組みがたくましくなりそうだ」

愛季は、佐枝の残した嫡男には六郎と名づけていた。

実をいうと、若き日の愛季は決して頑強ではなく、むしろ六郎に似ていた。

だが、利発ではありながらも、とかく病弱な嫡子の六郎に不安を覚える日もあった。

文事を得意とする砂越の血が強く出たと思っていた。

まるまると肥えたこの子は、武家の名門である畠山氏の血を強く受け継ぐと期待したかった。

「よし、藤太郎と名づけよう」

愛季は声を弾ませた。

「それでは宗寿院《そうじゅいん》さまに申し訳がございませぬ」

小雪は眉間に縦じわを寄せて首を振った。

太郎という名は愛季の幼名でもあり、また、武家一般で惣領の幼名であることも少なくない。小雪が佐枝に遠慮する気持ちはよくわかる。

「太郎ではない。安東家の昔のつづり安藤から藤の字を加えて藤太郎だ」

「でも……」

小雪の顔から戸惑いの色は消えなかった。

「案ずるな、六郎こそ、安東の家にとっては惣領名だ」

愛季の声が大きかったか、赤子は元気な声で泣き始めた。

結局、愛季は藤太郎と名づけた。後の秋田実季《さねすえ》である。

愛季の領内は小康状態で、これといった騒ぎも起きていなかった。

そんなある日、南部弥左衛門からの書状が届いた。

「昨年、織田どのは尾張国長篠で甲斐の武田と戦い、鉄壁の騎馬備えを打ち破ったそうだ」

「武田を……」

かたわらの宗右衛門は信じられぬという風に首を振った。

すでに天正四年、信玄は病没し、武田家は庶子の勝頼が継いでいた。

「当主の武田大膳大夫《だいぜんのだいぶ》（勝頼）は甲斐へ戻ったが、武田の騎馬隊は壊滅に近い打撃を被ったとある」

「まことでございますか」

宗右衛門はうなり声を上げた。

「織田どのは、権大納言と右近衛大将に叙せられた。このおりに御所に公卿たちを集めて足利将軍家の就任と同じ陣座の儀を執り行った。織田どのは足利将軍と同じ扱いを受け、廷臣たちは上様と呼ばねばならなくなったとのことだ」

上様は、天下の主宰者に対する呼称で、これまでは室町幕府の将軍に対する敬称であった。十五代将軍足利義昭は備後国の鞆《とも》に逼塞していたが、名目的にも信長はこの年から将軍をしのぐ存在となったわけである。

「ついに天下をお取りになりましたか。新しい公儀が生まれたともいえましょう。織田家と誼を通じて参った甲斐がありますな」

宗右衛門は感慨深げに言った。

「また、この一月に安土に天下一の城を築くと宣明したそうだ」

「安土と申しますと、近江湖の湖畔近くですな」

宗右衛門はあごに手をやった。

「さすがは織田どのだ。安土は近江湖を押さえる地、これで京畿中のいや天下の富が集まる」

「たしかにこれほどの土地はあまりございませぬな」

「すでに織田どのは、松井友閑《まついゆうかん》という仁を堺政所に置いて堺を掌中に収め、朝倉家を滅ぼして敦賀を得ている」

「鉄砲と硝石、南蛮からの富が集まる堺、北海の富が集まる敦賀でございますな」

「いま、安土に城を築く。さすがに天下人となるだけの人物だ」

「仰せの通りですな」

「わたしは新しい城を築くぞ」

「まことでございますか」

宗右衛門は驚きの声を上げた。

「ああ、出羽一の城を築く」

「湊城を改修なさるのですか」

「土崎は出羽一の湊となった。されど湊城は南に過ぎる上に、平城だけにいざとなると守りが薄い。かたや寺内は地形が悪く大きな城を築けぬ」

「ではこの檜山の城を」

「いや、檜山は出羽国の最北ではないか」

この頃はさらに北の深浦までは安東領として固まっていたが、檜山が最北の地であることには違いない。

「わかり申した」

宗右衛門は膝を打った。

「わかったか」

「はい、殿は脇本の城を改修なさるおつもりですな」

「そうだ。脇本はよい。蝦夷と津軽、出羽中の富が集まる野代湊と土崎湊の間にあり、八龍湖の荷が集まる船越の船入場に至近だ。あの地形は手を入れれば壮大な城を築ける。さらには潤沢に水の湧く井戸まで持っていたではないか」

「そうでございましたな。すっかり忘れておりました」

宗右衛門はあのおりのことを覚えていた。

「ははは、初めてあの城を訪ねたときに深井彌七郎から教わったであろう」

「殿はあんな昔から脇本城の改修を、こんなに長い間、胸に秘めておられたのですな」

「大業は一朝一夕にはできぬものよ。ひとつひとつ積み重ねてゆかねばならぬ」

「恐れ入りました」

宗右衛門に感心されるのは嬉しかった。

当主となった初めから、師と仰いでいる男である。

「脇本の縄張りを始めよう」

愛季は心が浮き立つのを抑えられなかった。長年の夢である。

数日後、よく晴れた日を選んで愛季は脇本城へ見分に出かけた。

澄んだ空には刷毛ではいたような筋雲が浮かんでいる。

砦の門を入ると、すぐに愛季はいちばん高い丘に登った。

海から吹き上げるさわやかな初夏の風が、汗を掻いた身体に心地よい。

右手にはひときわ目立つ妻恋山（寒風山）が、癖のある山容を見せてそびえている。

目の前には男鹿三山（真山、本山、毛無山）が峰を連ねている。

三山の向こうや左手には光る海が広がっていた。

あのときは未知の土地だった小鹿島の北端は、汀の思い出が残る夢の名残の地と変わっていた。

「まことに胸がすく景色だ」

檜山城とも湊城とも異なるこのひろがりのある景色に、愛季はあらためて感嘆していた。

愛季はこのような景色の中で、安東の国に気を配り続ける日々を送りたいと願った。

あのときと一緒で、供は奥村宗右衛門と深井彌七郎の二人だけだった。

ただ、麓の波止にはずらりと軍船が居並んでいる。

むろん、野代丸には「載舟覆舟」の旗もたなびいていた。

小者たちも連れず、三人は脇本城内を歩き回った。

脇本水軍の根拠地となって久しい脇本砦には、すでに武者長屋や武器倉などの建物が点在するようにはなっている。

「拙者が砦番をしておりましたときから、何年経ちましたか」

髪に白いものが混じり始めた彌七郎が感慨深げに訊いた。

「十八年だ……わたしもいつの間にか三十八だ」

「拙者も四十六を数えました」

「ほう、彌七郎もいい親爺になったものだ」

笑う宗右衛門こそ、還暦まであと数年と迫っていた。

「奥村さまも、御髪《おぐし》が真っ白ではありませぬか」

「それもそうだ。されど、まだ頭は惚《ぼ》けておらぬぞ」

宗右衛門は自分の頭をぽんぽんと叩いた。

彌七郎は急に真面目な顔つきに変わった。

「我らの願いをお聞き届け頂き、殿は湊の御家を安寧にしてくださいました」

「だが、もうひとつの約束を守っては来なかった」

「は……」

彌七郎はきょとんとした顔つきになった。

「この脇本の城を大きく立派なものにするという約束だ……今日はそれを果たしに来た」

「彌七郎が初めて案内してくれたあのおりから、殿はずっと胸の中に脇本城改修の計を温めていらっしゃったのだ」

「殿がそのようなお気持ちでいらしたとは……」

彌七郎は瞳を潤ませて言葉を途切れさせた。

「改修に当たっては、そのほうにもいろいろと話を聞かせてもらいたい」

「深井彌七郎、一命に代えましても」

「おいおい、戦場《いくさば》ならばともかくも、城の改修に生命を懸ける必要はなかろう」

宗右衛門があきれ声を出した。

「ははは、さようですな」

愛季は井戸へと足を運んだ。

あのときと違って屋根掛けされ、釣瓶《つるべ》なども備えてあった。

「変わらずに、よい水が湧いております。ささ、どうぞ」

肩をそびやかして自慢した後に、彌七郎は釣瓶を繰って井戸水を入れたひしゃくを愛季に渡した。

ひしゃくを口を付けた愛季は、喉を鳴らして水を飲み干した。

相変わらず、塩気が少しも感じられない質のよい水であった。

「うん、変わらぬ美味い水だ。ただ、井戸掘りを試して、いくつか増やしてみたいな」

井戸の左手を下ってゆくと、小さな草原に出た。

「この草原をひろげて馬場と厩《うまや》を設けよう。彌七郎はこの砦のどこに馬が通れるかと申していたが、馬が通れるだけの道を縦横に造る」

「さようなことを申しましたか……とんと覚えておりませぬ」

彌七郎は頭を掻いた。

「安東の第三の城、いや、わたしの住まう城には馬道は不可欠だ」

「殿はこの脇本城にお住まいになるおつもりなのですか」

彌七郎が驚きの声を上げた。

「北の檜山城と南の湊城のちょうど真ん中にあって、船越の船入場も近い。脇本ほど安東領を束ねるにふさわしい地はない」

愛季は粗末な表門から、眼下を見おろした。

細い道が脇本の湊へ続き、青い海がどこまでも広がっている。

「ここに大手門を建て、脇本の湊から真っ直ぐに続く道を造る」

「それはよい縄張りですな」

宗右衛門も大きくうなずいた。

「わたしは『天下道』と名づけようと思う」

「天下道でございますか」

宗右衛門が目を見開いた。

「京畿の者には笑われるやもしれぬ。されど、出羽には出羽の天下がある」

出羽一国を安東領とする日が訪れることを愛季は願いたかった。

この出羽の地は、都とは別の土地だ。「載舟覆舟」の旗の下、出羽一国の民を富ませてゆきたい。

「なるほど、それは素晴らしいお考えでございます」

弾んだ声を出す宗右衛門もまた、生粋《きっすい》の出羽人であった。

「あの林を切り拓いて主殿を建てる。かたわらには重臣たちの屋敷を建てよう」

振り返って、愛季は右手の雑木林を指さした。

「さらに、客を通す客殿が入り用だな……」

愛季の声は、脇本の砦に響き続けた。

いつの間にか筋雲が消え、空は一点の曇りなく晴れ上がっていた。

＊

翌五年、すでに内大臣に昇進していた信長から鎌倉期の名工、紀新大夫行平《きしんだゆうゆきひら》の鍛えた太刀が贈られた。愛季は返礼に猟虎《らっこ》の皮を十枚進上した。蝦夷の名産で、京畿では珍重されている。

追って南部弥左衛門からの書状が届いた。

「宗右衛門、京畿ではおもしろいことが起きているぞ」

「どうなさいました」

「織田内府どのが、このわたしの叙爵のためにご尽力下さっているそうだ」

「まことでございますか」

宗右衛門は目を見開いて愛季を見た。

「それがな、ちと厄介な話があるらしい」

「厄介な話……伺いたいです」

「この安東の血筋のことだ」

「血筋とおっしゃいますと」

宗右衛門はけげんに眉を寄せた。

「やかましい公家たちが逆賊の血に爵位はやれぬと言っているのだ」

安東氏、古くは安藤氏は安倍氏を祖先と仰いでいる。

安倍氏は古事記によれば、大和盆地に東征してきた神武天皇と戦って神武の軍を打ち破り、神武の兄である五瀬命《いつせのみこと》を殺した逆賊の長髄彦《ながすねひこ》の子孫ということになっている。

「なんと神代の話が障りとなっているのでございますか」

宗右衛門は開いた口が塞《ふさ》がらぬという顔を見せた。

「公家たちの間で揉めているそうだ。内大臣の三条西実枝《さんじょうにしさねき》という公卿が信長公に苦情を言って来たらしい」

「まったく公家というのは不思議な生き物ですな」

「弥左衛門の書状は、わたしが源平藤橘を名乗る気があれば、叙爵は滞りなく進むであろうと書いてよこした」

「殿はどうなさるおつもりですか」

「馬鹿を申すな。安倍はある意味、帝より古くから大和に栄えていた家柄なのだぞ。それが源平藤橘を名乗る要などどこにあるというのだ。わたしは安倍の血を引く安東家に誇りを持っている」

愛季はつよい口調で言い切った。

かつて朝廷が愛季の祖先の「奥州十三湊日之本将軍」の名を許していたのも、京からすれば俘囚《ふしゅう》の長として捉えていたからでもあろう。

俘囚とは陸奥と出羽と蝦夷のうち、朝廷の支配に属するようになった者を呼ぶ名である。安倍氏はもともと朝廷から見て「外の民」なのである。

ともあれ、愛季は弥左衛門に源平藤橘などまっぴらだと返事を書いた。

ところが、しばらくして再伸が来た。

愛季に従五位下の官位が与えられると決まったというのだ。結局、朝廷は信長の威勢に逆らえなかったのだろう。

愛季は天正五年七月二十二日に従五位下に叙任した。

叙爵がそれほどの喜びだったわけではない。

だが、諸大夫以上の位階を持つ者は奥羽には何人もいない。領地をひろげてゆく上でも位階の力は小さいとは言えなかった。

愛季は信長の天下人の地位を改めて感じた。

翌年、いよいよ脇本城の大改修が始まった。

人足たちのかけ声や番匠の槌音《つちおと》が響き始めたようすを彌七郎が書状に書いてよこした。

暑い盛りの七月半ばとなっていた。

二

七月も二十日となっていた。

夜中に急遽《きゅうきょ》、主馬が拝謁を願い出た。

月の光が明るい。

すぐさま愛季は豊島休心が謀反を起こした六年前の変事を思い出した。

（いま湊家を襲う者などいようはずもないが）

「どうした。何があったのだ」

「な、浪岡御所が……」

主馬の声は大きく震えていた。

「なんだと、浪岡御所がどうしたというのだ」

愛季の背中に汗が噴き出した。

「昨日、大浦城主、大浦為信《ためのぶ》の軍勢およそ二千に急襲され、浪岡御所が焼け落ちました」

「なにいいっ」

愛季は布団をはね除《の》けて立ち上がった。

「すぐに馬を引けえいっ」

愛季の叫び声がふすまを震わせた。

「し、しかしながら、すでに戦いは終わり、北畠顕範さまはお討ち死になさったとのことでございます」

主馬は力なく諫めた。

「で……松と御所さまは、どうなった」

愛季の声は大きく震えた。

「浪岡御所からの遣いの者は、軍勢をすり抜けるのに必死で、御所さまご夫妻の最後のお姿を見届けられなかったとのことでございます」

「そうか……生死はわからぬか」

愛季の胸は締めつけられた。

幼くして無理に浪岡御所に嫁がせた松のことは不憫だと思い続けていた。それでも、奥羽一の名家に入れたのだと、自分や死んだ佐枝を慰めてきた。

ところが、その権威自体が、もろくも一夜で崩れ去ったのである。

ただただ、松がかわいそうだった。

南部家家臣であった大浦為信は、前年、主人の南部氏に対して反旗を翻していた。だが、まさかこんな無道な振る舞いに出るとは思ってもいなかった。

もはや手遅れとあれば、こんな夜半から兵を集めるべきではない。

不安な気持ちのなか、愛季は朝を待って、軍配を練ろうと宗右衛門を呼んだ。

「兵を整え、津軽へ向かうぞ。為信の素っ首をねじ切ってやる」

だが、宗右衛門は大きく首を横に振った。

「お待ちください」

「宗右衛門、なぜ、止める」

「湊城からの書状によれば、大宝寺にきな臭い動きが見られます」

「大宝寺だと」

「大浦為信と大宝寺義氏は、陰でつながっているようでございます。殿が津軽へ兵を出すのを待って、由利郡を襲う腹づもりと思われます。いまはご辛抱なさいませ」

数日後、檜山城の大手門前にわずかな供を連れた二挺の輿が着いた。

知らせを受けた愛季は、大手門まで飛び出していった。

狩衣姿の北畠顕村と、小袖姿の女房が立っている。

(ま、松……生きていてくれた)

愛季は叫び出したい気持ちを抑えて、顕村に歩み寄った。

「義父上……かような次第で、面目次第もござらぬ」

まだ二十四を数えるばかりの貴種は、悄然とした姿で言った。

「御所さま、よくぞよくぞ」

愛季は顕村の両手を握って何度もうなずいた。

「檜山をご自分の家と思し召せ」

「世話になります」

錦の小袖をまとった若い女房が言葉を発した。

「お父上さま。松でございます」

まぎれもなく、それは松だった。

「ま、松、無事であったか」

愛季は松の身体を固く抱きしめた。

小袖に焚きしめた沈香が香った。

長年会うことができなかった松である。

まだ十七を数えるに過ぎないが、大人になったその姿に愛季は深い感慨を覚えた。

無事に帰ってきてくれた。こころのなかで愛季は檜山八幡社に感謝した。

かたわらで侍女が抱いている赤子の産着を松はかるく撫でた。

「慶丸《よしまる》と名づけました」

「おうおう、これがそなたの産んだ子か」

つい先日、早馬で知らせてきたところだった。

「はい、義父上のお孫です」

顕村が初めてやわらかい顔を見せた。

赤子は頬が赤く元気そうだが、父親譲りの品のよい目鼻立ちをしていた。まだ目が開かぬようで小さく息をするばかりだった。

「男子であるとは実にめでたい。健《すこ》やかに育てたいな」

「はい、どうか母子ともに、頼み入ります」

奥羽一の尊貴な身分である顕村は、愛季に深々と頭を下げた。

「むろんです。檜山は、御所さまと松と慶丸の家なのです」

愛季は力強く言った。

（佐枝に見せてやりたかった……）

いま、新しい生命も無事に檜山へ辿り着いた。

もし佐枝が生きていたら、帰ってきた松と赤子を見て、さぞかし喜んだだろうと思った。

奥羽一の名門、浪岡北畠氏はたった一夜にして消え去った。

だが、愛季にとって大切なものを神は守ってくれた。

檜山城大手門は、物淋しく鳴くヒグラシの声に包まれていた。

愛季は北畠一族に、三百七十貫の知行と檜山茶臼山に館を与えて厚遇した。

このときの赤子、愛季にとっては外孫に当たる慶好《よしみち》には、後に季の一文字を与えて季慶《すえよし》と名乗らせて保護した。

成長した後は、岩倉季慶を名乗って一門として実季に仕えて、子孫は代々栄えた。

浪岡御所滅亡は下克上を象徴するような変事であった。後年、津軽全土を掌握した大浦為信は津軽姓を名乗り、この家は弘前藩主として幕末を迎える。

*

翌天正七年、しばらく病の床に伏せっていた弟の茂季の容態が悪化した。

報《しら》せを聞いて、愛季は八龍湖に船を急がせ、船越からは雪解け間もない道を早馬で駆け抜けて湊城へ急いだ。

だが、息せき切って駆け込んだ湊城の書院に抹香の煙がもうもうと漂っていた。

寝かされた茂季はすでに顔の色も変わった哀れな亡骸となっていた。

「九郎……なにゆえ、わたしより早く逝く……」

愛季は言葉が出なかった。

「そなたがおらねば、この湊の家はどうなるのだ……」

――わたしも油断ならぬ家臣たちに囲まれて難儀しておりまする。いつも兄上だけにはなんでも話せます。

十年ほど前の八龍湖船上での茂季の言葉が思い浮かんだ。

愛季の頰を涙が伝わった。

「ようやく、ようやく、この湊家中も収まったのに、そなたもようやく落ち着いた日々が過ごせようというのに、なぜ死んだ」

涙はなかなか止まってくれそうになかった。

忠良の臣として仕えてきた氏季や泉玄蕃《いずみげんば》が水洟《みずばな》をすすり上げる音が聞こえた。

もともと丈夫な性質ではなかったが、冬の寒さが堪《こた》えたのであった。

ある程度、覚悟はしていたが、幼い頃から苦労をともにしてきた茂季の死はつらかった。悲しみの中、愛季は茂季の嫡子、通季《みちすえ》（高季《たかすえ》）を当主に据えたが、まだ十六を数えるに過ぎなかった。

愛季は茂季の所領は吸収し、元服したばかりの嫡男、業季を土崎湊城に入れて名目的な後見役とした。

さらに、重臣の泉玄蕃を通季につけ、守護という名目で、湊家家臣団を監視させた。

ここに、檜山と湊の安東両家は完全に統一されたのである。

とうぜんながら、通季は満腔《まんこう》に不満をため込んだ。愛季のいささか強引な合併策に、湊安東家家臣団にはまたも不穏な空気が渦巻き始め、火種はこの後ずっとくすぶり続けた。

この頃、京では愛季の真似をした奥州の領主たちが次々に信長に進物を献上し始めた。なかでも南部信直と大宝寺義氏は特に熱心であった。

おもしろいことに、南部弥左衛門は信長の命で安土城に滞在させられ、奥羽大名使節の接待役を務めていた。

奥羽では安東家と対立する南部家と大宝寺家だが、安土ではともに、弥左衛門に織田家との交際の指南を受けていたのである。

弥左衛門は、奥羽諸大名が信長を訪ねるおりの窓口となっていたわけである。むろん、信長の覚えがめでたいからであった。

愛季の信長に対する早い時期からの交際と、弥左衛門の才覚で、安東家は信長にとって奥羽のなかでも抜きんでた大名と認識されていた。

この夏、愛季は浪岡御所を滅ぼされた報復のために、津軽へ侵攻した。浅利勝頼ら比内勢を津軽領内に攻め込ませ、郡内の茶臼館と沖《おき》館を襲った。当初大勝したが、大浦為信は自ら出馬し、沖館近くの六羽川《ろっぱがわ》の戦いで安東勢を跳ね返し、安東勢は兵を引いた。

この戦いに苦戦した大浦為信は、安東家対策として調略を選んだ。標的とされたのは、大館城主となっていた比内の浅利勝頼だった。為信が勝頼をどんな餌で釣ったかはわからない。

勝頼自身は大館に城を築き、城下には独鈷衆と呼ばれる家臣団を配置して町割りをして、根小屋もそれなりに栄えるようになっていた。

しかし、比内の仕置きについては領民に対して荒っぽい施策が目立ち、愛季はその都度口を出さざるを得なかった。

気が強く、戦さにも強い勝頼に年々不満がたまり、安東家からの独立を目指すようになっていったとしても不思議はなかった。

翌天正八年。愛季の官位はさらに上がり、八月十三日、従五位上となり侍従《じじゅう》に任じられた。名目的には北畠一族を守った功績が斟酌《しんしゃく》されたためである。むろん、信長の意向であった。

天正九年、浅利勝頼は大浦為信と通じて謀反を起こす。

愛季は自ら出馬し、比内郡内の四カ所の戦場で両軍が戦った。すべての戦いで安東軍の勝利に終わった。

勝頼は坊主頭になって愛季の前に現れ、土下座して謝罪した。さらに大館城を明け渡すと誓ったために愛季は勝頼を許した。

大館城にはこの戦いで戦功めざましかった三浦一族の五十目《いがらめ》秀盛《ひでもり》を城代として置いた。

また、比内郡代として阿仁木戸石城主で安東家侍大将となっていた嘉成季俊を置くことにした。

勝頼は比内郡の一隅で逼塞することとなった。

こんな忙しいさなかに、愛季は信長に若鷹や巣鷹と呼ばれる雛《ひな》、白鳥三羽を進上するまめさを示している。

ことに巣鷹は大変に貴重で、信長の喜びは大きかったらしく、愛季に小袖や緞子《どんす》など大量の返礼を送ってきた。

三

天正十年（一五八二）二月のことである。

豊島休心入道謀反の後ろ盾となって以来、緊張関係を続けていた荘内の大宝寺義氏と激突の時が来た。

愛季に従う小介川図書助《こすけがわずしょのすけ》の新沢館《しんさわやかた》を、雪を蹴散らして大宝寺勢が攻めたのだ。

大宝寺義氏は、愛季に倣って信長と誼を通じ、天正七年には屋形号を許されていた。また、遠交近攻の策に基づき、浪岡御所を滅ぼした宿敵、大浦為信と同盟を結んだ。

義氏は上杉謙信の威力を背景に、北進策をとり続け、由利郡を侵食していった。ついに由利十二頭の小豪族たちは、ほとんどが義氏に服することとなった。

由利地方が大宝寺領となっては、湊安東家は喉もとに刃物を突きつけられているようなものである。

愛季は石郷岡主殿介に小介川図書助の調略を命じ、図書助は愛季に寝返った。愛季としては、ここで図書助を救わなければ、由利地方のすべての豪族の信望を失ってしまう。

新沢館救援のために愛季は出兵し、由利郡北方で干戈を交えた。

泉玄蕃や一部勝景《いちぶかつかげ》ら、湊家の家臣たちが小介川衆とともによく戦った。

図書助は危機から救えたが、その後の戦いは一進一退で決着がつかなかった。

季節は五月に入ってまもなくだった。

本陣としている寺に早馬が駆けつけた。

愛季の心に大きな不安がよぎった。

いままでの来し方で、急使がよい知らせを運んできたことなど、ただの一度もなかった。

本堂で引見した泉玄蕃からの急使は、苦渋の表情で予想だにしていなかったことを告げた。

「ご惣領さまが……お亡くなりになりました」

「いま、なんと申した」

顔がこわばって言葉が出てこない。

「湊城の業季さまが身罷《みまか》られました」

よほどひどい顔つきだったのだろう。急使は脅えた声音で繰り返した。

「六郎が死んだと。なぜだっ」

己の叫び声で耳が痛くなった。

「わかりませぬ。三日前、夕餉《ゆうげ》の後に急に倒れられ、そのまま息を引き取られた由……」

急使を問い詰めても詮なきことである。詳しい事情を知るはずもない。

「なんと言うことだ」

業季はまだ十六を数え、元服したばかりである。

身体は華奢ながら、なかなかと有能な男に育っていた。

安東宗家を引き継ぐ嫡子として、たのもしく思っていたのだ。

「ご愁傷申しあげます」

「病なのだな」

「はっ」

「毒飼いなどではないのだな」

くどいとは思ったが、念を押した。

もし毒飼いなどであったら、賊を草根分けても探し出さねばならぬ。

「弦州先生のお見立てでは、そのような禍々《まがまが》しいことではないと……」

「わかった」

瀬河弦州は檜山城から湊城に居を移していた。

長年、信頼している弦州の見立てならば間違いはあるまい。

「主殿介、兵を引くぞ」

愛季は力のない声でかたわらの石郷岡主殿介に告げた。

「はっ……」

「膠着《こうちゃく》していた戦だ。わたしがこの心持ちでは勝つことなどできぬ。とりあえず兵を引く」
「承知いたしました。全軍に使い番を出しまする……気をお落としになりませぬよう」
主殿介は痛ましげに眉を寄せた。
愛季は長年の経験で、戦には勝機というものがあることを痛いほど知っていた。
だから、いつも無理はしなかった。
戦いに利あらずと感じたら兵を引く。
これはまさに愛季の戦陣の心得だった。
「六郎……」
大声を出して泣きわめきたい。
しかし、将たる愛季に許されることではなかった。
将几を離れた愛季は本堂の阿弥陀如来に線香を上げて合掌した。
称名を唱えながら、愛季はこころのなかで佐枝に呼びかけた。
(佐枝……六郎はそちらへ向かった。くれぐれも六郎を頼むぞ)
右腕として頼っていた弟、茂季と、次代を託すはずだった長男、業季……。
二人の愛おしい者は、立て続けに風とともに天に昇ってしまった。
人の生命のはかなさに、愛季は打ちのめされた。
残った男子はまだ幼子の実季ただ一人である。

いや、もう一人いる。

女川館の安寿丸である。十四を数えているはずだ。

しかし、四つのときに一度会ったきりの安寿丸は我が子という実感は薄かった。

いまは亡き汀とともに、夢の中に住む存在であるやに思えていた。

いずれにしても湊城の当主の席が空いたままでは困る。

次男の藤太郎実季を、指南役の宗右衛門とともに檜山城から湊城に入れることを考えていた。宗右衛門に湊城まで駆けつけるよう、急使を檜山城へ送った。

愛季の不幸は止《とど》まることはなかった。

数日後、土崎の湊城を意外な人物が訪れていた。

蝦夷の花沢館主。安東家西蝦夷奉行の蠣崎若狭守季広である。

「ご宗主、先日は失礼致した」

しわだらけの顔をくしゃくしゃにして季広はあいさつした。

季広は永正四年（一五〇七）の生まれだから、七十六を数えるはずだった。

髪の毛は真っ白だが、まだ還暦そこそこにしか見えない。恐るべき老人である。

「茂季の弔いのおりには、遠路お越し頂き、苦労でありましたな」

寡婦となった茂季の正室は季広の娘であった。つまり、季広は茂季にとっては舅に当たる。

被官ではあるが、年長者だけに、愛季は季広を丁寧に扱っている。

「いやいや、舅として当たり前のことでござる。まことにお労《いたわ》しいことでござった」

季広は恭しく頭を下げた。

「ご老、本日はなにゆえのお越しか」

「なんと薄情なことを仰せでござるな。援兵を頼まれたのはご宗主でござろう」

「たしかに、大宝寺義氏との戦に蠣崎家への出兵を頼んだが。ご老自らが渡海とは思わなかったぞ」

檜山家は宗主として、何度か蠣崎家に援兵を命じている。

そのたびに、蠣崎家は蝦夷から軍兵を乗せた船を遣わしていた。

寒い土地で生きているためか、蠣崎の士卒は剽悍《ひょうかん》で、粘り強く戦う。戦場では得がたい兵力である。

これは蠣崎家の忠義心を試すための意味も兼ねた、幾たびかに亘る援兵の依頼でもあった。

だが、季広自身が来たことは驚いた。いままでにも何度もないことである。

「ご宗家の命とあれば、土崎どころか京へも参りますぞ」

季広はしわだらけの顔で笑った。

この老人は、宗家の命に素直に従って、冥加金もきちんと納めている。

一方で、十三人の娘たちのうち、何人かを奥羽の諸大名家に嫁がせるようなこともしている。どこかで独立を狙っているとも考えられる。

事実、慶広は愛季の死後に松前と姓を変えて独立を果たし、この家は松前藩として幕末まで続く。

「まことに頼もしいことだ」

「なんの……此度は大きな軍船を慶広が使っておったために小さな船で参った。それゆえ、時を要してしまい申した。夏のこととて波も少のうござったが、土崎へ着くのがすっかり遅くなってしまいました。ところが、着いてみたら、戦は終わっているではござらぬか」

「思わぬ事態で、早く兵を引くことになった。遠路来てもらったのに申し訳ない」

「なに、慶広に家督を譲り、気楽な隠居の身の上でござる……先ほど伺い申したが、ご惣領さまのこと、まことに痛み入ります」

「そのために勝機がないと見て、兵を引いた」

「身どもも何人もの子を失っておりまする。お気持ち、痛いほどわかり申す」

季広は痛ましげに目を伏せた。

この老人は長男と次男の二人とも、自分の長女に殺されている。それゆえ、三男の慶広が家督を継いだ。

病に長男を奪われた愛季などより、ずっと気の毒な話である。

「人の世の定めははかないものでござるな」

うなずいた季広はあらたまった表情になって言葉を継いだ。

「それはそうと、もっと大事な話がござる」

「なにかな」

「小鹿島で軍船に襲われ申した」

季広の表情は険しかった。

「なんだと」

愛季は季広の言葉が理解できなかった。

「戸賀湊を通りかかったら、小早船が七艘も襲いかかってきて矢を射かけて参った」

「敵船の旗印は」

「違い鷹の羽でござるよ」

愛季は全身の血が下がるような錯覚を感じた。

間違いない。相川弾正が率いる戸賀水軍だ。

「蠣崎船に旗印は掲げてあったのだな」

「むろん。丸に割菱の旗印をどの船にも掲げてござった」

季広は口を尖らせた。

蠣崎氏は清和源氏甲斐武田氏の庶流を謳っている。

相川弾正が武田の四つ菱紋を知らぬはずはない。

「して、こなたの被害は」

「我は手練《てだ》れの漕ぎ手ばかり、しかも此度は小さい船で参ったゆえ、船足が速うござった。なんとか逃げおおせ申した。されど数名の兵を失いました」

「あり得ぬことだ」

「あれはご宗家の水軍ではござらぬのか」

疑わしげな目で季広は愛季を見た。

「安東の被官だ。だが、わたしが蠣崎家を襲ういわれはない」

疑いをはね除けるように、愛季は強い口調で言い切った。

「それならば、なにゆえ」

季広は愛季の言葉を信じたようであった。

「わからぬ。なにもわからぬ」

愛季は立ち上がった。

はらわたが煮えくり返っていた。

「ご老、ゆっくりと遊んでゆかれるがよい」

言い捨てて、愛季は書院を出た。

すぐに詰問使を女川館に送ったが、「海賊と見えたので迎え撃った」という木で鼻を括《くく》ったような答えが返ってた。

愛季は宗右衛門を呼んで密談を持った。

実季を湊城に置く件で、すでに宗右衛門は湊城に入っていた。

「宗右衛門、なんとする」

「難しいですな」

宗右衛門は眉間にしわを寄せた。

「蠣崎の船を襲って、我らにわからぬと思ったのか」

「あるいはすべて沈めてしまうつもりだったのに、蠣崎水軍の操船が上手に過ぎたのかもしれませぬ。あるいは……」

「なんだ」

「殿が大宝寺に敗れると考えていたのやも知れませぬ。少なくとも、いましばらくは由利郡にご滞陣になっていると考えたのでしょう」

「ところが、わたしは業季の急死で、大宝寺も予期せぬうちに湊城へ戻ったからな」

「大宝寺義氏の悪計であることは明らかですな……されど、これは大宝寺だけで画策できることではありますまい」

「たしかに、蠣崎家の援軍を知る者は家中にしかいないな」

これは言ってみれば安東家の秘策である。

「三浦盛永を筆頭とする連中でしょう。殿が湊家を手にしたことへの不満はいまだ家中にくすぶり続けております」

　宗右衛門の言葉は正しいと思われた。

「どのような甘言で、女川の弾正を釣ったのだろう」

「おそらくは、大宝寺が安東の御家に勝った暁には、小鹿島全体の束ねを命ずると誘ったのでしょう」

「弾正め、ボケたな」

　ありそうな話だ。いまのままでは相川の安倍氏は女川と戸賀だけに根城を持つ小豪族に過ぎない。

　年老いた弾正は、孫の安寿丸にもっと大きな領地を与えたかったのだろう。

「あるいはさらに悪辣なことも考えられます。湊家の気に入らぬ家臣たちとともに女川安倍水軍を滅ぼす計略を持っているなどと言って脅したのやも知れませぬ。大宝寺からの調略なら耳を貸さぬ弾正も、三浦盛永あたりに囁かれれば信じ込むでしょう」

「盛永の奴めっ」

「したが、あの盛永のことです。此度も尻尾は摑ませぬでしょう」

「そうだな……」

　盛永は、いままでも湊家中を乱してきたと考えられる。

だが、老猾な盛永は処分する口実を見いだせぬほど、うまく立ち回ってきた。

しばらく愛季は黙っていた。

「宗右衛門、ひと晩考えさせてくれ」

返事を待たずに愛季は座を立った。

前庭から虫すだく声が聞こえる。

愛季は小姓も遠ざけ、夕餉も摂らずに、書院に座ったまま考え込んでいた。

(身内だけに許せぬのだ)

身内に甘い男は、家臣に侮られる。そんな例を、愛季はいくらも見てきた。

いまは誰も知らぬが、汀と安寿丸や澪のことを、家臣たちが知ったらどう思うであろう。

家中の統率のためにも、ここは許すわけにはいかないのだ。

しかし、どんな罰を下せばよいというのか。

二刻も立った頃だろうか。廊下から遠慮がちな声が聞こえた。

「遅くに申し訳ございませぬ。宗右衛門にございます」

「何の用だ」

不機嫌な声が出た。

「それが……お耳に入れねばならぬ説がございまして」

「入れ」

書院に入って来た宗右衛門の顔は険しかった。

「どのような説だ」

「女川館に入れておいた間者が戻って参りました」

「そうか。弾正のところにも間者を入れていたか」

「実は、ここ一年ほど、弾正の動きが怪しいと感じていたのです。弾正のもとを訪ねる不審な船が何艘かあったことを、脇本の彌七郎が伝えて参りましたので」

「わたしには言わなかったな」

「それだけのことですから、まだお伝えすべき時ではないと感じておりました」

宗右衛門は肩をすくめた。

「まぁ、よい。それで、間者はどんな説を持って参ったのだ」

「間者は、弾正の嫡男、安寿丸の迎えた室の侍女として潜り込ませました」

愛季は内心でわずかに動揺しながらも平らかな調子で訊いた。

「弾正嫡男の室は、たしか盛永の親族であったな」

「はい、遠縁に当たる三浦氏の娘で、まだ十二でございます」

相川安倍家は被官であるから、当主やその嫡子の婚姻は宗家である愛季の裁可を要する。家臣内の偏った結びつきが、謀反につながることを防ぐため、どこの家でも行われていることだった。たしかに去年、安寿丸の嫁取りは許した。いま、花婿は十三、花嫁は十二のはずだったが、老い先短い弾正は焦っていたものに違いない。

「間者の持って参りました説はきわめて剣呑《けんのん》な話でございます」

「もったいぶらずに申せ」

宗右衛門がここまで慎重に話を運ぶことは珍しい。

「大宝寺義氏は、湊家攻略の暁には、相川弾正に脇本城主の地位を約したと言うことでございます」

「なんだと」

愛季の声はかすれた。

「義氏は殿を討ったあかつきには、湊城には大宝寺家の重臣を入れて、脇本城は弾正にくれてやるとそそのかしたのでございます。弾正はこの餅に飛びついたものかと」

「なんということだ……弾正め。許せぬ」

心の底から怒りが湧き上がってきた。

二十歳の時に初めて会ってからの弾正の姿が次々に思い浮かんだ。

汀の父であり、安寿丸と澪の祖父であるから、どれほど大切に扱ってきたか。

戸賀湊を整え、水軍を与えた。関料と津料の歩合もじゅうぶんに与えてきた。

子どもたちのために、糧米もひそかに送り続けてきた。

一方で弾正もずっと愛季には敬意を示してきた。

天正五年には、船川にあった密教寺院を改修した。台巌俊鏡という禅僧を開山として海《かい》蔵山大龍寺《ぞうざんだいりゅうじ》曹洞宗の寺院にあらためて相川氏の菩提所とした。これも愛季に見習ってのことだという態度を見せていた。

お互いの間には、信と義と忠があると思い込んでいた。

弾正の裏切りは、愛季には許せないものだった。

しかし、それ以上に愛季を苦しめているのは、安寿丸の存在だった。

仮に、自分が武運つたなく大宝寺義氏に敗れて討ち死にしたとしよう。

大宝寺家が後ろ盾となって湊城を手に入れた相川弾正は、すぐに家督を安寿丸に譲るであろう。すでに弾正は還暦を超えている。

湊城主となった安寿丸が、愛季の子であることを弾正は公表するに違いない。愛季が与えた相州廣光の脇差がものを言う。

湊家に残る不満分子は、これ幸いと安寿丸を担ぐであろう。

愛季の子である安寿丸には、安東家を統べるべき正当性があるのだ。

当然ながら、檜山城の実季と対立する。

家中は二分する。愛季が長年苦労してまとめ上げた安東家は、ふたたびばらばらになってしまう。

結局は数年のうちに、安東領は大宝寺義氏に乗っ取られるであろう。

下すべき命はひとつしかない。

しかし、それは容易くは口に出せない酷薄な結論だった。

自分を励まそうと愛季は立ち上がった。

「相川弾正を討つ」

壁に跳ね返った己の声が耳に響いた。

「いや、弾正は騙されたのでございます。身どもの考えますには、湊城に入れようとしているは、大宝寺家の重臣ではなく、三浦盛永ではないかと考えます。やはり盛永は弾正を、手をこまねいていると殿に討たれると、脅しつけたのでございましょう。どうか寛大なご処置を」

宗右衛門は、舌をもつれさせながら早口で諫めた。

「いいや許せぬ。さんざん目を掛けてやったのに、なんという仕打ちだ」

「殿は何度も裏切った浅利勝頼ですら、お許し遊ばされたではないですか」

「したが、弾正は詰問使を送っても、まともな答えを返して来なかったではないか」

これは表向きの理屈に過ぎない。

「はぁ……たしかに……」

詳しい軍配を伝えねばならぬ。

一瞬、目の前が暗くなり、愛季はよろけそうになった。

自分を励まして、愛季は毅然として世にも酷薄な命を下した。

「五郎を総大将とし、深井彌七郎と船川二兵衛を副将として立て女川館と館越城、さらに相川館を急襲する。ただし、おんな子どもはもちろん、逃げる者は、男であっても手を出さぬようにかたく言い置く」

脇本五郎こと安東脩季《ながすえ》は愛季の弟で、脇本城の改修が始まった頃から城代としていた。

「殿、どうかいま一度お考え直しを」

宗右衛門は愛季の袖を引かんばかりに再考を促した。

「考えた上で決めたことだ。すぐに陣触れをするように泉玄蕃に伝えよ」

愛季は強い口調で言い放った。

「あいわかりました……」

宗右衛門は一礼すると、肩を落として書院を出て行った。

愛季は床にへたへたと座り込んだ。

瞑目しているうちに、時は移っていた。

すでに燭台の火も消えていた。

「なにゆえ、なにゆえにこんな……」

愛季は板床を己が掌で叩き続けた。

*

二日後、愛季は落ち着かぬこころを抑えようと、書院で主馬と碁盤を囲んでいた。

宵闇が忍び寄ってきた頃、脩季からの急使が湊城へ駆け込んできた。

「脇本五郎さまを総大将とした我が軍勢は、深井彌七郎どのの備え（部隊）が女川館を急襲、また船川二兵衛どのの備えが館越城と相川館を急襲いたしました」

「で、首尾は」

愛季の心ノ臓は大きく収縮した。

「お味方の大勝利でございます。ご下命通り手向かう軍兵以外は水主も含めて逃しました。主だった侍はほとんど討ち滅しましたが、また、戸賀湊の軍船はすべて無事でございます」

「そうか……」

愛季は知らず目をつぶった。

おそらくはあの工藤弥九郎も討ち死にしたであろう。

しばらくして目を見開いた愛季は急使に訊いた。

「敵方の主立った者はどうなった」

「相川弾正は女川館にて討ち死にし、嫡子安寿丸は自刃。安寿丸内室は崖から海に身を投じて自害したとのことでございます」

まだ若い急使は頰を引きつらせて答えた。

安寿丸……。

我が息子を自らの手で殺した。

子であるがゆえに殺さねばならなかった。

生きている限り、この罪は業火の如く愛季を焼き続けるだろう。

小の虫を殺して大の虫を助けること……「枉尺直尋」の理をこんなにも悲しく恐ろしいかたちで招来することになるとは考えてもいなかった。

(三界は虚妄にして、但《ただ》これ一心の作なり)

愛季は心のなかで、かつて安祥和尚から習った華厳経の教えを唱えた。

欲界、色界、無色界という三つの迷いの世界は、すべて偽りであって、ただ自分の心が作りあげたものに過ぎない、という教えである。

この教えからすれば、我が子を殺した罪を恐れる気持ちも、ただ、愛季自身が作り出しているに過ぎないことになる。

「ほかに死んだ姫などの話は聞いていないか」

澪のことが気掛かりだった。どうか生きていてほしい。

「とくにそのような話は聞いておりませぬ。兵にあらざる者は逃したとのことでございますゆえ。たまたま死傷した女子はいると思いますが」

「そうか、苦労であった」

愛季はほっと息を吐いた。

澪よ、どうか落ちのびてくれと、愛季はひそかに願った。

たまらなくなって愛季は庭へ降りた。

月はなく、夏の夜空いっぱいに銀紗をひろげたような天の川が輝いていた。

(汀よ。そなたと二人の夢を、俺自身の手ですべて壊した。どうか許してくれ)

沁みるように揺れる星空を、愛季はいつまでも眺め続けていた。

めまいが襲った。

「と、殿っ。いかがなさいました」

主馬の声が遠くに聞こえた。

目を開けて凝らすと、空の星が見えた。

瞬時、気を失っていたようだ。

「見よ、今宵は星がきれいだぞ」

「はぁ……」

「こんな夜空はめったに見られぬ」

「たしかに……さようですな……」

かたわらに立った主馬はいぶかしげに夜空を見上げた。

愛季は女川館に船川二兵衛を城代として置き、男鹿の水軍を再編した。

相川水軍はここに滅びた。

愛季の夢の名残とともに……。

傷心の愛季は大宝寺対策として思い切った手を考える。山形城主の最上義光との連携である。義父の砂越也息軒が老体にむち打って仲介の労を執り、同盟は成った。

そんな中、織田家の臣である羽柴藤吉郎秀吉から湊城に急使が派遣されてきた。

六月に織田信長が明智十兵衛に弑逆《しいぎゃく》されたというのだ。

まさに驚天動地のできごとだった。

九月二十日付の秀吉の書状には、六月の本能寺の変から山崎合戦の勝利が詳しく書かれていた。逆賊は討ち滅ぼしたので安堵するようにと書き添えてあった。

この書状は、愛季とのつきあいを始めたいとの秀吉の意思の表れであった。

天下の流れが秀吉に移ると見た愛季は、返礼とともに秀吉に多大な贈り物を贈った。愛季の死まで秀吉との交流は続いた。

四

翌天正十一年の正月早々、大宝寺勢は飽きずに由利郡に侵攻してきたが、小介川図書助がよく戦って撃退した。

急を聞いた愛季は春を待ち、主力を率いて由利郡に出兵する。

愛季は最上義光と連携して大宝寺義氏を包囲した。

こころの底で愛季は、安寿丸の仇討ちの気持ちも秘めていた。

安東勢の勢いはすさまじく、義氏は安東軍に大敗を喫して荘内へと退却した。

本拠の尾浦城へ籠もった義氏は、側近で酒田代官の前森蔵人《まえもりくろうど》に指揮を預ける。

だが、すでに義氏の命運はつきていた。

蔵人は安東軍と戦うために一旦は出陣した。

ところが、三月六日に引き返し、逆に尾浦城を包囲してしまう。城内の兵力はわずかに三百。しかもその半数は刀槍を放り出して逃げ散ってしまった。

追い詰められた義氏は、城外の高館山《たかだてやま》にて自害した。

本能寺の変を思わせる蔵人の謀反だが、家中に非難する者は誰一人いなかった。

天正六年三月に上杉謙信が病没して家中が家督相続で混乱するなどして、上杉氏の威圧が弱くなった。とたんに荘内の小領主たちはあちらこちらで反乱を起こした。

これもみな、義氏の戦好きのために、たくさんの犠牲を余儀なくされたことへの不満からうまれたものであった。

戦費を捻出するために年貢の取り立てや酒田湊への津料にも厳しさが増し、領民たちのこころも離れていった。

屋形号を得るために、羽黒山別当職を弟の義興《よしおき》に譲ったことで、羽黒三山からも見放された。

荘内に覇を唱えた義氏の求心力は急速に失われ、家臣たちにも不満が渦巻いた。

近年の義氏は「悪屋形」の異名を持っていた。

荘内の覇者、大宝寺義氏はまさに自壊したのであった。

敗報はすぐに愛季の陣中に届いた。前森蔵人が愛季に臣従すると申し出てきたのである。

旗本たちは沸きに沸いていきなりの酒宴が始まった。

「わたしは悪侍従と呼ばれていないだろうな」

大盃に酒を注ぐ主馬に、愛季はからかうように訊いた。

主馬は生真面目に首を振り、酒が盃の外へこぼれた。

「まさか……。殿の仁慈に富んだお人柄を領民はお慕いしております。また、我ら家中の者たちは『載舟覆舟』の旗の下で船を漕ぐことを誇りに思っております」

愛季のひとつ年下の主馬は四十四を数えた。そろそろ白髪が出始めていた。

とっくに宿老とすべきなのだが、父の主殿介が頑張って隠居しようとしない。

おまけに主馬は側近の立場を離れることを厭うていた。主殿介が家督を譲る気になるまで、昔ながらの立場でいてもらおうと、愛季は考えていた。

「やはり領民を慈しむよりほかに、我ら領主の生きる道はない……たとえ、時に人倫にもとるような振る舞いをなさねばならなくとも……」

愛季の瞳に涙がにじんだ。

今宵は我が子を殺したことが思い出されてならなかった。

やはり酔っているのだろう。

「殿、なにゆえ……」

泣くのかという言葉を主馬は呑み込んだ。

「いやなに、長年悩んできた大宝寺のことを、もう悩まなくともよいと思ったら、涙が出て来たのよ」

「まさか……殿……」

得心がゆかないようすで、主馬は首を傾げた。

「戯れ言はともあれ、家来や領民に見放されたら、領主は立ちゆかなくなることをあらためて痛感した」

「殿に限ってさようなことはございませぬ」

若い頃に変わらぬ熱っぽい調子で主馬は答えた。

義氏自刃の報を聞いた愛季は三崎山を越えて酒田まで侵攻したが、首実検をしただけで檜山城にとって返さねばならなかった。

宗右衛門から、比内で逼塞していた浅利勝頼が不穏な動きを見せているとの急報が入ったためである。

*

檜山城に戻った愛季は、宗右衛門を呼んで、勝頼についての策を練った。

「大浦為信の後ろ盾を得た勝頼は、ひそかにもとの家臣たちを集めているとの説が入りました。やはり、御家から離れるつもりのようです」

「勝頼は昔から気が荒い悍馬《かんば》のような男だ。わたしの隷下《れいか》となっていることに耐えられぬのだろうな」

「しかし、此度は許してはなりませぬ」

宗右衛門は厳しい顔つきで言い放った。

「許せぬか」

「はい。もし、勝頼が兵を起こしたら、ご無礼ながら殿が甘いと小領主たちが考えます」

「できれば殺したくはない。勝頼もあれで、何度も安東のために戦った男だからな」

「しかし……」

「奴の心底を確かめる術はないか」

しばらく考えていた。

「ないわけでもございませぬ」

「聞こう」

宗右衛門は静かに計略を話し始めた。

三月二十七日。愛季は戦勝祝いと称し、浅利勝頼をはじめとする近辺の領主たちを檜山城に招いて酒宴を張った。蝦夷から蠣崎慶広も船を飛ばしてやってきていた。

野代湊から取り寄せた海の幸や、春の早蕨《さわらび》や独活《うど》、蕗《ふき》などの山の幸と、山海の珍味が訪客の膳を賑わせた。

「いや、実にめでたい。なにせ、あの高慢な大宝寺が潰《つい》えたのだからな」

勝頼は大盃を干すと大笑した。

「まったく大宝寺ほど目障りな者はありませんでしたからな」

蠣崎慶広も心地よさげに酒をあおっている。

「それにしても檜山はうらやましい。こんな美味い魚が食えるのですからな。阿仁へ持ってくる頃には、おおかた干物になっております」

嘉成常陸介は鯛の刺身に舌鼓を打った。

「さよう。それは比内でも同じことでござるよ」

勝頼も笑いながら、大きくうなずいた。

なごやかな宴席は続き、訪客も重臣たちも酔いが回ってきた。

「民部、少し話がある」

愛季はろれつの回らない調子で、勝頼を二つ隣の別室に誘った。

「はぁ……何なりと……」

不審げに首を振りながらも、勝頼は後に続いた。

狭い部屋で両者は一間ほどの間合いを取って向き合って座った。

「そこもとは昨今、また、大浦為信についたそうではないか」

愛季はとげのある調子で詰め寄った。

「ははは、まさか……何をおっしゃる」

勝頼は笑いでごまかそうとしたが、目が泳いでいる。

「昨今、民部に津軽の狐が憑《つ》いたとも聞いた」

「とんでもない。髪は生えても嘘はゆわぬ」

勝頼は顔の前で手を振った。

「さようか。どうも、そちゃ信がおけぬ男だ」

愛季は大きく酒気を吐いて、あごを突き出した。

「ぶ、無礼な……」

声を震わせ、勝頼は叫んだ。

「有り体《ていあ》に申せ。おぬしは謀反を企てておろう」

「言わせておけば。檜山どのとて許さぬぞっ」

立ち上がると、勝頼は脇差を抜き放った。

燭台の灯に刃がギラリと光った。

「ほう、丸腰のわたしを斬れると申すか」

愛季も立ち上がって、勝頼を睨みつけた。

「うぬぬぬぬっ」

「為信は大館城を取り戻し、比内をくれてやると申しただけか。あるいは檜山もおぬしのものにしてやると申したのか」

「た、為信など知らぬっ」

大音声で勝頼はわめいた。

「為信とのつながりを言われて逆上するとはますます怪しいではないか」

勝頼はぎりぎりと歯がみした。

「も、もはや勘弁ならぬ」

勝頼はだっと踏み込んできた。

愛季を突き殺すつもりだ。

次の瞬間、左のふすまを蹴立てて黒い影が飛び込んできた。

短めの打刀を抜き放った安東家中でも手練れの深持季総であった。

当然ながら、季総は一滴も飲んでいない。

「謀反人めっ」

季総は刀を勝頼の頭上から振りおろした。

だが、勝頼はとっさに脇差で受けた。

はがねのぶつかる硬い音が響いた。

さすが勝頼は剛の者である。

「くそっ、は、はかったな」

勝頼は舌をもつれさせた。

「おぬしの心底を試しただけだ。わたしに油断があれば斬りつける気でいたことがわかった。許さぬ」

「拙者を愚弄するからだ。何年の間、おぬしの下風について我慢し続けてきたと思うのだ」

「もはや言い訳は無用だ」

愛季の言葉に、季総は刀を構え直した。

勝頼は脇差の上に、酔いのために足元がふらついている。

「お覚悟っ」

季総は足さばきも軽やかに踏み込む。

勝頼の頸元《くびもと》へ刀を打ち込んだ。

血潮が散った。

かろうじて勝頼は体をかわし、傷は肩先に留まった。

「た。助けてくれぇ」

勝頼は反対のふすまを開けて隣室に逃れた。

ふすまに血で指の後が三本残った。

隣の部屋には、蠣崎慶広が座っていた。

よろけながら部屋に駆け込んできた勝頼を見て、慶広も脇差を抜いた。

「慮外者っ」

慶広は勝頼の股を突いた。鎧武者を倒すときの急所である。

「ぎゃおっ」

叫び声を上げて勝頼は板床に倒れ伏した。

「死ねやっ」

慶広は背後から勝頼の頸の血筋を掻き切った。

「ぐおおっ」

恐ろしい勢いで血しぶきが噴き上がる。

すぐに勝頼は動かなくなった。

「民部、そこもとが刀など抜かねば、生命までは取りたくはなかったのだ」

横たわる亡骸に向かって愛季は静かに語りかけた。

むろん、愛季自身は少しも酔ってはいなかった。

勝頼誅殺の報に、嗣子の頼平《よりひら》は大浦為信のもとに逃れた。

愛季は比内郡を完全に手に入れた。

大宝寺氏の滅亡後は、荘内の豪族たちも愛季に恭順するものが多く、「載舟覆舟」の旗の下に戦ってきた愛季の勢力は最大のものとなった。

安東家の版図も最大となり、石高に換算しても十万石は優に超えた。さらに野代湊と土崎湊の舟運による莫大な収益も得られ続けていた。

そんな頃、京の南部弥左衛門からの手紙が届いた。

信長亡き後、弥左衛門には秀吉の近辺にいるように命じてあった。

「宗右衛門、弥左衛門からの文におもしろいことが書いてあるぞ」

「ほう、今度はなんですか」

「京の公家衆がわたしの噂話をしているらしい」

「また長髄彦《ながすねびこ》の話ですか」

宗右衛門はうんざりしたような顔で答えた。

「いや違う。わたしのことを『斗星の北天に在るにさも似たり』と噂しているというのだ」

宗右衛門の顔がぱっと明るくなった。

「それは素晴らしいですな。殿を北斗の星に譬《たと》えているのですか」

「そうだ。だが、言い出したのは奥羽の大名たちだそうだ。そんな噂が公家衆の耳に届いているとのことだ。当のわたしが少しも知らなかったぞ」

「はは、まさに『孟子』に言う、灯台下暗しですな」

「まったくだ……今宵は三日月だったから、もう沈んでおるな」

愛季は濡れ縁に出た。

探すまでもなく北天には、北斗七星がくっきりと輝いていた。

「わたしはあの星だそうだ」

愛季は七つの輝きを指さした、

「なるほど、船人が方角の頼りにする斗星は、いかにも殿にふさわしいですな」

宗右衛門も空を見上げて、感慨深げに言った。

「十五で家督を継いだわたしも、もはや四十五を数える歳となった」

「身どももお仕えして二十七年です」

「これからも頼むぞ」

「申すまでもございませぬ」

流れ星がひとつ、北の空を横切っていった。

五

四年が経って天正十五年（一五八七）となっていた。

この頃の仙北地方（現在の秋田県南部）は安東・小野寺・戸沢の三氏の勢力が拮抗する状態だった。

横手城主小野寺義道と角館城主戸沢盛安《もりやす》が不和になったのに乗じ、愛季は盛安を誘って義道打倒を謀《はか》ろうとした。

しかし、盛安は愛季の誘いに同調せず、逆に仙北地方に進入してきた三千余の安東軍と戦う姿勢を見せた。

愛季は攻撃目標を盛安に転じ、八月、騎馬七百騎と雑兵を合わせておよそ三千の軍勢を秋田郡と仙北郡の境、雄物川支流の淀川右岸の唐松山《からまつやま》の麓に集結させた。狙うは戸沢氏支城の荒川城であった。

荒川城主、進藤筑後守の急報を受けた戸沢盛安は、三千八百の軍勢を角館から進発させた。

その日の夜半より盛安は精兵を密かに接近させ、夜明けと共に安東陣を攻撃させた。進藤隊は遊軍となって安東軍の東に陣した。

不意を襲われた安東軍は大混乱に陥ったが、しだいに態勢を立て直し、果敢に応戦した。

この日の戦いは夕方まで続けられ、日没と共に両軍とも兵を退いた。

しかし翌日も両軍は朝から軍勢を展開、唐松野の合戦は三日間にも及ぶ激戦となった。

この合戦で安東軍は三百余人、戸沢軍にも百七十余人の犠牲者が出た。

この戦いで、腹心の泉玄蕃も瀕死の重傷を負って湊城に運ばれ、愛季は大いに悲しんだ。

三日目の夜のことである。

月が篝火を焚かずともよいほど唐松野を明るく照らしていた。

夜襲はないとみてよかった。

今日の戦いが激しかっただけに、戸沢軍も疲れ切っているはずである。

唐松山の上に唐松城という小さな城砦があった。もともと戸沢氏の属城だったが、此度《こたび》の戦いでは安東軍が押さえていた。

だが、主郭は小さく主殿も手狭で、物見砦程度の大きさしかなかった。

愛季は眠るときには主殿を使った。だが、重臣も含めてほとんどの者は、唐松野の西端近くの山裾に張った野陣に寝泊まりするほかはなかった。

その名に違わず、まわりをカラマツの林に囲まれた草原であった。緑の盛りの葉から出で立つさわやかな香りが夜陣を包んでいる。

毎夜、愛季は寝に就くまでは野陣に下りて重臣たちとともに時を過ごしていた。

陣幕の中には将几が並び、奥村宗右衛門、鎌田惣兵衛、石郷岡主馬、嘉成季俊など、愛季股肱の臣がずらりと揃っていた。

誰もが小具足姿でくつろいでいた。

(思えば、この者たちとはずっと戦ってきたな)

陣中には武将たちの馬印が林立し安東家の旗幟がはためいている。

もちろん「載舟覆舟」の旗も風に揺れていた。

「近在の娘が殿に拝謁したいと参っております」

陣幕をあげて入って来た見張りの兵が声を張り上げた。

仮の陣幕だが、それでも四方に兵は立ててある。

「ごめんくださいまし」

若々しい女の声が響いた。

一人のみすぼらしい身なりの娘が陣幕の中に入って来た。

「駄目だ、駄目だ。ここへ入ってきちゃいかん」

鎌田惣兵衛が両手を開いて立ちはだかった。

「近くの下谷地村《しもやちむら》の百姓でございます」

娘は震え声で言った。

「その百姓が何の用だ」

「へぇ、おれだちはえっかだ（いつも）、戸沢の殿さまに苦しんでおりあんす。そんで安東さまをお迎えして村の者は喜んでおりあんして……」

「ほう、我らを歓迎してくれるというわけだな」

惣兵衛は表情をゆるめた。

「んだから、桃をお持ちしあんした」

百姓娘ははにかんで笑った。

「娘よ、村人の好意はありがたいが、身体が冷えるのでわたしは桃は食さない」

愛季はやわらかい声を出した。

娘だと言って油断はならぬ。

毒飼いの危険は避けなければならぬ。

「んでも村の者の気持ちだもの」

娘は泣きそうな声を出した。

「そうか、それではむすめ、そこへ置け」

将几を並べて楯を横に倒して机としてある。

惣兵衛は仮拵えの机を指さした。

「へぇ」

百姓娘はとぼとぼと楯机に歩み寄った。

次の瞬間だった。

きえーっと奇声を上げて、黒い影が風を切った。

愛季には何が起きたかわからなかった。

次の刹那、愛季は腹に激痛を感じた。

熱いものが腹から噴き出ている。

「狼藉者っ」

「取り押さえろっ」

陣幕内は騒然となった。

主馬が手早く娘の手をひねってから羽交締めにした。

娘は手足をばたつかせたが、すぐに諦めたようにおとしくなった。

（何が起きたのだ……）

びりびりとした痛みの中で、愛季は悟った。

娘は二間近い間合いを跳躍して愛季の右の腹を刺したのだ。

信じられぬ間合いである。

ただ者ではない。

「愚か者たちが。騒ぐなっ」

愛季は声を振り絞った。

腹にびりりと痛みが走った。

旗本たちはいっせいに静まりかえった。

「どこに戸沢の間者が潜んでいるかわからぬのだぞ」

愛季は静かな声で言い添えた。

魔が差すときと言うのは、こういうものなのかもしれない。今日の激戦で愛季も旗本たちも疲れ切っていた。そうでなければ、村の者を称する娘などを容易《たやす》く幕内になど入れなかっただろう。

「狼藉者めっ」

惣兵衛が刀を抜いて振り上げた。

ぎらりと刃が月光に光った。

「待てっ」

惣兵衛は刀を宙で止めた。

「何者の差し金か調べずに、その者を殺してはならぬ」

「はぁ……」

だらりと惣兵衛は刀を下ろした。

主馬が素早く、荒縄で娘をグルグル巻きに縛り上げた。

(こ、この刀は……)

自分の腹に突き刺さった脇差を見て、愛季はすべてを悟った。

合口拵の脇差だった。鮫革の柄に見覚えがある。

見るまでもなく銘は相州廣光であろう。

「宗右衛門、旗本たちを陣幕から出してくれ。娘への尋問はわたしがやる」

愛季は静かに命じた。

「殿、危のうござる」

惣兵衛が目の色を変えた。

「娘は縛られているではないか。いま危ないのはこの混乱に乗じた戸沢勢の夜襲だ。幕外に出て、敵に備えよ。さらに……わたしは宗右衛門と話さねばならぬことがある」

「しかし……」

「大事ない。血は止まっている。よいから、宗右衛門だけが残れ」

「ご下命だ。皆、陣幕から出ろ。遠望がきく河原まで出て、しばし敵兵の襲来に備えよ」

宗右衛門の言葉に、旗本たちは不承不承にも、ぞろぞろと陣幕を出て行った。

河原は十間は離れている。

陣幕内の話を聞かれることはない。さすがに宗右衛門は機転が利く。

「安東太郎め、思い知ったか」

娘は縛られた姿で身体を前後に大きく動かして毒づいた。

「思い知ったわ」

愛季は腹の痛みにこらえながら答えた。

「我が祖父、相川弾正と、我が兄、我が義姉《あね》の仇を討ちに参ったのよ」

わざと泥で顔をよごしてはいるために、うかつにも気づかなかった。彫り深くくっきりした目鼻だちは汀によく似ている。何よりも鋭い光を放つ黒目がちの瞳が瓜二つだった。

「はははは」

「なにがおかしい」

「澪はいくつになった」

娘の顔に驚きと恐れの表情が見えた。

「なぜわたしの名を知っている……」

「いまのそなたは汀に生き写しだ……初めて会ったときの汀にな」

「と、殿……それではこの娘は、あのときの女の……」

宗右衛門は汀の娘と知って、言葉が出ないようだった。

「そうだ。わたしはまだ二十だった。そなたの母は十五だったぞ」

「汚らわしい。母のことを口にするな」

「すまぬすまぬ。そなたの母御にはむかし会うたことがあるのよ」

気楽な調子で詫びたが、澪は愛季を睨みつけてきた。

「祖父たちを無残に殺された恨みを晴らすため、鍛錬を重ねて五年間この日を待ち続けたのだ」

澪の両眼には暗い情念の炎が燃えていた。

愛季は己の罪の深さを覚えた。

この娘を地獄に突き落としたのは紛れもなく自分だ。

一瞬でも、汀と生き写しだと感じた自分を恥じた。

なんという恥ずべき勘違いだろう。

似ているのは姿《すが》かたちだけだ。

相川の里を守る清しい心に燃えていたあのときの汀と、目の前の澪は何もかもが違う。

澪が心に黒い影を宿した責めは、すべて愛季が負うべきものだ。

澪は鍛錬を積んでいるばかりでなく、今宵の本陣の油断を見透かして襲撃に及んだものだろう。あるいは何日も前から安東勢のようすをひそかに見張り続けて機会を狙っていたのかもしれない。

すべては愛季憎しの心から出ている苦闘に違いない。そう思うと、愛季のこころには深い悲しみが湧いてくる。

「縄を解いてやれ」

「何を仰せですか」

宗右衛門は驚きの声を上げた。

「大丈夫だ。そこに太刀を佩《は》いた宗右衛門がいるのだ。ふたたび襲いかかっては来るまい」

「ああ、無駄死にはしない。捲《けん》土重来《どちょうらい》を期して、またお前をつけ狙う」

澪は歯を剝き出した。

「どこへなりと行くがよい」

「ああ、お前に言われるまでもない」

「娘、よいな。仇討ちなど下らぬことはやめて早く嫁に行け」

「わたしを解き放てば、わたしはまた、必ずお前の生命を狙うぞ」

「いや、そなたは母親譲りの心根のやさしい女子《おなご》のはずだ。今宵のことで気が済んだであろう」

「ふんっ。ごたくは聞きたくない」

「河原には旗本たちがいる。逆の方角の森へ消えよ」

「大きなお世話だ。いいか」

澪は指を突き出した。

「わたしに生ある限り、必ずお前を殺す。忘れるな」

くるりと振り返ると、澪は西側の陣幕を出て行った。

「あの娘はきっとまた、殿を狙います」

宗右衛門は厳しい顔つきで言った。

「そうだろうな……されど、我が娘ゆえ詮方ない」

「し、しかし……それでは年がまったく合いませぬ」

宗右衛門はわけがわからぬといった顔で落ち着かぬ答えを返した。

「もう一度、汀に会いに行ったのよ。あれは永禄十二年の秋であった。とすると、澪は十八か」

「そんなことがあったとはつゆ知らず……」

宗右衛門は低くうなった。

「おぬしも知っているあれの母は、十四年前に病没した」

「さようでございましたか」

「相川弾正が嫡孫と称していた安寿丸は、あの澪の兄だ」

「まことでございますか」

宗右衛門の声がかすれた。

「ああ、わたしは我が子をこの手で殺した」

愛季は沈んだ声で言った。

「相川氏掃討ではさぞかしお辛かったでしょう」

宗右衛門は声を震わせた。

「ああ……いまの腹の痛みなど、何でもないぞ」

少し笑ったら、また腹に激痛が走った。

「しかし、なぜ父娘の名乗りをなされなかったのですか」

「澪は母のことはほとんど覚えていないようだ」

「そのようですな」

「祖父や兄、義姉の仇であるわたしが、実の父であると知ったら、さぞかし苦しむであろう」

「なるほど、殿らしいおやさしさですな」

「やさしさなどではない。澪の不幸は、すべてわたしが作った。どうか少しでも幸せになってほしい」

愛季は祈るような気持ちで言葉を口にしていた。

「二人の子のことは宗右衛門の胸に留めてくれ」
「他言するものではございませぬ」
宗右衛門はかたくあごを引いた。
夜が更けてから、安東勢はひそかに陣を引き払った。
愛季の負傷を知れば、戸沢軍は間違いなく全力で追撃してくる。
退却は迅速を要した。
安東勢三千は馬と兵卒に枚《ばい》を銜《ふく》ませ、北へと動いた。
戸板に乗せられて、愛季も唐松野を離れた。
腹の痛みになかなか眠ることができなかったが、疲れのせいかうとうとした。
気づくと、月はすでに沈んでいた。
とっくに夜半を過ぎているのだろう。空一杯に星が輝いていた。
天の川が虚空《こくう》の真ん中に白い帯を作っている。
暗い北の空へ目を移すと、斗星が力強く浮き上がっていた。
「わたしは斗星のような輝きを持っていただろうか……」
ふたたび、愛季はまどろんだ。
夢の中に、唐松野の澪の姿が何度も現れたが、それはまた汀のようでもあった。
次に気づいたときには、夜明けが近かった。

軍勢は小高い丘の上を北へと進んでいた。

「汀が最後にもう一度だけ夢の名残を見せてくれたわ」

戸板の上で薄青に染まり始めた秋田郡の大地を眺めながら、愛季はつぶやいていた。

腹は痛んでいたが、すぐに生命に関わるような傷ではないと思われた。

湊城に辿り着いた愛季は弦州に傷を縫わせた。

さらに数日を過ごしてから、船で脇本の城へ戻った。

しかし、脇本に戻った愛季の傷は一向によくならなかった。

傷は膿《う》んだ。

脇本城に扈従《こしょう》した弦州が作る飲み薬も傷薬も膿《うみ》を取ってはくれなかった。

腹に巻いた晒《さら》しを日に何度も替えねばならぬ始末だった。

それでも愛季は自分が死ぬとは思っていなかった。

死んではならなかった。

ここで自分が死ねば、安東の家は檜山と湊の二つに分かれてふたたび争いを始めることになる。嫡子の実季はまだ十二を数えるに過ぎない。自分のいない安東の家を思うとき、愛季のこころの中には荒れ狂う吹雪の音が響くのであった。

だが、愛季の思いとは裏腹に病は軽くなってはくれなかった。

脇本の城に冷たい風が吹き始める頃には、愛季は高熱を発する日が増えた。

ついに愛季は、重篤な状態に陥った。

起きているのか寝ているのかもわからぬ日々が続いた。

もはや、安東家の将来を心配する力は、愛季の身体には残されていなかった。

脇本城代の弟、脩季もさすがに隠しきれなくなって急病と公表した。

大高筑前、石郷岡主殿介ら、安東家の重臣たちが、檜山から次々に見舞いに駆けつけた。

男鹿本山日積寺《にっしゃくじ》は愛季の病気平癒を願って大祈禱を続け、家臣たちも脇本の領民たちも祈り続けた。

六

暦は九月に入り、脇本城の木々もすっかり色づいていた。

愛季はふと目が覚めた。

燭台の灯りがなぜか消えている。

月はない夜だった。

だが、天井が透けている。

とつぜん、星空が見えた。

天之川の北には、斗星が銀色に光り輝いている。

（北天の斗星と、人はわたしを呼んだ。だが、はたしてわたしは、あんなに清らかな光に輝いていただろうか）

檜山城に初めてひるがえったときの「載舟覆舟」の旗がたなびいている。

（あの旗の下、わたしは船頭たらんとした。が、船のなかをまとめることさえできなかったのかもしれぬ）

振り返れば、難儀な船路が続いた一生だった。

（よい縁も悪い縁もあった。が、「一即一切」は、いつもわたしを動かしていた。随縁こそ、人の世の摂理だった）

白髪ヶ岳の峰々が浮かんでいる。

若き日に一夜の宿を借りた白髪ヶ岳山中の村が浮かんだ。

藤森佐兵衛という村長が立っている。

（わたしは少しでも領民たちを幸せにできたか）

佐兵衛の姿は消え、代わって野代湊に立つ清水治郎兵衛が浮き上がった。

（今年は川欠はありそうか……何度も苦労を掛けたな）

治郎兵衛に代わって、安祥和尚が米代川の砂地に立っていた。

（老師よ。わたしの治政は誤ってはいなかったのですか）

和尚は黙って笑っている。

（春夏秋冬……人の一生を四季に例えるのであれば、秋の半ばで自分は終わる。せめて、冬まで家来と領民のために力を尽くしたかったのです）

かすかにうなずいて、和尚の姿はかき消すように消えた。

志半ばであることに、愛季の胸は口惜しさでいっぱいになった。

しばらく星空だけが見えていた。

ぼんやりと白い影が浮かんできた。

小雪が赤子の藤太郎を抱いている。

（おお小雪、藤太郎はまだそんなに小さかったか……藤太郎を頼むぞ）

母子の姿は消え、代わって金屏風の前に座る白無垢の女が現れた。

嫁入りの時の佐枝だった。

佐枝は変わらぬあたたかなほほえみで愛季を見つめていた。

（佐枝、病はすっかりよくなったのだな。顔色がよいではないか）

小さく佐枝は、うなずいたかに見えた。

（長年会えなかったが、久方ぶりにそなたに会えたな）

佐枝はゆっくりと手を差し伸べてきた。

（困ったときにまた、そなたの知恵を借りられると思うと、嬉しいぞ）

佐枝の姿は溶けるように消えていった。

佐枝のほほえみは、愛季に安らぎを与えてくれた。
しばらくすると、星空に鮮やかな紅色の小袖が浮かび上がった。
相川の山里に石楠花が咲き、水車が回っている。
(おお、そなたは汀ではないか)
汀は笛を吹いている。
かすかに『想夫恋』の音色が響いてきた。
(許してくれ……子どもたちを不幸に陥れた)
かたわらに笛を置いた汀は、大きく首を横に振った。
(許してくれるのか)
汀は急に背を向けて駆け出し、ちょっと離れた場所でこちらを向いて立った。
いつの間にか初めて会ったときの胴丸姿に変わっている。
汀はいたずらっぽく笑った。
(もう一度夢を見させてくれるんだな。汀……)
汀は手招きした。
(だが、わたしは疲れているのだ……いまはひどく……眠い……)
いきなり視界が暗転した。
愛季は幽冥の境を越えた。

＊

燭台の火を替えに来た主馬が異変に気づいた。

「殿……」

あわてて主馬は愛季の顔をのぞき込んだ。

礼儀などを気にしている場合ではなかった。

愛季は息をしていなかった。

主馬の両の瞳から涙があふれ出た。

だが、騒ぐわけにはいかなかった。

愛季の死はどうしても秘匿しなければならない。

嫡子実季はまだ十二歳に過ぎぬのだ。

主馬は側近の一人で若くて力自慢の菅美濃だけに伝えた。

「美濃、殿さまがご卒去なさった」

「なんですって」

主馬は自分の唇に指を当てた。

「声が高いぞ、殿のご卒去は誰にも知られてはならぬのだ」

「承知仕った」

「このまま、ご遺骸をおぬしが背負って山を下れ。拙者もついて参る」

「どこへお運び申しますか」

「山麓の法蔵寺の和尚に頼んで密葬して貰う。よいか、当面、殿の死は拙者とおぬしだけが知るところだ。後のことは城代さまにお話ししてからだ」

「あいわかりました」

「おいたわしいお最期だった」

主馬は合掌した。

北天の斗星墜《お》つ。

天正十五年九月一日卒去。享年四十九。

志半ばの死であった。

*

数日後実季は、米代川畔の丘の上から、野代湊で船の出入りを宗右衛門とともに眺めていた。

川面には蝦夷から着いたと思しき北国船の艪音が響いている。

今日も湊にはたくさんの帆柱が林の如く立ち並んでいた。

「大殿の偉業は、この湊をお造りになったところから始まったのでございます」

宗右衛門は実季の横顔が、若き日の愛季と瓜二つであることに気づいた。

正面から見ているときには、それほどでもないのに、と宗右衛門は興味深く感じた。

そのとき、側近の一人が砂を蹴立てて走ってきた。

「脇本城の石郷岡主馬さまからの書状にございます」

文を開いた実季は絶句した。

「若殿……もしや……」

宗右衛門は背中に冷や汗が噴き出すのを抑えられなかった。

実季はうなずいた。

「おいたわしいことでございます」

覚悟していたとはいえ、宗右衛門の両眼に涙が湧き出た。

房住山麓の寓居を訪ねて来たときの十八の愛季の姿が思い浮かんだ。それから唐松野の陣中で隠し子の澪に刺された夜までの三十年あまりにわたる、さまざまな思い出が次から次に浮かんでは消えていった。

悲しみ、淋しさ、大いなるものを失ったむなしさ……。

宗右衛門の心のなかは、野分が吹き荒れるが如く、さまざまな思いが駆け巡った。

「北天の斗星に譬えられたように、父上は真の英雄であり、傑物であった」

実季の頬を涙が伝っている。

米代川の川風が実季の涙を吹き飛ばした。

「宗右衛門、湊家の通季らが謀反を起こしそうな動きがあると主馬が書いてきた」

愛季の訃報を通季らが知るはずはない。

「殿のご病気があらわになった途端のことですな」

宗右衛門は歯がみした。

「浦城主の三浦盛永が黒幕だそうだ」

「またあ奴ですか……まさに獅子身中の虫とは盛永のことです」

宗右衛門は吐き捨てた。

「まずは脇本へ兵を送るのがよいのか」

実季は宗右衛門の眼を真っ直ぐに見つめて訊いた。

若い瞳に輝く光が宗右衛門には心地よかった。

父の死に耐えて、すでに新たな戦いへ立ち向かおうとしている。

実季ならば、きっと安東の家を率いてゆけるだろう。そう、宗右衛門は確信した。

「いいえ、脇本城はまだ建造途上で守りは薄い。むしろ、この檜山の城で敵を待ち受けるべきだと考えます」

「わかった。まずは鎌田惣兵衛を脇本城から呼び戻さねばならぬな」

「仰せの通りです」

宗右衛門はまたも実季の利発さに驚いた。

籠城戦にはどうしても惣兵衛の鉄砲隊の力が入り用となる。

「殿は十二におわします。大殿が家督をお継ぎになったときよりも三つもお若い。あのときよりさらに、世の中は厳しくなっております。大殿はすぐにいくさをする必要はございませんでした」

「宗右衛門の申すとおりだ」

実季は真剣な顔でうなずいた。

「しかしながら、この奥村宗右衛門、残る我が生命を懸け、老骨にむち打って若殿にお尽くし申します」

宗右衛門は力強く言い切った。

「わたしは安東の家を守り、父上が大きく育てたこの安東領をさらに富んだものにしてゆかねばならぬ。いかなる犬馬の労も厭いませぬ」

「御意。いかなる犬馬の労も厭いませぬ」

「頼む……頼んだぞ」

実季はふっくらとした頬を紅潮させて言った。

愛季よりもさらに厳しい実季の船出であった。

九月の檜山の空は雲ひとつなく冷たく澄んでいた。

戦いは翌年の二月に始まった。

三浦盛永らは、「湊安東氏の復興」を唱えて、茂季の子の通季を擁して挙兵した。

南部氏、小野寺氏、戸沢氏とも連携したために、実季は檜山城に五ヶ月も籠城して苦戦しなければならなかった。

＊

この間、鎌田惣兵衛の鉄砲隊が、必死に檜山城を守り続けた。

由利十二頭の小領主たちや小介川図書助が実季の加勢に廻ったため、挟撃された通季らの軍勢は根拠地の湊城を手放して四散した。

図書助らを救った愛季の遺産が、実季を助けたともいえる。

後の世に言う第三次湊騒動は、翌年、実季らの勝利に終わった。

三浦盛永は討ち死にし、通季は南部家へ逃れてその家臣の列に加わった。

実季は秋田姓を名乗り、脇本城を出羽一と言ってもよい堅城に築き上げた。

豊臣政権下では、出羽国内の所領七万八千五百石のうち五万二千四百四十石の安堵が認められた。これは名目上の石高で、実高は十五万石に及んだ。

太閤検地のために明確となった石高だが、愛季が家督を継いだ時点での檜山安東家が一万五千石だったことを考えれば、愛季一代でどれほどの領土を拡張していたかがわかる。

徳川幕府により、実季は慶長七年（一六〇二）に、常陸国宍戸《ししど》五万石に転封された。関ヶ原の戦いの戦後処理のために、常陸国の佐竹義宣が秋田に転封されたことに伴う措置であった。

これ以降の実季は、北海とは切り離されて生きざるを得なかった。鎌倉時代以来、海とともに生きてきた安東家の歴史もここに終わりを告げる。ともあれ、激動の時代を実季は大名として生き残った。

やがて、実季は戦国の気風を強く残しているところを幕府に嫌われ、伊勢国の朝熊《あさま》に蟄居させられた。

静かな月日が流れ、実季は蟄居先の永松寺草庵で病没する。享年は八十五であった。世に知られた胃腸薬である伊勢朝熊《あさま》の『萬金丹《まんきんたん》』は、実季が作ったという逸話も残っている。

秋田家は実季の長子である俊季《としすえ》の代に陸奥国三春《みはる》に転封され、五万石の大名家として幕末まで続いた。維新の動乱もなんとか掻い潜って愛季の子孫は子爵に叙せられる。

だが、それはまた別の物語である。

主要参考文献

『能代市史　通史編Ⅰ　原始・古代・中世』　能代市史編さん委員会編
『能代市史　資料編　中世Ⅱ』　能代市史編さん委員会編
『男鹿市史　上巻』　男鹿市史編纂委員会編
『脇本城と脇本城跡』　男鹿市教育委員会編
『脇本城跡　総括報告書』　男鹿市教育委員会編
『安藤（東）実季家臣団　素材編』　太田實編（個人出版）
『津軽秋田　安東一族』　七宮涬三　新人物往来社
『秋田「安東氏」研究ノート』　渋谷鉄五郎　無明舎出版
『安東氏　下国家四百年ものがたり』　森山嘉蔵　無明舎出版
『秋田安東氏物語』　川原衛門　加賀谷書店
『中世出羽の領主と城館』　伊藤清郎・山口博之編　高志書院
『津軽安藤氏と北方世界』　小口雅史編　河出書房新社
『北の環日本海世界』　村井章介・斉藤利男・小口雅史編　山川出版社
『日本海交通の展開』　網野善彦・石井進編　新人物往来社

『北の内海世界』　入間田宣夫・小林真人・斉藤利男編　山川出版社
『秋田人名大事典』　秋田魁新報社編
『古戦場　秋田の合戦史』　秋田魁新報社地方部
『日本城郭大系2』　平井聖　新人物往来社
『織豊期　主要人物居所集成』　藤井譲治編　思文閣出版
『図説秋田県の歴史』　田口勝一郎編　河出書房新社
『郷土史事典　秋田県』　国安寛・柴田次雄編　昌平社

解説

細谷正充（文芸評論家）

本を読むたびに、懐の深さを感じる。私にとって鳴神響一とは、そのような作家である。いや、二〇一四年に『私が愛したサムライの娘』（応募時タイトル『蜃気楼の如く』）で第六回角川春樹小説賞を受賞した作者だが、すぐ後に行ったインタビューで、スペイン・フラメンコ・山歩き・キャンプ・ヨットなど、多彩な趣味や興味があると知った。だが、それだけではなかったのだ。自ら写真を撮り、焼き物にも造詣《ぞうけい》が深い。このようなことが作者の新刊を読むたびに分かってくる。さらに大きな転機となった警察小説『脳科学捜査官真田夏希』を手にしたとき、現代のネット社会の空気を、巧みに表現していることに驚いた。とにかく引き出しの多い作家なのである。

それは歴史時代小説における、主人公のチョイスを見ても明らかだ。「謎ニモマケズ」シリーズの宮沢賢治こそメジャーだが、「影の火盗犯科帳」シリーズの山岡景之、「多田文治郎推理帖」シリーズの多田文治郎など、一般には知られていない実在人物を歴史の中から掬《すく》い上げ、主人公として活躍させているのである。初の歴史小説『斗星、北天にあり』

の主人公・安東愛季も、そのひとりといっていい。

本書『斗星、北天にあり』は、二〇一八年十一月に徳間書店より刊行された、書き下ろし長篇だ。舞台は戦国期の出羽の国。檜山郡を治める安東家は、かつて大きな湊《みなと》を抱え繁栄していた。しかし今は良い湊がなく、船が素通りしてしまう。七代目の父が死んだことで、若くして檜山城の城主となった安東愛季は、この状況を変えようと決意。『荀子』王制篇にある言葉〝載舟覆舟《さいしゅうふくしゅう》〟をモットーとして、衰微《すいび》した野代の湊を、きちんと整備しようとする。右腕となる奥村宗右衛門を得て、目的に向かって邁進《まいしん》する愛季。ひたむきな彼の周囲に人が集まってくる。自ら戦《いくさ》を仕掛けることもあるが、それも領地の民のためだ。高き理想を掲げた愛季は、戦国の世を疾走するのだった。

すでに書き尽くされた感のある戦国時代に、まだこれほどの武将が眠っていたのか。本書を読んで、まず主人公の存在そのものに瞠目《どうもく》した。愛季が目指したのは、領土を拡大することではなく富ますこと。南部を始めとして外敵は多く、一門には湊安東という火種を抱えている。まさに内憂外患《ないゆうがいかん》だ。しかも領地には、自分たちの作った米を食べられない民もいる。このような状況を、どう変えていくのか。有為の人材を求める一方、自ら率先して動く愛季は、物流の拠点となる良い湊を造ることで、誰もが笑顔で暮らせる国を創り上げていくのだ。戦国時代に、このような領土経営を考え、実行した愛季は、傑物といっていい。

そうした愛季の理想を表す言葉が〝載舟覆舟〟である。出典は『荀子』の王制篇だ。ちなみに『荀子』は、中国戦国時代末期の儒家荀子の思想を伝えたものである。三十二篇に分かれており、王制篇は、王者の政治や在り方を述べたものだ。その中に、

「君なる者は舟なり、庶人なる者は水なり、水は則ち舟を載せ、水は則ち舟を覆す」

とある。ここから標記の四字熟語が生まれたのであろう。君主は民衆によって支持されるが、民衆によって滅ぼされることもある。だから民衆を慈《いつく》しむ政治を行わなければならないといっているのだ。野代の湊により繁栄を取り戻そうとする愛季にとって、これほど相応《ふさわ》しい言葉はない。

その他にも、「一即一切《いっそくいっさい》」の教えと「枉尺直尋《おうせきちょくじん》」の理も、愛季の生き方の指針となっている。煩雑《はんざつ》になるので、こちらの言葉の説明は省く。後半、幼い娘を政略結婚の道具とするが、そこで「枉尺直尋」の理が、深い意味を持って立ち上がってくるとだけいっておこう。単に安東愛季という人物を発掘しただけではなく、彼の理想や信念を表明する適切な言葉を与えて、キャラクターを屹立《きつりつ》させる。ここに物語の魅力があるのだ。

さらに波乱のストーリーも見逃せない。伸長していく安東家が、さまざまな勢力とぶつかるのは必然だ。綺麗事だけでやっていけるほど、戦国の世は甘くない。謀略に手を染め、

戦に乗り出さなければならないこともある。早くから織田信長に誼《よしみ》を通じるなど、時代の動向にも敏感な愛季だが、予想外の出来事に翻弄されたりもする。愛季が感情移入できる人物だけに、彼の歩みが気になってならない。史実と創作を巧みに織り交ぜた展開に、夢中になってしまうのである。

これに関連して、特に注目したいのが汀という女性の存在である。北小鹿島を根城にしていた海賊・相川弾正の娘だ。かつては安東家五代目当主の親族衆をしていた家柄であり、愛季と縁ができたときに臣従。そのとき愛季は汀と、一夜の契《ちぎ》りを結んだ。最初に佐枝、彼女の死後に小雪と、ふたりの妻を持った愛季。しかし汀は、ふたりの妻とは別のヒロインとして、彼の心の中にいる。なるほど汀を陰のヒロインとして物語に潤《うるお》いを与えているのかと思ったが、作者の企《たくら》みはそれだけで終わらない。汀の存在を活用して生まれた、フィクションを織り交ぜた終盤の展開は、まさに予想外なものであった。だが、これがあったからこそ、物語が引き締まったのだ。

地理的な問題もあり、愛季が直接、天下の行方にかかわることはなかった。このあたりが地元を除いて、いささか知名度が低かった理由と思われる。しかし作者の熱筆により、出羽の戦国武将は鮮やかに甦《よみがえ》った。高き理想を掲げ、一心不乱に駆け抜けた安東愛季の肖像は、本書と共に、いつまでも残ることだろう。

現在の作者は、「脳科学捜査官 真田夏希」シリーズのヒットにより、警察小説の書き手として注目を集めている。だが、あらためていうが作者の懐は深い。たとえば、世界唯一のフラメンコ専門誌「パセオフラメンコ」二〇二〇年四月号から、現代のスペインを舞台にした歴史ミステリー「祝祭のアレグリアス」の連載が始まっている。また今年（二〇二一年）には、本書とは時代も場所も違う歴史小説を上梓する予定とのことだ。歴史時代小説とミステリー、ふたつのジャンルを往還する鳴神響一の裡《うち》に、どれほどの世界が広がっているのか。面白いからという理由は当然として、それを知るために、これからも作品を読み続けたいのである。

二〇二一年一月

この作品は2018年11月徳間書店より刊行された
『斗星、北天にあり』に加筆修正しました。

徳間文庫

斗《と》星《せい》、北《ほく》天《てん》にあり

出羽の武将　安東愛季

2021年2月15日　初刷

著者　鳴《なる》神《かみ》響《きょう》一《いち》

発行者　小宮英行

発行所　株式会社徳間書店

東京都品川区上大崎三ー一ー一
目黒セントラルスクエア　〒141ー8202

電話　編集〇三(五四〇三)四三四九
販売〇四九(二九三)五五二一

振替　〇〇一四〇ー〇ー四四三九二

印刷
製本　大日本印刷株式会社

ISBN978-4-19-894629-6　(乱丁、落丁本はお取りかえいたします)